翰林書房

中村三春

Nakamura Miharu

物語の論理学

近代文芸論集

物語の論理学——近代文芸論集——◎目次

Ⅷ　ゆらぎ・差異・生命……佐藤春夫『田園の憂鬱』「『風流』論」

Ⅸ　かばん語の神……宮澤賢治「サガレンと八月」「タネリはたしかにいちにち噛んでゐたやうだった」

序説　物語の論理学

1 物語と〈変異〉

本書は、日本近代に現れた幾つかの小説・童話・評論を対象として、物語の論理の種々相を論じるものである。具体的には、明治期の樋口一葉「にごりえ」から、大正・昭和戦前期の佐藤春夫『田園の憂鬱』や宮澤賢治「サガレンと八月」「タネリはたしかにいちにち噛んでゐたやうだった」などを経由して、戦後期の太宰治「ヴィヨンの妻」「桜桃」、そして現代のアーノルド・ローベル「おてがみ」に至るまで、時代を追って幾つかの小説・童話のテクストと、また武者小路実篤の「生長」や谷崎潤一郎の「陰翳礼讃」などのエッセーをも取り上げ、それらの各々においてどのように物語の論理が行使されているかを検証する。「おてがみ」は日本文学ではないが、国語教材として広く読まれている作品として論じる。なお、時代順に配列したとはいえ、それぞれの章の独立性は高いため、読者にはどの章からでも任意の順に読んでいただいていっこうに構わない。

日本近代文学における物語の論理学について考えるために、まず初めに、よく知られたロラン・バルト「物語の構造分析序説」（一九六六）の次のような文章を挙げておきたい。[*1] 発表以来、有為転変を極めてきた現代の文芸テクスト理論史の道程において、この論文はその始発を告げる記念碑的な意味を持っていたと思われる。

世界中の物語は数かぎりがない。まず、驚くほど多種多様なジャンルがあり、しかもそれがさまざま

> な実質に分布していて、人間にとっては、あらゆる素材が物語を託すのに適しているかのようである。物語は、話されるかまたは書かれた分節言語、固定されるかまたは動く映像、身振り、さらにはこれらすべての実質の秩序正しい混合、によって伝えることができる。物語は、神話、伝説、寓話、おとぎ話、短編小説、叙事詩、歴史、悲劇、正劇、喜劇、パントマイム、絵画（カルパッチョの「聖女ウルスラ伝」を考えていただきたい）、焼絵ガラス、映画、続き漫画、三面記事、会話のなかにも存在する。そのうえ、ほとんど無限に近いこれらの形をとりながら、あらゆる時代、あらゆる場所、あらゆる社会に存在する。物語は、まさに人類の歴史とともに始まるのだ。［…］物語は、人生と同じように、民族を越え、歴史を越え、文化を越えて存在するのである。

「世界中の物語は数かぎりがない」と始まるこの文章は、翻訳も格調高く、何度読み返しても印象深い。ことほどさように、時代と地域、ジャンルを超え、物語は存在し、人間にとって大きな意味を持ち続けてきた。バルトは、物語を、まさにそのように純粋化された概念としての物語として把捉し、その普遍性に立脚して分析手法を模索したのである。その着眼点は、この論文が発表された一九六六年以後の、新たなジャンル（メディア）の登場や、この論文においてバルトが提唱した記号学的構造分析の方法が、バルト自身によって、あるいは後続の多くの論者らによっても批判され、あるいは展開されてきた時の流れを経ても、なお有効であり続けていると言えるだろう。本書のタイトルに含まれる「物語」も、バルトが問題としたような物語、つまり、特定の時代・地域・ジャンルに固有のある形態としての物語ではなく、普遍的に、至るところに現れる概念としての物語を指し示したいと意図している。

とはいえ、本書の副題に「近代文芸論集」と入れてあるからには、日本・近代・文学の地域・時代・ジャンルに関与しないで、この課題に取り組むわけにはいかない。バルトがこの「物語の構造分析序説」において、あるいはそれを異次元的に飛躍させた『S／Z』（一九七〇）において提起した構造分析やテクスト分析の手法は、確かに有効な場合もあり、また陰に陽に今日に及ぶまで文芸理論に影響を与えてきたのだが、他方ではもはやそれを素朴に信奉する論者が多くはないことも事実である。それは、記号学に対する批判とともに、およそ千差万別と言ってもよい地域・時代・ジャンルの特性を捨象して、普遍的な物語理論に訴えることには、具体的な生産性があまり認められないという理由による。ただし、だからといってそれらの特性を考慮に入れて物語の論理学を構想したところで、それでもなお、相変わらず個々のテクストを包括的に覆うような物語の理論を得ることはできない。冒頭に「物語の論理の種々相」と書いたように、物語の論理は、極言すれば物語のテクストの数だけあると言ってもよい。地域文化（「日本文化」など）や時代様式、あるいはジャンルの法則などは、それと関連するあるテクストをその関連によって理解するために一定の材料を提供してくれることはあっても、それはたかだか一つの材料に過ぎない。対象に単純に当てはめられる汎用的な論理の枠など、物語にはありはしないのである。

従って物語の論理は、テクスト・ジャンル（フレーム、ヴァージョン）・読者が形作る流動的で可変的な場において、その都度記述されるほかにない。このような記述の方法論をテクスト様式論と呼び、これについては既に『修辞的モダニズム　テクスト様式論の試み』（二〇〇六）[*2]において論じたところである。テクスト様式論は、様式論の方法にバルトの「作者の死」（一九六八）や「作品からテクストへ」（一九七一）の思考をも取り入れ、作者の芸術意志の表現としての作品ではなく、何よりもテクストの肌理を見極めようとするレトリック分析に重点を置いた、文芸様式論の拡張にほかならない。テクストの様式は、作者の様式ではなく、ましてや地域や時代の様式でもない。それは、テクスト・ジャンル・読者の合奏によって奏でられるような、一回的な出来事としての動的な旋律である。この論法を準用するからには、この序説において、あるいは本書のどこかの章で、「物語の論理とは恒常的に○○である」と定義することはない。可能なのは常に、あるテクストにおける物語の論理を、テクスト様式論に従って記述することだからである。

しかし、そうは言っても一人の論者が取り扱うテクストの様式記述が、全く匿名的で中性的であることはありえない。本書において、近代の物語の論理学の、滲むように不確定な大枠は、おおよそのところ、物語が物語自体について語るような、メタ物語の回路に注目することによって仄かに彩られている。従って本書は、『フィクションの機構』（一九九四）や『花のフラクタル　20世紀日本前衛小説研究』（二〇一二）において取り組んだメタフィクション研究を受け継いでいる。またメタ物語の性質については、前著『〈変異する〉日本現代小説』（二〇一三）において論じたことを流用して、物語における一種の〈変異〉としても理解することができるだろう。[*3]

〈変異〉を考える際の触媒として、貴重な発言を行ったのは中上健次である。中上は『風景の向こうへ』（一九八三）において、物語を人間社会の〈法＝制度〉の表現として理解し、従来通用してきた物語を分析して、『宇津保物語』に代表されるという〈法＝制度〉の根源に降りてそれを対象化する古代的な「モノガタリ」と、概ね『源氏物語』以降とされる〈法＝制度〉そのものの定型的な表現としての「物語」とに区別する。[*4]さらに中上は柄谷行人との対談『小林秀雄をこえて』（一九七九）では、それらの「物語」と、近代における自我の告白中心の「文学」とを対照し、後者を否定的にとらえるとともに、「小説」というジャンルを、「物語」の定型性を様々な「交通」によって打開するものとして定義した。[*5] 中上自身による、中世と現代、幻想と現実とが交錯・融合する数々の小説の創作は、これらの物語論の実践であったことは言うまでもない。もっとも、定型的な〈法＝制度〉の「物語」に惑溺した反面、近代的「文学」の浸食を免れた作家として谷崎潤一郎を、逆に、「私」の告白を中心とする近代的通弊を刻印された、「文学」の代表的批評家として小林秀雄を挙げるなどの中上による分析や評価については、判断を留保すべきところもある。ただし、ここで問題としたいのは、中上による作家・批評家論や、その物語観の内実というよりも、むしろ中上が物語の歴史に見出した対立を〈変異〉のあり方と見なすことである。

〈変異〉は、突然変異（mutation）の意味とともに、変奏（variation）の意味を併せて考えている。物語にせよ他のジャンルにせよ、ある作品が制作される際には、それがごく微かであれ、あるいは決定的にであれ、その作品に固有の、制作に関与する啓示的な契機が介在していることだろう。これを作品に独自性を付与する突然変異的な契機とすれば、もう一つの変奏的な契機とは、暗黙にまたは顕在的に、あるテクストは常に他のテクストやテクストのクラスを第一次テクストとして、そのヴァリエーションとして出現する第二次テクストにほかならないということに関わる（従って第一次テクストは、それ自体が既に第二次テクストである）。たとえば中上が論じた「モノガタリ」と「物語」、「物語」と「文学」、そして「文学」と「小説」という各々対になるカテゴリーは、中上による好悪を度外視して言えば、後続のものが先行するものに対して、このような二重の意味で〈変異〉として現れたと見ることができる。従って物語に関して言えば、近代の物語は、多かれ少なかれ、前代の物語を基にした物語、あるいは、物語についての物語としての、メタ物語という性質を身に帯びることになる。当然、第二次テクストが何を第一次テクストとして認め、また第一次テクストの中の何の要素・特質を認めるかによって、〈変異〉の様態は多種多様となる。まさに物語は「数かぎりがない」(innombrables) のである。本書が問題とするのは、そのようなメタ物語としての物語の諸様相にほかならない。そして、普遍的に現れる物語という概念は、その概念自体のうちに、このような〈変異〉の多種多様性を内在するものとして理解されなければならないのである。

2 物語の近代／近代以前

近代における物語の変質(変異)を問題にするのは、何も中上のような作家ばかりではない。柳田國男の学説を基礎として、物語論的な哲学を構築し推進した野家啓一もまた、近世以前のいわば常民的な物語と近代小説との間の逕庭を指摘し、その差異を哲学的に定位して物語観の基礎に置いている。野家は柳田の『昔話と文学』(一九三八) の論述を引いて、それを次のように敷衍している。[*6]

「紙と文字」を媒体にして密室の中で生産され消費されるのが近代小説であるとすれば、物語は炉端や宴などの公共の空間で語り伝えられ、また享受される。小説 (novel) が常に「新しさ」と「独創性」とを追求するとすれば、物語の本質はむしろ聞き古されたこと、すなわち「伝聞」と「反復性」の中にこそある。独創性 (originality) がその起源 (origin) を「作者」の中に特定せずにはおかないのに対し、物語においては「起源の不在」こそがその特質にほかならない。物語に必要なのは著名な「作者」ではなく、その都度の匿名の「話者」であるにすぎない。

これを起点として野家は物語における「起源の不在」「テロスの不在」（テロス＝目的）を認め、柳田やヴァルター・ベンヤミンの「物語作者」（一九三六）を参照して、そのような物語が近代小説によっていわば「個人化」され、物語が本来帯びていた社会性を喪失したことを指摘する。野家もまたバルトの「作者の死」に触れているが、そのような観点からすれば物語は、本来「作者」という概念とは対立することになる。そして野家によれば、柳田が見つめた「口承文芸」は、文字のテクストとは対立する概念であり、「ずれ」と「ゆらぎ」を孕みつつ、音声コミュニケーションの過程においてリゾーム状に生成されるものであった。その意味で、それはバルトをも超え、いわば「テクストの死」にさえ立ち会う、ポスト近代的な物語論であったと論じられるのである。[*7] 野家の哲学的物語論は、その後、歴史叙述や虚構論、さらには科学言語にまで及び、それらから学ぶべきことは多く、また私自身の関心とも合流するものであるが、それらに対応する作業については他日を期し、ここではこのような物語観のみを検討したい。

柳田やベンヤミンによる前近代と近代、物語と小説との対照は、先の中上による物語論とそう遠い話ではなく、それ自体としては十分に納得できるものである。ただし、実際に多くの日本近代小説を読解する作業を経験してみると、実は前近代／近代、物語／小説という対比や、各々の間の境界線は、非常に曖昧でほとんど意味をなさないのではないかと感じられることがある。たとえば私たちの書棚に、『金塊和歌集』と『右大臣実朝』が隣り合って並んでいても何ら不思議はない。そして私たちはどちらかというと、太宰を読むことで源実朝について初めて知るのである。もしかしたら、柳田・ベンヤミン・中上らのこのような二元論的対照は、彼ら自身の方法論的戦略であったのではないだろうか。それが言い過ぎであるとしても、その対比は、甚だ観念的な理論仮説にほかならないのではないだろうか。

そのように考える理由としては、およそ次のようなことが挙げられる。第一に、ほかならぬテクストの様式として、樋口一葉、泉鏡花、夏目漱石、田村俊子、永井荷風、小川未明、佐藤春夫、宮澤賢治、谷崎潤一郎、太宰治など本書で取り上げる作家や、その他多くの作家たちの作品には、柳田＝野家が尊崇する「口承文芸」の要素をも多分に含み、前近代や東西の古典にも通じる物語の話型や題材と直接・間接の繋がりを持つものが少なくない。あるいはまた、それらは夢・幻想・他界性・言語遊戯などの形で、いわゆる近代的合理主義の精神や、作者中心主義・個人主義を逸脱したり、そこからの「ずれ」や「ゆらぎ」をふんだんに盛り込んだものが数多く含まれる。いや、それは近代文学史では例外だと言われるかも知れない。だが、右に挙げた人々の名を搭載しないで日本近代文学史を書くなどということが、果たして可能なのだろうか。

野家の用いている「新しさ」「独創性」対「伝聞」「反復性」という小説と物語との対比は、右に述べた〈変異〉の二つの様相、すなわち〈mutation〉と〈variation〉にほぼ対応すると考えられる。ということは、物語が、古来、〈変異〉を繰り返しながら今日にまで続いてきたとするならば、近代の小説においても、「伝聞」「反復性」に代表される物語の要素が継承されていても何の不思議もないのである。他方、だからといってそれらが、坪内逍遙『小説神髄』（一八八五～一八八六）などを間接的な仲立ちとすることによって紹介された、アリストテレス『詩学』に由来するミメーシス（『小説神髄』では「模擬」などにあたる）やミュートス（同じく「脚色」などにあたる）の理論、あるいはバルトの構造分析の理論を受け入れないというわけではない。むしろ、夢や幻想に覆われた物語が、『詩学』的な〈ペリペテイアー〉（逆行的転変）や〈カタルシス〉（浄化）の構成を顕著に示しているということがある。（蛇足ながら、アリストテレス『詩学』の理論は、古代的と言うべきか、あるいは近代的と言うべきなのか。それは、古いのか、あるいは新しいのか。ちなみに、『詩学』の理論には、『源氏物語』

の「蛍」の物語論と類似する部分があることも指摘したことがある)[*8]。

このように、物語と小説との関係は、両義的なのだ。なるほど、物語と小説とは、ある部分においては対照的である。だが他の部分においては、小説は物語の現代的な変奏(変異)にほかならない。言語分析(文学・哲学)が、対象内および対象間の微細な差異を走査し、そこに特定の課題に対して関与するような特性を認識することは当然のことである。ただし、その妥当性は、対象(テクストであれ非テクストであれ)の分析と評価の結果において判断されなければならないだろう。常に対象を、その細部に即こうとする手法で見直すことが重要であるとする立場から、本書では一貫して、物語/小説の対立を過度に前提としない態度で臨むことを基本的なスタンスとするものである。

第二の疑問点としては、物語の「個人化」についてである。中上が近代の「文学」を個人の自我を「告白」する制度として批判の対象としたことは先に触れたが、そこで中上がやり玉に挙げている小林秀雄の営為は、果たして個人的なものであっただろうか。ここで問題とするのは、その批評の内容ではなく、近代における批評(文芸批評)という行為自体のあり方である。少なくとも日本に限ってみれば、古典の時代にも文芸評論に類するもの(歌論・俳論・物語論・能楽論・役者評判記など)はあったわけだが、近代以降におけるほど著しく大量で活発な批評、すなわちジャンルとしての批評は存在しなかった。仮に百歩譲って、近代小説や近代批評の内容が純粋に「個人化」され、「告白」に局限されたものであったとしても、それらを批評する行為によって、個人はコミュニティと結びつきを持ち、小説はそれまでに物語が帯びていた社会的機能を引き継ぐことになったと言うべきである。

特に一九二〇年代以降、現在にまで続く大衆社会状況の下では、資本制的な出版流通の経路において、文芸の購買読者一般が、あたかもそれぞれ一種の批評家と化したかのような風潮が現れた。円本ブーム以来の、いわゆる文芸の大衆化である。ちょうどその時期における小林の登場は、いわば無数のアマチュア批評家に対するプロフェッショナルの宣揚とも見える。その風潮の後裔として私たちは誰でも、たとえば『人間失格』の大庭葉藏や『ノルウェイの森』のワタナベくんの中に、古典の英雄とは異なる〈問題的な個人〉[*9]としてではあるが、とにかく話題としうる人物像を認め、それによってコミュニティ（家族・社会・国家……）について語る契機を得て語り、そしてその語り（批評）は連鎖し、増殖し、受け継がれて拡散する。小説が「個人化」されたジャンルだというのは、小説をその内容面と、一人の読者による受容の局面からしかとらえていない見方に過ぎない。

なるほど、たとえば武者小路実篤や初期の有島武郎など『白樺』派の作家たちは「自己」を原点と見なし、芸術・他者・社会などをすべて「自己」の生命の派生物として定位し、それを小説や評論などにおいて表現しようとした。また彼らは、社会に向けてというよりは、個々の読者個人に向けて作品を送り届けようとした感がある。だから『白樺』派や、あるいは志賀直哉ら私小説の作家は、他者や社会を没却した潮流として批判を受けることもある。しかし、そこに継承された物語の要素、およびそれを批評によって増幅する言語活動は、必ずやそこに他者やコミュニティを呼び込まずにはいない。既に『新編言葉の意志　有島武郎と芸術史的転回』（二〇一一）において検討し、また本書でも論じるように、「自己」の存立は、必然的に他者による認知と相互的にのみ可能となるのである。[*10] 実際、『白樺』派の作家たちは若き日に習作を相互に朗読し、雑誌『白樺』には「六号雑感」と題するコミュニティ・ページを設け、武者小路・武郎は多くの評論・感想を書き、さらにはそれぞれ「新しき村」と有島農場解放などの社会活動も行った。[*11] この事情は何も『白樺』

の人々に限ったことではない。物語は、口承と「書承」〈テクスト〉とにかかわらず、交流範囲の大小はあっても、とにかくも増殖するコミュニケーションを発生させずにはおかない。それは、本書で論じるように、物語の多くが分かち持つ誘惑と差異化を契機とした必然的な帰結にほかならない。

第三には、「口承文芸」の問題が挙げられる。物語論において、もしも口承言語を切り札のように考えるとすれば、伝統社会と比して周囲の環境が大きく変わった現在、そこにはやはり無理があると言うべきだろう。ただし、野家もそのように主張したわけではなく、「口承文芸」を切り口として、柳田を「生活世界の解釈学」の実践者と見なして評価したのである。[*12] ここで問題としたいことも、口承言語の本質云々ではなく、逆に現代の言語環境における物語の位置についてである。すなわち、バルトは「作品からテクストへ」において、作品の主体としての作者からテクストの主体としての読者への主権の移動を謳い、『S／Z』においては、消費されるべき〈読みうるテクスト〉から、読者によって再生産される〈書きうるテクスト〉への転換を論じた。その理論の意義は、方法論として今日でも小さくない。だが、それらが提唱された一九七〇年前後には知られていなかったエクリチュールの情勢が、今では日常に広がっている。言うまでもなくそれはネットワーク社会であり、〈書きうること〉は、現在ではこれを抜きにして考えることはできない。[*13]

ウェブ上で繰り広げられている〈書かれている〉ハイパーテクストによる第二次テクストの生成と伝播、ソーシャル・ネットワーキング・サービスを用いた〈書かれている〉無限大と言ってよいほどの迅速性と多数性における相互批評、その他のネットワーク文化は、時として深刻な毀誉褒貶を伴いながらも、現代における物語が、総体としてまるで巨大な生き物のように地球を覆う有様を想像させる。そこにおける物語と批評の連鎖・増殖・拡散は、これまでのどの時代にもありえなかった規模のものである。その総体像を、誰も見ることはできない。それは、伝統社会において口承システムが果たしてきた役割を担い、あるいはそれに代わる新たな役割を担うに至った、計り知れないほどに巨大な、一種の伝承システムなのだ。もちろん、言うまでもなくネットワークにおける物語を過信あるいは過大評価してはならないが、それは、元々、物語のコミュニケーションを理想化してはならないことの延長線上にあるとも言える。

私は人間の営為における物語の重要性と重大性を認識している点においては人後に落ちないが、概略としてはこのような理由から、物語において、近代以前と近代との間に絶対的な境界線を引く立場に対しては疑義を表したい。仮に万一そのような境界線が認められたとしても、〈変異〉はそれを飛び越える。実際、中上健次も村上春樹もそれを飛び越したのである。[*14] なお、私は物語の現状に対して、楽観も悲観も持ってはいない。物語はいつの時代においても、愉しいものであると同時に、恐ろしいものでもある。

3 どのように記述するか

多彩な物語の論理を記述する方法とは何だろうか。言語が根元的に虚構であることを論じた旧著『フィクションの機構』において、[*15] 世界は適切なヴァージョンによって制作されると見なすネルソン・グッドマンが、アルフレッド・タルスキの規約Tを変形して、次のように書いたことを紹介した。[*16] これをT2としておこう。

(T2)「雪は白い」がある真なるヴァージョンに照らして真であるのは、そのヴァージョンに照らして雪は白いときまたそのときに限る。[*17]

（Xがvに照らして真であるのは、vに照らしてpときまたそのときに限る。ただし、vは真なるヴァージョン。pは任意の文、Xはその文の名前。）（括弧内は引用者による敷衍）

この同値式はエレガントであり、またその強力さには揺るぎがない。物語の論理の記述も、具体的実践の場ではこの文体を用いることはないにしても、基本においてはこれを念頭に考案されるべきである。なお、真なるヴァージョンは、世界を正しく制作する概念枠であるが、それらの間には共約不可能性が認められる場合がある（必ず共約不可能であるというわけではない）。言い換えれば、ヴァージョンに照らして真という考え方は絶対的な真を否定するのであるから、これは相対主義の立場であるということになる。さらに、ヴァージョンそのものについて完全記述することは難しいだろう。あるいは、ヴァージョンを言語化するとすれば、それもまたこの同値式によって記述される以外にない。とすれば、そこにはヴァージョンを記述するためのヴァージョンが必要となり、それは無限に連鎖して、一種のフレーム問題（枠組みが無限に必要とされる状態）を生むことになる。

認知物語論を提唱した西田谷洋はこの事情を踏まえて、「日常言語の非形式推論を論理言語による形式推論で捉える根元的虚構論からはフレームの厳密な規定は不可能となり、フレーム問題が生じてくることになる」と的確に指摘している。*18 さらに西田谷は、その帰結について次のように分析する。*19

根元的虚構論では、テクスト分析の心的プロセスをコンピュータの情報処理プロセスに親近性を持つ真理条件意味論の論理計算と同一視する理論的前提を持ちつつ、実際の運用ではテクストは命題的な分節構造を持つ表象ではないため、概念図式と対象の相対性が自覚され、脱構築が図られることになる。すなわち、根元的虚構論は、表示主義・計算主義を突き詰めてその不可能性に到達したアプローチではないだろうか。

「不可能性に到達」するほどにアプローチを突き詰めたというのはいささか過剰な評言と思われるが、この論法に従うならば、必ずしも命題的な分節を持たない表象としての物語から、命題的な論理を取り出すことはできないという展望が得られることになる。「概念図式と対象の相対性」とは、右に述べたヴァージョン問題（フレーム問題）としてとらえてよいだろう。ただし、T2は確かに命題を構成しているが、T2に現れるpは、命題ではなく文（sentence）である。[*20] 命題・言明・文の区別については哲学的な議論があるようだが、[*21] ここでは単純に、文とはすべての文であり、物語文もそれに含まれると考える。そうでなければT2などを通常の文章に適用することはできない。すなわち、T2に用いられているのは、命題（言明の意味内容）ではなく、文とその名前である（この場合、引用は名前の一種とされる）。

もちろん、タルスキによる「真理の意味論的解釈」を受け継いだ規約T2は、引用を解除する際に働くヴァージョンの種類を限定してはいない。従ってそこでどのようなヴァージョンが機能するか（参照されるか）は未規定のままであるが、この未規定性は、物語のような「数かぎりがない」対象を問題にする際には、むしろ効果的と言うべきではないだろうか。たとえばそこには、西田谷が推奨する「主体主義的な立場、すなわち主体の身体性、それと環境との相互作用、それらの経験を通じて、概念体系が構築され、それを比喩という営みを通じて拡張していくこと[*22]」という認知的なアプローチを導入することもでき、実際に本書ではそのような手法を援用した箇所もある（西田谷の主唱する認知物語論の総体に対する態度の表明は、今は保留するとしても）。「表示主義・計算主義を突き詰めてその不可能性に到達したアプローチ」ではなく、その不可能性の極限を見据えつつ、今ここにある手持ちのヴァージョンに依拠する以外に、論述の方法はないのである。

そしてこのようなヴァージョンのフレーム問題は、必ずしも悲劇的な事態とは言えない。西田谷による批判は、「フレームの厳密な規定」や、純粋に「命題的な分節構造」に従う物語の完全解釈の到達点を暗黙の理想としているように推測できるが、私の考えではそのような到達点はなく、むしろない方がよいのである。ヴァージョンにせよ物語解釈にせよ、それは流動的で可変的であり、むしろ物語解釈の場合などには、物語読解の経過と結果によって変化する場合もある。ヴォルフガング・イーザーの作用美学などを念頭に、テクスト・ジャンル・読者によって構成される動的な場において、テクスト様式論を構想したのはそのような含意による。読書のステージと読者によって、対象の意味はその度に〈変異〉を遂げる。『係争中の主体　漱石・太宰・賢治』（二〇〇六）で論じたように、論述とは、一人の読者内部での、あるいは複数の読者間における、共時的かつ通時的な係争の過程でしかない。*23

たとえば、本書において当初かりそめに物語の論理の大枠として認めるのは、誘惑（語用論的契機）と差異化（構造化的契機）の二つの契機である。後者の構造化的契機は、さらに意味論的契機と構文論的契機の要素を含むものとしてとらえていることからも分かるように、これは先に触れたバルトの「物語の構造分析序説」に学んだ、構造主義の発想を援用したものにほかならない。ただし、これまで述べたことから明らかなように、構造主義の退潮というような思想史的な問題以前に、そもそも千差万別な物語を特定の方法論で分析して事足りるはずがない。物語の論理は、個々の物語においてその都度認められるものであり、またそれは右に述べた係争を孕む〈変異〉の渦中において、常に複数的なものとして理解される。そして他の場合においては、むしろあえて緊密な構造を自壊させたり、あるいは読者への誘惑的な効果を否定したりする物語が現れることもあり、しかしそれもまた物語であることに変わりはない。

さらに、たとえ方法論が正しいとしても、それに基づく方法論的な読解が必ずしも正しいとは限らない。ここ半世紀の間に進行した理論的文芸研究の手法の著しい発達は決して否定すべきではないが、言うまでもなく、文芸テクストの読解は、前提となる理論ではなく結果となる言説において評価されなければならない。その評価の際の着眼点は、当たり前のことだが、対象と、その対象に関して提出されたT2的な言明（そのような文型になっていなくても）とを勘案して、その妥当性を検証することでしかない（検証の方法もまた、同じく相対的な係争の中にある）。従って、極端な場合、正しくない方法論から正しい読解が帰結することもありえなくはない。こと、対象となるテクストの存在を前提とする文芸研究においては、読解の理論は、理論のための理論であってはならないだろう。もちろんこのことは、正しい方法論の探究を否定するものではない。

相対主義に立脚して強力な論陣を張る野矢茂樹は、相対主義はテーゼではなく、生き方の問題だという意味のことを述べている。[*24] 野矢の論著は、私にとっては心強い援軍である。『フィクションの機構』で表明したように、文芸学における概念的相対主義に基づく立場としては、誰もが納得するような物語の完全解釈や、文芸テクストの究極の解明などというものはありえない。物語の論理学は、（個人の、人類の）持続する生の過程において、生き方の問題として、係争し、更新されていくべき性質のものにほかならない。絶対的な結論は無限遠点にある目標であり、その提出を急ぐ理由はなく、また急ぐ必要もない。私たちは理論的な前提に過度に拘泥せず、臆することなく、文芸テクストを好きなように手に取り、自由な読解に挑戦しようではないか。

I 物語の誘惑と差異化

樋口一葉「にごりえ」

はじめに

物語は様々なジャンルに亙って存在する。ただし、ジャンルにかかわらず、物語が一般に分有している基本的な属性は、差し当たり、誘惑と差異化の二項目に集約することができるように思われる。

(1) 誘惑　音声・文字、あるいは種々の映像など、それが表現される媒体が異なっていても、ともあれ物語は受容されなければならない。受容すること、すなわち聴かれ、読まれ、あるいは見られるためには、何よりも、人が受容者となること、すなわち受容の感官を対象の方へと向けることを惹起しなければならない。また、物語の受容は一般に長短の時間的な経過を伴うため、そのような誘惑は、物語受容の時間に受容者を拘束し続けるほどの強度を持つ必要がある。『枕草子』に「つれ〴〵なぐさむもの　碁、双六、物語」[*1]とあるように、平安朝宮廷女房にとっては、物語は「つれ〴〵なぐさむもの」とされていた。この段を分析した菊田茂男によれば、「つれ〴〵」は退屈や倦怠の意味ではなく、「心に何か求めるものがありながら、それが容易には充たされないような情態」、しかも「その停滞凝固した気分を、自ら積極的に打破することのないままに何かを待ち望むような心境」である。[*2]

また菊田は、「なぐさむ」ももてあそぶ意ではなく、「対象との関連における精神的救抜」であり、「鬱屈した情態の治癒作用を思考するもの」としている。受容者のそのような情調的な期待に応え、実際に「つれ〴〵なぐさむもの」となるために、何よりもまず物語は受容者をして自らの扉を開かせ、自らの内部に引き込み、そして享受の時空間に拘束する力を持たなければならない。また、朗読や劇、放送などのように、たとえ複数的な受容の場にあっても、物語は最終的には個別の受容者を吸引する、プラグマティック〈実践的・実効的〉な誘惑の装置とならざるを得ない。誘惑に失敗した物語は、物語としての機能を発揮する以前に無意味となる。この誘惑の契機は、物語のいわば使用に関わる語用論的な契機である。

この誘惑（seduction）の用語は、ロス・チャンバースの物語論から借用している。[*3] チャンバースによれば、物語（narrative）は語り自体によって、物語に位置を与えるような物語的状況を作り出し、それによって読者を物語へと誘惑する。チャンバースがそのような物語的状況はディスクールそれ自体と区別がつかないと述べるように、物語の言葉とは、いわばそのすべてが誘惑の触媒となりうるのだ。そのメカニズムについては、次に差異化の契機として精査することができるだろう。

（2）差異化

物語の誘惑が成功するとすれば、それは物語の差異化の結果であると言うことができる。また逆に見れば、物語の有効な差異化こそが、物語の誘惑を可能にするだろう。そして物語の差異化には、いずれも何らかの構造化の機構が働いている。構造は差異のシステムにほかならない。構造化の契機は無数にあり、構造化にこそ、制作者はその力量を発揮する。記号学の用語を借りれば、構造化はその重点の置き所により、意味論的な差異化と、構文論的な差異化とに区別することもできる。ロラン・バルトが「物語の構造分析序説」で〈組み込み〉（intégratives）と名付けたのが意味論的差異化、同じく〈分布〉（distributionelles）と称したのが構文論的差異化である。[*4] 構造化の契機をキーワードとして挙げれば、たとえば、人物の類型としての〈まれびと〉や〈異人〉、空間のタイプとしての〈辺界〉や〈悪所〉、理法の類型としての〈非日常〉や〈異界〉など、伝統的な物語論で用いられてきた術語はいずれも、共同体秩序との関わりにおける差異化の諸様相を指し示している。それらにより、物語は世界の単数性を打ち破り、異なる概念図式の存在を可視化するような交通の装置となる。
古来、これらの契機により、物語は〈異界〉から日常世界の侵入の表現として受容され、それゆえに読者を離さない怪しげな魅力を湛えた言説形態の謂としてあった。この場合、物語の言説は共同体の法と差別を暴き出すものとしてある。従って、法や差別、そしてその表現が、人間と人間の集団（社会）にとって誘惑的な対象である限りにおいて、伝統社会が消滅した現代においても、将来に亙って物語は人間につきまとうだろう。蓮實重彦や中上健次が、物語を法・制度・差別の表象として取り上げたことは周知の事柄である。[*5]
その意味では、樋口一葉の「にごりえ」（『文芸倶楽部』明28・9）について、「写実的、社会的な傾向の作品とする一般的な理解」に対し、「お寺の山に人魂が飛びめぐるという結末に象徴される非合理的な世界、現実を顚倒した反世界」として読み直そうとした前田愛の試みは、現在でも群を抜いて新鮮である。[*6]
ただし、そのような「反世界」は、たとえば『日本霊異記』や『宇治拾遺物語』、あるいは『雨月物語』にこそふさわしいところの、物語の古典的定型に過ぎない。ひとたび〈異界〉の衝撃が陳腐化し、物語が解剖され、その属性基盤が注視された後には、物語はかつてと同じ姿のままで権力を行使することはできない。それに惑溺する行為を中上は、谷崎潤一郎を例として、物語の法・制度・定型への習熟と盲信の態度として批判していた。[*7] その時、物語は単純に〈異界〉の表象となることを停止し、それに代わる別の誘惑、別の差異化を実践する仕組みとして認知されなければ、もはや現代に通用しない。そしてその際に重要となるのは、同様の意味論的な契機を宿しながらも、それをいかに物語の展開に沿って豊かに、あるいは新規に表現するかに関わる、物語の構文論的な契機のほかにはない。
そこでは、テクストは古来の物語から素材を引用し、それを変形し、あるいは捏造することによって、紋切り型の歴史やスキャンダリズムとしての物語という暗黙知を揺るがし、その揺らぎを孕んだ形態、いわば物語の物語として立ち現れてくるはずである。そのようないわゆるメタ物語性を、物語の〈変異〉と呼ぶことができる。物語の〈変異〉とは、現実や他の物語などの素材と繋がりつつも、それらを加工する純粋な技術として、それを虚構的な技術と見なしうるだろう。そのような内在的な仕組みを虚構と呼ぶことができるとすれば、「にごりえ」が帯びた、単純な物語ならぬ明治の小説としての新しさもまた、虚構の誘惑と呼ぶほかにない。本章で問題とするのは、そのようなテクストにおける虚構の様態である。

1 境界の生成

おい木村さん信さん寄つてお出よ、お寄りといつたら寄つても宜(い)いではないか、又素通りで二葉やへ行く気だらう、押かけて行つて引ずつて来るからさう思ひな、ほんとにお湯(ぶう)なら帰りに屹度よつてお呉れよ、嘘つ吐きだから何を言ふか知れやしないと店先に立つて馴染らしき突かけ下駄の男をとらへて小言をいふやうな物の言ひぶり、腹も立たずか言訳しながら後刻(のち)に後刻にと行過るあとを、一寸舌打しながら見送つて後にも無いもんだ来る気もない癖に、本當に女房もちに成つては仕方がないねと店に向つて閾をまたぎながら一人言をいへば、高(たか)ちやん大分御述懐だね、何もそんなに案じるにも及ぶまい焼棒杭(やけぼつくひ)と何とやら、又よりの戻る事もあるよ、心配しないで呪(まじなひ)でもして待つが宜いさと慰めるやうな朋輩の口振、[8] […]

（「にごりえ」《一》）

魂祭り過ぎて幾日、まだ盆提燈のかげ薄淋しき頃、新開の町を出し棺二つあり、一つは駕にて一つはさし担ぎにて、駕は菊の井の隠居処よりしのびやかに出ぬ、大路に見る人のひそめくを聞けば、彼の子もとんだ運のわるい詰らぬ奴に見込れて可愛さうな事をしたといへば、イヤあれは得心づくだと言ひまする、[…]何にしろ菊の井は大損であらう、彼の子には結構な旦那がついた筈、取にがしては残念であらうと人の愁ひを串談に思ふものもあり、諸説みだれて取止めたる事なけれど、恨は長し人魂か何かしらず筋を引く光り物のお寺の山といふ小高き処より、折ふし飛べるを見し者ありと伝へぬ

（「にごりえ」《八》）

「にごりえ」の本文は、冒頭《一》の「おい木村さん信さん寄つてお出よ、お寄りといつたら寄つても宜いではないか、又素通りで二葉やへ行く気だらう」云々というお高の客引きの声に始まり、結末《八》のお力・源七の「棺二つ」を「大路に見る人のひそめく」噂話、及び「人魂が何か」が「折ふし飛べるを見し者ありと伝へぬ」という伝聞の言葉で終わる。この物語の虚構的な誘惑＝差異化の実践は、何よりもこれら首尾の言葉によって強く仕組まれている。物語の首尾の呼応は物語に枠をはめる（物語が自らの状況設定を行う）有力な手法であり、物語に構文論的な縁取りを施す。

お高は「店先」での客引きに失敗すると「店に向つて閾をまた」いで入って来る。この「閾」に注目したのは亀井秀雄である。[*9] 亀井は「表現視点を閾のなかに自己限定し、店の内側でしか見聞きできない生態をとらえてゆく」と理解した。[*10] より根元的に物語の大枠としての空間性から見れば、この「寄つておいでよ」という冒頭の語句、それに続く一連の会話と行為の描写によって、家と路とが、間に境界線を引かれ、〈外〉

／〈内〉の精神的な対立を伴う形象として生成されていると言えるだろう。これこそが、「にごりえ」というテクストを構造化する初期条件にほかならない。

〈外〉と〈内〉、〈他〉と〈自〉との間、落差から物語は析出される。境界の生成は分割を行うことによって空間の文化的密度の高低を作り出し、物語から〈外〉へ出ることを禁じ、テクストの〈内〉へと読者を誘惑する。亀井が「店」内部の女たちと語り手の語り口が「おなじ調子に統一され」、『たけくらべ』と同様な癒着的半話者が菊の井の内部に設定され、その女性（下働きの女）的な二人称の語り口で酌婦たちの屈託したことばを次々ととらえてゆく」と解釈した、いわゆる「癒着的半話者」の手法は、この場面を組織化する文体の記述として適切だろう。[*11]またテクストの冒頭近くでは、この家が「銘酒屋」と呼ばれた曖昧宿であることの叙述が置かれている。「大路」と「店」との境界は、この叙述と結びつき、この私娼館を文化的劣性を帯びた空間としてことさらに異化することにもなる。なぜならば、言うまでもなく、遊客を家に引き入れなければその商売は成り立たないからである。だからこそ《一》の冒頭で、「さる雨の日のつれ〴〵に表を通る山高帽子の三十男、あれなりと捉らずんば此降りに客の足とまるまじとお力かけ出して袂にすがり、何うでも遣りませぬと駄々をこねれば」と、お力は無理強いの客引きをして、結城朝之助と知り合うのである。

だが、境界が生成されるのは菊の井だけではない。実は《四》および《七》における源七・お初・太吉郎一家の構築も、全く同様の対照を示しているのである。

同じ新開の町はづれに八百屋と髪結床が庇合のやうな細露路、雨が降る日は傘もさゝれぬ窮屈さに、足もととては処々に溝板の落し穴あやふげなるを中にして、両側に立てたる棟割長屋、[…]太吉はがたく〱と溝板の音をさせて母さん今戻つた、お父さんも連れて来たよと門口から呼立るに、大層おそいではないかお寺の山へでも行はしないかと何の位案じたらう、早くお這入といふに太吉を先に立てゝ源七は元気なくぬつと上る、おやお前さんお帰りか、今日は何んなに暑かつたでせう、[…]

（「にごりえ」《四》）

物いはねば狭き家の内も何となくうら淋しく、くれゆく空のたど〱しきに裏屋はまして薄暗く、燈火をつけて蚊遣りふすべて、お初は心細く戸の外をながむれば、いそ〱と帰り来る太吉郎の姿、何やらん大袋を両手に抱へて母さん母さんこれを貰つて來たと莞爾として駆け込むに、見れば新開の日の出やがかすていら、[…]

（「にごりえ」《七》）

すなわち、《四》において家の中で内職をしながら待つお初は、帰宅した二人に「早くお這入」と呼び掛ける。《七》では、夫婦が「物いはねば狭き家の内も何となくうら淋しく」過ごすところに、「戸の外」から息子が帰る。「家の内」の「うら淋しく」「薄暗」い雰囲気は、単に貧苦のためのみならず、情念のコードを全く共有し得なくなってしまった男女の鬱屈を表している。それに対して、太吉郎がお力から「かすていら」を与えられる「表通りの賑やかな處」あるいは「戸の外」は、家の内ではもはや見られない、贈与・交換が活発に行われる空間ということになる。

このように、「店」あるいは「家」の境界が〈外〉と〈内〉を切断し、〈外〉を交通空間、〈内〉を抑圧空間として発生させることが、菊の井においても源七の家においても共通のメカニズムとなっている。「木村さん信さん」「石川さん村岡さん」、結城、源七、太吉郎が「往来」する交通空間としての「大路」は、複数の価値が混在し、異質のコードが遭遇しうる乱数性を帯びている。しかし、交通空間がそれとして認知されるのは、抑圧空間が設定されることと同時的であり、また相互的であるほかない。「大路」において生まれる物語は、その原初形態においては、多様な方向性や多彩な意味づけを可能とする乱数的な冗長性を本質とするのかも知れない。しかし、乱数的冗長性を何らかの規準によって制御する特定の差異化が実践されるとき、差異化は抑圧＝差別となり、そこにはその抑圧＝差別を基軸とする単一の物語が生み出されると言うことができる。そこでは抑圧と差異化が同義となり、〈抑圧＝差異化〉するに足るものとして規定されることにより、初めて物語は物語として成立しうる。逆に見るならば、物語が物語らしい物語となるためには、必ずや、虚構的な自己抑圧の装置を身につけなければならない。これこそが、次の構文論的な差異化の契機となるのである。

2　抑圧の機構

「にごりえ」の場合、物語の構造化は、これまでに見たような初期条件を踏まえ、幾つかの抑圧の装置を起動することによって現れる。この場合、構造化＝差異化の強度を高める最も効果的な手法は、何よりもまず、物語におけるそれらの抑圧の強度を高めることである。

(1) 看板・ラベリング・手紙　「にごりえ」のテクストにおいて、〈外〉と〈内〉とを切断し、〈内〉を抑圧する物語の境界の作用は、言葉の機能へと再帰的に回付される。そのような言葉の複数の局面も、冒頭《一》の章で先取的に呈示されている。

まず、この銘酒屋では、言葉は第一には人間の真情を隠蔽する外見、あるいは通りの良い符牒に過ぎず、それは専ら詐術として機能する。幾つもの例のうち、その典型としては、「子細らしく御料理とぞした〻めける」がその実は遊女屋たる菊の井の、「表にか〻げし看板」を挙げなければならないだろう。お力が「此家の一枚看板」であり、「菊の井のお力か、お力の菊の井か」と謳われた花形娼妓であるという記述もあり、「看板」とはこの場合、銘酒屋よりもお力その人の生の様態を表す言葉である。また、《二》でお力は結城に「馴染はざら一面、手紙のやりとりは反古の取かへッこ、書けと仰しやれば起証でも誓紙でもお好み次第さし上ませう」と告げ、結城の「名刺」を手に入れる。またその後は、「空誓文は御免だ」という結城に、《三》では「三日見えねば文をやるほどの様子」となってしまったとも語られている。ここには、手紙・起証・誓紙・誓文、あるいは名刺など、記名によって主体の責任を担保する類いのエクリチュール（書かれたもの）が、次々と導入されてくるが、そのことは偶然ではない。

これら一連のエクリチュールは、いずれも言葉のラベリング（分類標識付与）としての属性を前景化することにおいて共通に機能している。後段《五》で「分らぬなりに菊の井のお力を通してゆかう」とも考える通り、このラベリング（「菊の井のお力」）は主人公にとって、自他ともに認めるところとなったのである。お力の本心は、決して「嘘のありたけ串談」であるところの、「看板」やラベリングに満足しているわけではない。だが、そのような言葉の符牒としての機能が、この金銭とセックスの現象学が支配する内空間の常態である限り、そこにあることを「通してゆかう」とする者は、それを甘受しなければならない。

しかも、ラベリングによる抑圧は、言葉が意味内容を純粋に運搬する媒介手段とはなりえない不透明な存在である限りにおいて、言葉一般の属性でもある。記号が記号自身をも表現する再帰的な回路を有しているとすれば、どのような言葉も単なる運搬手段としての記号とはなりえず、その記号の余剰部分（いわゆるシニフィアンの戯れ）は、運搬されるべき意味内容に対して抑圧となる場合がある。言葉は、本来そうなのだ。しかし、ラベリングとしての言葉は、それがラベリングであることを受容者に認知させることによって、ラベリングではない、いわば真情としての言葉の登場を期待させると同時に、またそのことによって言葉に対するランク付けを行う。たとえばこの「菊の井のお力」というラベリングは、「菊の井のお力」という外見に対する、それとは異なる内実の暴露を予兆させるものとなる。これは、一様均等に配列されている言葉の集団の内部に、差異化を施す操作にほかならない。かくして、散在するエクリチュールの諸形態は、物語の内空間の秩序づけと同時に、物語の構造化の審級においても重要な役割を果たして行くのである。

（2）告白の遅延化　「にごりえ」の構文論的契機のうち、物語の〈抑圧＝差異化〉の最大の機構は、お力の「持病」という言葉によって代表される遅延化（引き延ばし）の手法だろう。これは、ロシア・フォルマリストのボリス・トマシェフスキーが、「テーマ論」（一九二五）において、物語構成の一手法として挙げた「展示の引き延ばし」に相当する。[*12]「お前の持病は癇癪か、い、ゑ、血の道か、い、ゑ」。この「持病」は本来の病気ではなく、負荷のかかった告白を抑圧して沈黙の内部に自己を封殺した状態であり、「持病」という言葉は、その状態に対するラベリングである。物語の論理から見れば、この場合の「持病」とは、経験を秘匿して抑圧の強度を高め、しかる後にそれを語ることによって爆発的に解放するテクスト的戦略にほかならない。そこに見出されるのは、いわばアリストテレス『詩学』における〈カタルシス〉（浄化）の効果である。[13] それ以前に、隠匿は、隠匿された秘密の露見を求める聴き手を必要とする。これこそ前田愛が、「たしかに結城にはフランス古典劇にいう聞き役（コンフィダン）の役割が負わされている」と指摘した事柄の内実なのである。[14] すなわち、《一一》から《一三》にかけて、結城はお力の履歴や秘密を執拗に問い質すが、お力はそれをはぐらかし、次第に僅かな情報を小出しにする。

> 例になき子細らしきお客を呼入れて二階の六畳に三味線なしのしめやかなる物語、年を問はれて名を問はれて其次は親もとの調べ、士族かといへば夫れは言はれませぬといふ、平民かと問へば何（ど）うござんしようかと答ふ、そんなら華族と笑ひながら聞くに、まあ左様（さう）おもふて居て下され、お華族の姫様（ひいさま）が手づからのお酌、かたじけなく御受けなされとて波々とつぐに、[…]
>
> （「にごりえ」《一二》）

> こんな商売を嫌だと思ふなら遠慮なく打明けばなしを為（す）るが宜（い）い、僕は又お前のやうな気では寧（いつそ）気楽だとかいふ考へで浮いて渡る事かと思つたに、夫れでは何か理屈があつて止むを得ずといふ次第か、苦しからずは承りたい物だといふに、貴君（あなた）には聞いて頂かうと此間から思ひました、だけれども今夜はいけませぬ、何故〳〵、何故でもいけませぬ、私が我まゝ故、申（まを）すまいと思ふ時は何うしても嫌やでござんすとて、ついと立つて椽（えん）がはへ出るに、[…]
>
> （「にごりえ」《一三》）

こうして結城はお力に対し、《一二》では「年」「名」「親もとの調べ」、《一三》では「お父さんは」「お母さんは」「これまでの履歴は」と畳みかける。「これは聞き処」「珍らしい事」「遠慮なく打明けばなしを為るが宜い」「承りたい物だ」と次々繰り出す結城の言葉は、期待されるお力の打ち明け内容はもちろんのこと、いつ打ち明けるのか、またどのようにして打ち明けるのかという打ち明け言説へと再帰的に関与を繰り返す。これを受けてお力の側は、その時を先へ先へと引き延ばし、結城の要求を遮断し続けることによって、お力自身の抑圧の強度をも極限にまで増大させるのである。

ナラトロジーが教えるように、あらゆる物語は語り手と聴き手を必要とするが、物語・語り手・聴き手は常に相互依存的であり、現実においても虚構においても、関係の場として一挙に立ち現れる。「にごりえ」の《二》と《三》においては、お力は結城によって語り手となり、結城はお力によって聴き手となり、両者の抑圧／解放に向かう引力のせめぎ合いが、物語の差異化の程度を高めて行く。「貴君には聞いて頂かうと此間から思ひました。だけれども今夜はいけませぬ、何故〳〵、何故でもいけませぬ」とお力は言っていた。なぜいけないのだろうか？　その理由は、これらの人物や人物の間、つまり物語の内空間には存在しない。なぜならば、お力の隠匿の理由は、それによる〈引き延ばし〉が、このテクストにおける物語の〈抑圧＝差異化〉に対して最大限に寄与するから以外の何物でもない。

小森陽一は、「言葉を発すること自体、言葉で自分という存在を意味づけること自体が、お力、源七にとっては危機であり、破滅」であるとする見方から、「人間を言葉化することへの拒否といったところに一葉はのめり込んでいったのではないか」として、結城について「彼のようなやり方に対する否定ということも明確にあるのではないか」と発言している。[*15] だが、お力も結城も、言葉によって喚起される虚構の存在者であり、何よりも物語に貢献する要素に過ぎない。「作中人物の言葉化できない情念」に一葉が「のめり込んで」行ったと小森は見るが、後述のようにお力は結局それを「言葉化」（開封）することになる。ましてや文芸テクストにおいて、原則として人間は「言葉化」以外の仕方では生成されえず、それを「拒否」するとしたら端的に存在しえない（例外はある）[*16]。しかも、そのテクスト的な布置の中で人物や設定は相互依存的であり、結城ひとりが「否定」されるというのは物語の論理としては違和感がある。なぜならば、右の場面において、お力の隠匿と結城の催促とは不可分の均衡を有し、関係の場を作ることによって物語の構築に参与しているからである。小説において、物語とその人物は徹頭徹尾、言葉であるほかなく、またその言葉は、物語の誘惑と差異化の運動に服従するほかにないのである。

しかも、《七》では、お初もまた源七の所業について「中々言葉は出(いで)ずして恨みの露を目の中(うち)にふくみぬ」と描かれ、またそれに対して源七も「返事はなくて」という無言の態度で接する。これらの沈黙は、物語の自己抑圧として機能する性質において、お初の「持病」と通底する。このことから「持病」と呼ばれる自己表現の抑圧は、単にお力の性情であるにとどまらず、「にごりえ」というテクスト全体、特に前半《一》〜《四》の物語構成の一般原理にほかならないと見るべきである。

(3) ブロックの対位法　ここで中間的に概括すると、巨視的に見て、お力と結城に代表される菊の井の「店」空間のブロック《一》〜《三》、《五》《六》と、お初と源七が居住する長屋の「家」空間のブロック《四》《七》という二つの領域によって物語の内空間は占有されている。二つのブロックは切断され、結末《八》の噂話で結ばれるほかには本格的に触れ合う機会はなく、二つの物語は並列的に進行する。お力の手紙は送られず、源七は門前払いを食わされ、太吉郎は桃を買うところをお力らに目撃されるだけである。ブロックの対位法によって、まず何よりも娼家と長屋との差別化が設定される。それと同時に、情報が寸断され、噂や憶測によってしか相互の実態を推し量ることができないために、ブロック間の緊張関係が、物語の差異化の運動として拡大されることになる。そして、ひとたび〈抑圧＝差異化〉されることによって物語となる力を蓄えた物語は、次いでその抑圧を解放する道を歩めばよい。

3　物語の開封

空間（領域性）と人物（群）の対立関係によって構築された内部的な緊張、言い換えれば、人物の水準における抑圧された真情を、外化すること、それが物語の論理である。ただし、〈抑圧＝差異化〉の機構が数次の審級に亙るのと同じく、それを解放する〈カタルシス〉もまた、幾つもの層を縦断して行われると見ることができる。

（1）抑圧の解放

《五》で菊の井から外へ飛び出し、彷徨の後結城と遭遇したお力は、《六》では堰を切ったように滔々と自らの半生を結城に告白する。

> 来るをば待かねて結城さん今夜は私に少し面白くない事があつて気が変つて居ますほどに其気で附合(つきあつ)て居て下され、御酒(ごしゆ)を思ひ切つて呑みますから止めて下さるな、［…］一ト口に言はれたら浮気者でござんせう、あゝ此(こん)様な浮気者には誰れがしたと思召(おぼしめす)、三代伝はつての出来そこね、親父が一生もかなしい事でござんしたとてほろりとするに、其親父さむはと問ひかけられて、［…］（にごりえ《六》）

この告白が十分に誘惑的な挿話として機能するとすれば、その理由は、既に物語の構文論的な契機に基づく隠匿と遅延化の圧力が、ここまでの部分において極めて強く掛かっているためである。言い換えれば、その挿話の内容、すなわち「三代伝はつての出来そこね」云々と始まるお力の経歴そのものが、その悲惨な内容から同情を引くゆえではない。なぜならば、苦界に身を沈めた女の話など、世の中には探せば幾らでもあっただろうから。だがその中で「にごりえ」というテクストが、小説として特記するに値するとすれば、その功績は何を措いても、この強力な物語的構造化の様式において認められなければならないだろう。

> あゝ陰気らしい何だとて此様な処に立つて居るのか、何しに此様な処へ出て来たのか、馬鹿らしい気違じみた、我身ながら分らぬ、もう〳〵皈りませうとて横町の闇をば出はなれて夜店の並ぶにぎやかなる小路を気まぎらしにとぶら〳〵歩るけば、行かよふ人の顔小さく〳〵擦れ違ふ人の顔さへも遙とほくに見るやう思はれて、我が踏む土のみ一丈も上にあがり居る如く、がや〳〵といふ声は聞ゆれど井の底に物を落したる如き響きに聞なされて、人の声は、人の声、我が考へは考へと別々に成りて、更に何事にも気のまぎれる物なく、人立おびたゞしき夫婦あらそひの軒先などを過ぐるとも、唯我れのみは広野の原の冬枯れを行くやうに、心に止まる物もなく、気にかゝる景色にも覚えぬは、我れながら酷く逆上て人心のないのにと覚束なく、気が狂ひはせぬかと立どまる途端、お力何處へ行くとて肩を打つ人あり。
>
> （「にごりえ」《五》）

〈外〉／〈内〉の境界が物語の構造化の起点であったことからすれば、お力が「下座敷」から出て、「夜店の並ぶにぎやかなる小路」を彷徨する行為が、告白の封印（ラベリング）を解く契機となるのは偶然ではないと言わなければならない。「がや〳〵といふ声は聞ゆれど井の底に物を落としたる如き響きに聞なされて、人の声は、人の声、我が考へは考へと別々に成りて」のあたりでは、自己抑圧の強度は極点に達し、〈外〉／〈内〉の隔絶は、他者や世界との生き生きとした接触感や自我の存在感が失われる点において、いわば離人症的な水準にまで達している。[*17] お力は朋輩には経験を語らず、結城という異世界の人間にのみ打ち明ける。結城に対して「私は此様(こん)な賎しい身の上、貴君は立派なお方様」という格差を、敢えて乗り越え、語るからこそ、物語はその強大な摩擦力、差異生成の力によって誘惑的となりうるのである。関礼子が「この菊の井出奔の場面はお力が記号化から逃がれ、自己を語ることばを探し求めて彷徨している条りとも読むことができる」[*18]と述べるのは妥当だろう。ただし、お力の「自己を語ることば」がそれとして準備されるのは、それ以前に「記号化」すなわちラベリングの荷重が付与され、さらにその抑圧の解放が遅延化される設定がなされたためである。この物語は実在の出来事ではなくテクストであり、お力も他の人物も、物語と誘惑と差異化のためのテクストの要素であることは言うまでもない。

（2）領域の撹拌　そしてまた、同様に封印を解かれるのは、必ずしも菊の井ブロックだけではない。源七夫婦が破局を迎える《七》で、物語的自己抑圧の無言に閉鎖されていたお初は、太吉郎の持ち帰った「かすていら」によって自らの、そして源七の封印をも解いてしまう。

> 見れば新開の日の出やがかすていら、おや此様(こん)な好(い)いお菓子を誰れに貰つて来た、よくお礼を言つたかと問へば、あゝ能くお辞儀をして貰つて来た、これは菊の井の鬼姉さんが呉れたのと言ふ、母は顔色をかへて図太い奴めが是れほどの淵に投げ込んで未(ま)だいぢめ方が足りぬと思ふか、現在の子を使ひに父さ

んの心を動かしに遣し居る、［…］捨て仕舞な、捨てお仕舞、お前は惜しくて捨てられないか、馬鹿野郎めと罵りながら袋をつかんで裏の空地へ投出せば、［…］

（「にごりえ」《七》）

「これは菊の井の鬼姉さんが呉れたのと言ふ」無邪気な太吉郎は、「鬼姉さん」というラベリングや「かすていら」という贈与物が、お初らにとって何を意味するのか全く理解していない。後に「我らはお父さんは嫌い、何にも買つて呉れない物と真正直をいふ」ところからも、太吉郎がおとな世界に関しては没価値的あるいは両義的な、いわゆる子どもの範疇に属することを示している。ただし、菊の井ブロックから長屋ブロックへと、甘美にして邪悪なマナ（毒にも薬にもなる呪物＝フェティッシュ）[19]である「かすていら」を持ち帰る太吉郎は、その意味で〈外〉の一撃を〈内〉に備給するトリック・スターにほかならないのである。

小森はお初の「自分の存在を、つまり妻、母、女という存在を言葉化してしまうことによって、結果的に源七を追いつめていく」性質に「近代的な女性」を見て取っていた。[20]他方、物語の構造化の観点からすれば、お初が源七を追い詰めるのは物語の自己差異化の契機としての領域撹乱を惹起する行為であり、自らの属する物語が受容者に対して読ませる誘惑となるための、テクスト的な寄与の意味が大きい。これを起点として、抑圧の解除はお初から溯って、お初―太吉郎―「かすていら」―お力と繋がって行き、結局は二つのブロックの接触に由来し、またそれを帰結するのである。娼家／長屋、もしくは娼婦／主婦の境界は、彼らの情念の内では制度的に乗り越え不能の障壁として規定されているにもかかわらず、制度を逸脱する形で運動する太吉郎によって、容易に乗り越えられてしまう。制度的境界の虚構性が、物語というもう一つの虚構によって浮き彫りにされたのである。「近代的」とはこの場合、制度に潜む虚構を対象化する時代性の謂にほかならない（もちろんそれは、それ自体がまた虚構に覆われている）。

源七はむくりと起きてお初と一声大きくいふに何か御用かよ、尻目にかけて振むかふともせぬ横顔を睨んで、能い加減に人を馬鹿にしろ、默つて居れば能い事にして悪口雑言は何の事だ、知人なら菓子位子供にくれるに不思議もなく、貰ふたとて何が悪い、馬鹿野郎呼はりは太吉をかこつけに我れへの当こすり、子に向つて父親の讒訴をいふ女房気質を誰れが教へた、お力が鬼なら手前は魔王、商売人のだましは知れて居れど、妻たる身の不貞腐れをいふて済むと思ふか、土方をせうが車を引かうが亭主は亭主の権がある、気に入らぬ奴を家には置かぬ、何処へなりとも出てゆけ、出てゆけ、面白くもない女郎めと叱りつけられて、［…］

（「にごりえ」《七》）

源七はこのように言い放つが、「子に向つて父親の讒訴をいふ女房気質を誰れが教へた」「土方をせうが車を引かうが亭主は亭主の権がある」などと言う源七の家父長制的な〈内〉の論理は、実質的には既に破綻を来していると言わなければならない。物語内容において源七が「亭主」の権利に伴う義務を果たしていないのと並行して、ここまで物語が一貫して構築してきた〈外〉／〈内〉の区別は、抑圧の封印が解かれ始めた時から撹拌され、両者は次第に見分けがつかなくなり、要するに境界は崩壊する。物語はこの「大路」「往来」から到来したマナによって抑圧から解放され、一挙に交通の場と化してしまう。それは極言すれば、一切の秩序の存在しない世界である。もはや、「これは私が悪う御座んした、堪忍をして下され」などのお初の泣訴もこの事態を修復することはできない。だからこそお初は源七の家から〈外〉へ出て行く以外になく、また源七は現世では不可能な、あらゆる境界を撤廃する行為として、お力との死を選ばざるを得なかったのである。これは、極めて巧みな、緊張からの物語的な〈カタルシス〉を導く構造なのである。

（3）物語的欲望　既に引用した結末《八》の噂話や伝聞は、〈外〉すなわち交通空間の持つ乱数性の直接的な表現である。前田はこの噂話の取り込みを「多声的な構成」（ポリフォニック）として評価し、「作者自身の語りの声は抑制され、非人称の街の声が二人の死の意味（あるいは無意味）を語りはじめる」と見なし、そこに「『曽根崎心中』や『心中天網島』の恋人たちに彼岸の救済を約束したかつての都市共同体的な鎮魂の論理とはうらはらな、近代的な都市の非情さがむきだしにされている」と述べている。[*21] これは卓見である。ただし、厳密に言えば、噂話や物語は確かにその「無責任」（前田）さにおいては非情であるが、語り・聴き・見る欲望を持つ限りでは完全な非情とは言えない。むしろ、交通し誘惑される物語的欲望は、物語の存在には必要不可欠のものである。万一、噂やスキャンダリズムが存在しない社会、制度を逸脱する誘惑のない社会があるとしたら、それこそが純粋に非情なのであり、その時、この世にもはや物語は存在の意義を見出し得ないだろう。

もっとも、テクスト解釈の水準において、これらの噂や伝聞から、お力と源七に関する真実や事実を再構成することには、やはり大して意味はないように思われる。それは陳腐化した物語の水準、すなわち、メタ物語以前の定型的な物語の段階に留まる態度でしかない。問題はその先にある。すなわち、なぜ人は噂から真実を再構成しようとしなければならないのか、なにゆえに物語は人をしてそのように意志せしめるのか。噂も物語である限り、内部に抑圧を帯びて差異化されている。その〈抑圧＝差異化〉は、噂（物語）に真実を要求しようとする物語的な欲望と深く関わり、それに訴えるからこそ誘惑となりうるのである。意味内容の明確でない不確定箇所、もしくは空所もまた、受容者の解釈を誘発しようとする誘惑の要素となる。すなわち、物語は解釈を誘発することによって、テクストへの誘惑の機構を最終的に完成するのである。

冒頭に述べたことを再度繰り返そう。「大路」に放たれた客引きの声に始まり、噂話によって終わるこのテクストの構造は、物語の生成の機構をこの上なく明らかにしている。「にごりえ」の魅力はその物語内容の悲惨さや深刻さにあるのではなく、物語の組み替えとしての物語の構造化と誘惑の強度のゆえなのである。それは、樋口一葉という名を与えられたテクネー（技術）の帰結であり、そのような視点以外には、このテクストを単なる歴史やスキャンダリズムから区別する道はない。

物語から真実が読み取られるのではない。真実とは、既に物語なのである。

II 偽造された家族

泉鏡花「鶯花徑」

はじめに

テクストを客観主義的に記述するのではなく、それを記述する読者自身にいかなる活動が起こっているのかを内省する文芸学的操作には、読者反応批評（受容美学・受容理論）がある。ところで、その代表者であるイーザーの作用美学[*1]がそうであったように、この操作は方法論的に認知科学と文芸学との提携を可能にするものと言えるだろう。いわば認知文芸学とでも名付けるべきこの観点は、定型的な読解が定着している領域に対して、その理由を対象化する契機を提供するはずである。その例として、鏡花のいわゆる《母性憧憬》の問題を挙げることができるかも知れない。ここでは、その系譜に属する〈少年物〉の一作品、「鷲花徑」を取り上げて読み直してみよう。

1　文体と割り込み

泉鏡花の小説「鷲花徑」[*2]は、文体・物語ともに不思議なところの多い、理解しがたいテクストである。何よりもその代表と言えるのが文体である。これについて、種田和加子が語り手の「私」が女の指に噛み付いた一節を引いて分析を加え、「常識的な主語、述語の意味上の関係は解体し、メトニミカルな夢の文脈に近づく。そして、全体としては歯にあたかも目があるというような魔術的表現となる」と評している。[*3]種田によれば、このような文体は「母様（おつかさん）—坊や」という母子関係の内部に「あくまでも閉じていこうとする情念」

の表現にほかならない。このような逸脱的文体という評価は、「鶯花徑」論、ひいては鏡花論では一般的であり、「鶯花徑」などがいわば魔術的なテクストとして理解される出発点となっているようである。ところで、この魔術的文体のメカニズムは何だろうか。種田が問題とした三章から四章にかけての該当の箇所を次に引用する（原文のルビを一部省略した。以下同）。

　さすつて頤（あぎと）のあたりへ来たが、気が着かず油断して居るらしかつたから、思切つて食ひついた、前歯に悪魔（おに）の指がカチリとあたる。

四

　其まゝ不思議に手を動かさないから、俯向いて瞳を寄せて、――白魚（しらを）のやうな紅さしに指環を一個（ひとつ）嵌めて居る。私の歯は、其の彫刻した鳥の喙（くちばし）がついばむで居る木の実に擬（なぞら）へた小さな紅宝石（こうはうせき）をくはへて居たのをきつぱり見た。

　時に耳のあたりを吹いて、爽な風が一渡り、頬の吸はれたあとに冷々（ひやひや）として染みる。口惜（くや）しかつたからも一度と思つたけれど、指が細くつて、花片（はなびら）で出来てるやうだから歯をあてると血が出さうで痛々しい。あまりしをらしいから鬼の手だと知つてながら止した。

これは確かに単純な構文ではないが、支離滅裂というわけでもない。すなわち、「俯向いて瞳を寄せて」

〜「きつぱり見た」という言葉の間に、挿入句が入った形である。「私の歯は」は、「きつぱり見た」に続くのではなく、「くはへて居た」の主語となる。指に噛み付いたのに血は出ず、自分の口が指輪の石を「くはへて居た」のを「見た」というわけである。この挿入構文を、文の内部への、もう一つの文の割り込みと言い換えることができる。この割り込みは、「鶯花徑」のスタイルの大きな特徴と言える。そこで、割り込みの概念についてまとめてみよう。

（1）短期記憶（退避と復帰） マーヴィン・ミンスキーは、コンピュータ科学を人間の心の研究に拡張した著書の中で、コンピュータにおいては一般的な概念である「割り込み」（interruption）について語っている。[*4] 割り込みは記憶（memory）を一旦退避し、一定時間後に復帰する操作であり、ミンスキーはこれを人間における短期記憶のコントロールとして理解する。人間の記憶には神経細胞の電気信号として存在する短期記憶と、蛋白質合成によって維持される長期記憶とがあることはよく知られている。[*5] 読書過程のような比較的短い時間的スケールの記憶は短期記憶であるから、文の割り込みは、読者に通常以上の短期記憶の保持という、相対的に重い要求を行うスタイルということになる。そのような意味で、この割り込み文体は第一に、テクストの読者に対する呼び掛け構造の一種と言えるだろう。

（2）過程・現象主体（〈ナル〉的・〈コト〉的） 典型的な文の割り込みは、ヨーロッパ語における関係節や動名詞句の構文であり、アメリカ人であるミンスキーもこれを例として論じている。関係節や動名詞句は、一般に日本語には厳密に対応する構文のない文法的概念であるが、古文における主格・同格の「の」や、現代文の形式名詞「の」や「もの」を用いた構文には、関係節と似た割り込みが行われているとも見られる。しかも、池上嘉彦によれば、日本語は〈スル〉的、〈モノ〉的な目的・対象主体の言語ではなく、〈ナル〉的、

〈コト〉的な過程・現象主体の言語である。[*6] 池上は、『古今和歌集』の貫之の歌（「袖ひぢてむすびし水のこほれるを／春立つけふの風やとくらん」）について、「風が解くのは、論理的に言えば〈モノ〉的な対象、つまり〈氷った水〉のはずである。それがここでは〈コト〉化されて、〈水が氷った〉のを風が解くと表現しているわけである」と解する。この例は、一種の割り込み構文と言えるだろう。試みにこの歌を改竄して、鏡花の文体と似た割り込み文を作ることもできる。[*7] つまり、鏡花的な割り込み文体は、日本語の特徴としての、過程・現象に優位性を置く性質を、その本質とすると言うべきではないだろうか。

（3）場から謎へ　割り込みは過程性・現象性の度合により、さらに幾つかの段階へと区別することができるだろう。例えば、対象としての〈モノ〉、過程としての〈コト〉の水準の次に、かりそめに〈ソレ〉段階を想定しうる。「鷺花徑」にはその例も豊富に見出される（傍線引用者、以下同）。

余り思ひ懸けぬことではあり、実際、いま気が着いて恁うしてこんな場合にある其が真個なのか、夢なのか、それから忘れて居るのか、ぼんやりして分らなかつた故もあり。……

指示代名詞〈ソレ〉は、後に述べるように主体との関係において対象を指示するので、その場合には聞き手と読み手とを含む一定の場が構成され、その曖昧な場を介して対象が言及されることになる。さらに、対象そのものは省略されて「もの」へと抽象化され、割り込んだ過程のみが残されると、それは「もの」の提喩（synecdoche）となる。その場合、曖昧さは強化され、対象は一種の謎と化してしまう。[*8] 認知論的に言い換えるならば、割り込みがもとの記憶を乗っ取った、あるいは、退避した記憶が完全には復帰されない状態ということになるだろう。次の引用などがその好例である。

坊やの切ない顔は、ほとぼりのある、すべッこくツて薫の良い、しかも冷々として爽かな白いもので包まれた。引占めた誰かが乳のあたりへ顔をば抱寄せたやうである。

これら以外にも、「鶯花徑」のテクストには、〈ソレ〉水準や〈提喩〉水準の割り込みが多く見られる。ここから、割り込みをいわゆる朧化（曖昧化）や、コノテーション（記号の複合）の作用を発生させる技術として定義することができるのである。

（4）マクロ文法的な割り込み　そして、割り込みは文のみならず、テクスト的な水準でも設定されている。まず、冒頭の一節に典型的に現れているように、段落における割り込み構造が見られる。

松は、あれは、——彼の山の上に見えるのは、確にあれは一本松。晴れた夕暮の空高く、星を頂いて立つてるが、枝も葉も何もない、幹には刻々の入つて居る裂け目が判然と見える。

何時だつたか、其の焼けたのは、冬、凩の吹いた晩、其頃は一樹、兀山の端に麓の町へおつかぶさつて茂つて居て、北の方、熊笹、根笹、萱、薄の谷へ、真直に垂れて居た。其の名高い枝は、長さが二十間あつたといふ。根上りの松で、土蜘蛛の足のやうに蟠まつた弓形の根の下を、潜り潜りして堂々巡をした。私達幼いものは、また其根の上へ攀上つて、見上げるやうな枝の下に五人と七人、目白押をして留まりながら、巽の方、城の中を遙に小さく瞰下して、一の丸の堀端なる、鉄砲庫の傍の、平坦な空地で、聯隊の兵士が演習をして居るのを蟻の湧くやうに見た。足の下では毛氈を敷いて、女まじりに吸筒を開いて流行歌を唄って居ることもあった。夜は、ちやうど三里ばかり隔つた処から海になつて居る其沖の船の目印になるといつて、梢に常燈明が灯されたくらゐ、市の中央だといふ、青いペンキ塗の大橋の上から正面に見える愛宕の一本松といつて、聞えた常盤木だつたのが、——其の凩の暗い晩、十万軒の屋根も、窓も、北向の障子は残らずあかりがさして、辻巷をあかるくして燃え出した。[…]

ちやうど病気でおよつていらつしやつた母様が私を抱いて起きて出て、二階の北窓を開けなすつた、[…]唯見ると、頂に小さな松明、まるで炎なのが中空に燃上つて、左右の山の土は赤く、うらの峰は真黒で、麓の熊笹の枯れたのもあり〳〵と見て取られたあかるい中を、手の細い、白いので指さして、

——（坊や、きれいだね。）とおつしやつた。——

——松は、あれは、確にそれと、鷲の片翼を拡げて植ゑたやうな、いまは枝も葉も何もない根ひろがりに幹の裂け〳〵になつたのを、仰いで星の下に見た。

……と思ひました。

爾時フと心着くと、然うすると、坊やは片手を挙げて、人の胸とおもふあたりで曳かれながら、両側に森のある薄暗い小路を歩行いて居たので。

ここでは、「松は、あれは」という叙述の水準が一旦退避され、「冬、凩の吹いた晩」の水準が割り込み、再び「松は、あれは」の水準が復帰する。文のレベルでも、「あれ」や「其頃」などの指示代名詞的な場や、「見えるの」「焼けたの」などの提喩的な形式名詞が利用された構文である。マクロ文法的な観点からも、こ

れは読者に短期記憶の複雑な操作を要求するスタイルと言わなければならない。「鷲花徑」などに現れた鏡花文体の読みにくさは、ここに胚胎するのである。このような割り込み構造は、イーザーの言うテクストの「ストラテジー」（戦略）の一つである、前景―背景構造の、特に複雑な設定の仕方と言うことができるだろう。

次に、もう一つ「鷲花徑」の魔術的なスタイルと言われるのが、語りの主体の二重化である。この小説の語り手は多くの場合、「私」の一人称であるが、その中に「坊やは」という三人称が混じっている。また語りの水準としても、次のように、回想形の文章に現在進行形の叙述が介入する箇所が多く見受けられる。

一体この市（まち）では北の町はづれと、町中の橋の下の河原と二カ処、非人の救小屋（すくひごや）が建つて居て、慈悲深い人が三度づゝ賄つて遣つてるから、大抵は皆救はれて、果敢（はかな）い露命を繋いで居る。其小屋には入らないで、夜々此処へ来て屯（たむろ）をするのは、いづれ残忍不頼な者ばかりだと聞いて居たが、待て何かいふ、囁く声がする。

この文中の「待て」などがそれである。越野格は「坊や」という主語には母子関係の中に「『私』を退行させる気持ち」の表現、また「待て」には「私」の「〈見る〉機能」を見て取っている。[*9] また、中山昭彦は、ジェラール・ジュネットの語りの水準の理論を適用し、「鷲花徑」に回想と独白の二つの物語の水準を認めた上で、現在進行形の「懐しい」という言葉によって、この水準の区別が崩壊し、唯一の意味を想定しつつ続けられて来た読書が「一気に無効化される」と述べた。[*10] 該当の箇所は次の一節である。

ツイ此さきに、左側に本像寺といふのがある筈、赤門の鉄網（かなあみ）のなかに矢大臣が控へておいでだ。和尚様は算術の上手な人で、法用の相談に行くと、直に十露盤を出してあたつて見せるといつて、皆悪くいふけれど、小児（こども）たち私なんぞ、八算（はつさん）九々を教はりに行つたことがあると思ひ出すと、来た、……其御寺（みてら）の前になつた。足許も暗くなつて御寺の門は閉（しま）つて居る。

左なのは、むづかしい顔をして居るからあまり好かないので、つかまつて背伸をして、さうしてあの鉄網の中を覗くと、優い眼の、右の方をと一寸見ると、暗い中に顔があつたが、額も眉も分らないで、此時活きてるやうに微笑んだ其口許が懐しい。

ところで、主語の二重化や、物語水準の区別の崩壊という観点は、そもそも主語の統一や、確固とした水準の維持という見方を前提としていることは確かである。また、特に種田や越野は、これらの文体的特徴が、母子関係にまつわる「情念」や「退行」の表現であるとする見方を共通に示している。すなわち、魔術的スタイルと母子関係の構図とは二つながらに関連し合い、読者がテクストに適用しているフレーム（枠）を暗示しているということになる。再びミンスキーは、フレームを「これまでの経験の中で身につけてきたある構造」と呼び、個々の経験はこれを活性化すると考えた。[*11] それらの経験個々の特殊な状況や対象は、フレームの内部に空白のまま残されているところの、あるターミナルに結び付けられるとミンスキーは述べている。文芸学の用語に変換するならば、この場合、フレームはヤウスの言う「期待の地平」[*12]、あるいはイーザーの「レパートリー」（蓄積）に近いものだろうか。

しかしながら、適用されるフレームを基準として、テクストをそれに対する単なる逸脱や解体と見なすのでは、フレームそのものには何も付け加わらないことになる。むしろ、「鶯花徑」を読む行為が、もう一つのフレームを作り出し、読書のフレームの備蓄に追加されると言うべきではないだろうか。あるテクストを、定型からの逸脱や解体ではなく、一つの単位として扱うこと——それは、価値評価を旨とする批評や品等論ではなく、それをそれとして記述するテクスト様式論の務めだろう。そのためには、複数の読者がばらばらの言葉で投げ出しているある事態を、一つにまとめ直さなければならない。差し当たり、語りの水準と時間に関しては、四つの特徴を挙げることができるだろう。第一に、既に触れた指示代名詞の頻用、第二に、「私」「坊や」の二つの主語、第三に、時折介入する敬体・丁寧体（「……と思ひました」、「ぢやありませんか」）、また第四には、いわゆる語りの水準の侵犯、回想の語りの現在化・同時化（synchronization）である。

ところで、エミール・バンヴェニストは、代名詞の性質に基づいて、「《話し手》への指向」を含み、その都度「一回きりの」言表行為に関係し、それらは「主体間の伝達の問題」に依存していると述べた。[*13]つまり、代名詞はある場を生成し、この場に規制されて指示を行うような伝達形態なのである。このバンヴェニストの説は、ロマーン・ヤーコブソンの有名な転換子（シフター）の論と繋がっている。[*14]前述の四項に亙る「鶯花徑」の語りの特徴は、いずれも第一の、指示代名詞の性質によって代表されると思われる。すなわち、語り手あるいは語りの現前感の実現、つまりディエゲーシス（純粋に語っているということ）の強化である。これは割り込み構造とも連携して、固有の語りの場を読者がテクストと共有することを要請するように、読者にとっては認知されるのである。このような場の要請は、説話・講談・落語などの大衆芸能と共通の事柄であり、それが鏡花様式のレパートリーと深く契合しているのである。

2 意味論的な「期待の地平」

さて、母子関係の方面については、論者によってどのように読まれて来たのだろうか。その「期待の地平」を次に見てみよう。従来の読みの典型は、種田によるコミュニタス論の周到な適用だろう。種田は「『少い母様』と乞食と子供の間には、『施療院』を中心に見えないコミュニタスが形成されている」と言う。[*15] コミュニタスはヴィクター・ターナーの用語で、文化的中心から排除された有徴者が、特定の空間に作り出す情緒的共同体である。コミュニタスが文化との対立性を強めると、縁切寺などのアジール（避難所）となると考えられる。山口昌男は、構造的劣性を帯びたコミュニタスは、近世の「長屋」のイメージ、さらには「母性的原理」に解消されると述べるが、[*16] コミュニタスが鏡花的テクストの特徴としてクロースアップされる理由もここにある。野口武彦[*17]・松村友視[*18]を始めとして、鏡花様式の核心を〈男性原理〉の解体から〈女性原理〉への移行として見るのは広く行われた読み方だろう。コミュニタスはパラレル・ワールドを形成し、山中異界という鏡花の代名詞的な舞台となるのである。

「鷲花徑」のコミュニタスはまた、エディプス的三角形の構図とも重なるようにも見える。とは言え、エディプス三角形が家父長制による秩序と同型の構図であるとすれば、厳密には、コミュニタスは逆エディプス的であると言うべきだろう。基本的には縁もゆかりもない三つの家族から、母・父・子供が取って来られ、一つの家族が偽造されようとする。この家族が、いわば疑似エディプス、またはコミュニタスである。コミュニタスがカオス的・周縁的な〈女性原理〉を基調とするならば、コミュニタスには〈男性原理〉もしくは家父長制的人物は入ることができない。すなわち、坊やに切りかかった父は当然のこと、「少い母様」を犯した三もまた排除され、さらに「少い母様」を母ではなく妻か愛人とせねばならなくなった司も、コミュニタスから排除される。鏡花様式において、父性（父なるもの）は常に排除されるのだ。「高野聖」（『新小説』明33・2）を例に取れば、作中の富山の薬売りがそれであり、反面、白痴や親父は、もはや〈男性原理〉に従わないものとして、山家に住むことを許されている。

しかし、コミュニタス＝エディプスもまた、フレーム以外ではないのである。このフレームは、〈少年物〉に代表される他の鏡花作品にも共通に適用される。先行する「龍潭譚」（『文芸倶楽部』明29・11）における九ツ谺の空間と、山姫や姉の乳房によるイニシエーション体験、「化鳥」（『新著月刊』明30・4）における橋番の境界性と、少年の命を救う「羽の生えた美しい姉さん」、さらに「清心庵」（『新著月刊』明30・7）の「山中の孤家」と、若夫人摩耶との同棲――これらはすべて、いわば〈コミュニタス＝エディプス〉フレームを形作っている。ただし、これら〈少年物〉に比べて「鶯花徑」は、そのスタイルのみならずストーリーについても、フレームそのものではなく、フレームの逸脱・解体として理解されて来たところが独特のポイントである。ストーリー展開については、早く脇明子が、物語が何度も折り返され、裏返される「二重構造の手法」を指摘し[*19]、種田がこれを発展させて「一つの物語が成就しようとすると、そこに介入して、それを反転させてしまう運動」としての「否定の作用」「魔的な律動」と言い換えている。[*20]

この「二重構造」や「否定の作用」の頂点をなすのが、結末で司の自殺が暗示される一節である。せっかく偽造の家族が完成しようとした瞬間、司は遺書めいた手紙を「少い母様」に渡す。「少い母様は、今でも活きてはいらつしやるけれども」という末尾の一行は、司の死と、「少い母様」の狂気を示唆する言葉とされる。越野によれば、結局、偽造の家族によっても「坊や」の「母恋い」は「代替できなかった」のである。[*21]
また中山からは、「代行・模倣・二重化」の物語は最後に「少い母様」を「父の場所に移行」させ、「母の不在化を告知する」という解釈が示されている。これらの読解は、いずれも〈コミュニタス＝エディプス〉フレームを適用し、そこからの逸脱・解体としてテクストを位置づける方法である。しかしそれらは、畢竟〈コミュニタス＝エディプス〉フレームを強化しているのではないか。そのフレームそのものは、決して変更されないのである。

極言すれば、この事情は、鏡花文芸の読書ひいては文芸理解全般が、いまだなお広義における精神分析パラダイムの内部にあることを示すものである。精神分析を鋭く批判したフェリックス・ガタリは、精神分析の方法を「解釈」「家族主義」「転移」の三項目にまとめ、これが分析のプロセスをいかに規制するかを指弾する。[*22] 精神分析パラダイムにおいては、まずテクストをいずれにせよ「解釈」(interprétation) しなければならないという要請が働き、それは必ずパパ・ママ・ボクのエディプス三角形を含み込んだ「家族主義」(familialisme) へと写像され、それは精神分析における無意識の事後的発見の法則に従って必ずや過去の心的外傷の反復であり、そして最後に「転移」(transfert) によって、テクストのすべての構成員は、いかようにも取り替えの利くものとされる。

このエディプス・フレームへの寄与度が、未だにスタンリー・フィッシュの言う「解釈共同体の権威」を作り出しているように見える。[*23] すべてのテクストは、それへの接近と逸脱の度合いによって測られる。これが、概略として日本近代小説研究のパラダイムであるとしたら言い過ぎだろうか。その意味で、〈コミュニタス＝エディプス〉フレームを核心とする鏡花のテクストは、もはや近代文芸史の傍流などではないと言うべきである。

3　フィードバックと虚構の強度

いかなるフレームも、フレームとして成立している限りにおいて、誤りということはできない。フレームは、一つのヴァージョンとして、論理学的真理値ではなく芸術の様式のような地位を占めるからである。特に、精神分析はその「否定」の疑似論理によって、論破することの困難な強固さを持っている。しかしながら、例えば「鶯花徑」をフレームの逸脱や解体ではなく、むしろ一つのフレームとしてとらえることはできないのだろうか。《母性憧憬》（母恋い）という定型的なフレームを対象化する、何らかの強度を備えたテクストと見なすことはできないだろうか。

ここで留意すべきなのは、〈コミュニタス＝エディプス〉フレームに関して、肝心の「坊や」その人は沈黙を守っている点である。「坊や」「私」は、第一に主人公兼語り手として、第二に割り込みスタイルによって、また第三にディエゲーシスの強化によって、現前を実感させる語りの場を作り出している。そしてまた、その語りは《母性憧憬》の発話を行い、コミュニタス＝疑似エディプス的な人間関係を生成する。ところが、〈コミュニタス＝エディプス〉フレームについては、また《母性憧憬》についても、彼は明示的に何らの意味付与をも行っていない。彼が実父に襲われる契機となった「母様は、父上、母様は、父上」という言葉は、後で司に対しても反復されるが、その言葉の機能として、何を要求しているのかの理解は全く多様でありうる。それを《母性憧憬》（コミュニタス・エディプス願望）として理解したのは、「坊や」以外の作中人物たち全員の方であり、またそれを真に受けた読者たちの側なのではないだろうか。次の引用が、結末の問題の箇所である。

「お前はもう父上（おとつさん）ツていふことをいつちやあなりません。今度は父上々々ツておつしやるとね、母様（おつかさん）を気ちがひにしてしまひますよ。」

手紙の中に、

……折に感じておんまへ様をわがなき母上ぞと思ひ候心は、劣らず母なつかしむこの児ならでは汲み知り候まじ。一度母上ぞと見参らせ候ものを、かやうに思ひなり候ては、自殺して果てし心うつくしき荒寺のかたゐよりも、なほかつ浅ましく候ま丶……

少（わか）い母様は、今でも活きてはいらつしやるけれども。

ここで、オースティン流に、言語行為を発話することそのものとしての発話行為、言葉そのものとしての発話、そしてそれに媒介される発話媒介行為としてとらえてみよう。[*24]「お前はもう父上ツていふことをいつちやあならない。今度は父上々々ツておつしやるとね、母様を気ちがひにしてしまひますよ」の言葉通り、発話を発話媒介行為として受容したことがドラマの始まりだった。そしてこの登場人物の言語態度は、テクストをいわばテクスト媒介行為として、コミュニケーションとしてとらえる読者の言語態度とまさしく一致する。これは虚構観とも関与するのであり、例えば三好行雄のように、虚構とは「エゴの自由に伸長する場を造形する」ための、芸術至上主義の表現であるという見方などと通ずる。[*25]〈コミュニタス＝エディプス〉

フレームはさしずめその具体例ということになるだろう。

これは虚構の文も、非虚構の文と同様の意味作用を持ちうるとする言語観と関連するものである。グレゴリー・カリーの言うように、虚構の文も非虚構文と同じように真理値を持つことは確かである。[*26] 虚構と非虚構との区別を帰結するのは文の意味の違いではなく、文の発話媒介行為、カリーの言葉では文が現実に適用される「力」(force)の違いでしかないということになる。「フィクションにおける文が真理値を持たないという要求は、意味と力との混同に基づいているのである」(カリー)。[*27] しかし、発話の解釈が多様であるとすれば、発話媒介行為の解釈もまた多様となるほかにない。「坊や」の発話の意味が確定しないとすれば、それによる発話媒介行為もまた、決して確定しないはずである。それと同じように、鏡花的フィクションの機能もまた、単純に芸術至上主義とだけはとらえることができないだろう。

もちろん、このような多義的なタイプの虚構文が行う発話媒介行為もないわけではない。それは、そもそもあるテクストがそれとして読み得ることの根拠、つまりフレームを明るみに出すこと、そのものにほかならない。これはイーザーの用語で言えば、読者へのフィードバックということになる。なにゆえにそのように読み得るのかの根拠を、フレームや「解釈共同体」に溯って相対化すること――それが虚構的テクストの行いうる最大の発話媒介行為ではないのだろうか。そのような読解自体の相対化の度合いが強ければ強いほど、そのテクストは強力なテクストなのである。これこそが、虚構の強度と言えるだろう。その場合の読解の水準は、今度はメタ・レベルのフレーム、つまりフレームについてのフレームの顕在化へと受け渡されることになり、このような回路は永遠に終わることがない。

言い換えれば、読者反応批評を挑発し、その批評の内省を徹底せしめるほどに水準の高いテクストほど、虚構の強度がより高いということになる。「鷲花徑」は、また鏡花のテクストは、まさしくそのようなテクストではないのだろうか。《母性憧憬》(〈コミュニタス＝エディプス〉フレーム)という、テクストの作り出す「共通の場」(lieu-commun、常套句)に読者は搦め取られるが、しかしテクストはそのような場を肯定も断言もしていない。そのようなテクストをいかに取り扱うかは、顕在的なメタフィクション以外であっても、常にメタ・フレームを指向するという、いわば一般メタフィクション論、メタ文芸学の問題領域に入り込むことになるだろう。

いずれにせよ、「鷲花徑」は、謎の水準が決して解決されえないようなテクストであることは間違いがない。それを迷宮と呼ぶとすれば、まさしくテクスト的な迷宮を実現した小説であると言わなければならない。

III 夢のファンタジー構造

夏目漱石『夢十夜』「第六夜」

はじめに

物語の主たる機能は、(1)誘惑(読者を受容の回路に引き込み、受容を持続させるための語用論的契機)と(2)差異化(共同体秩序の撹乱と関連する構造化的契機)の二つである。この二つの機能が連携し、物語はその強度を高めるのである。[*1] ところで、一見、淡々とした夢語りのように叙述されている夏目漱石の『夢十夜』(『東京朝日新聞』明41・7・25〜8・5)というテクストにも、このような物語の誘惑と差異化のメカニズムは働いている。しかし、その機構は確かに他の漱石の小説や、いわゆる小説らしい小説と同じではなく、一種のファンタジー(幻想物語)を構成しているように思われる。本章の課題は、その中でも「第六夜」を対象として、このような物語の論理の実態を明らかにすることである。

1　夢と謎の誘惑

『夢十夜』の各編は、何よりも読者をテクストへと誘惑することにおいて異彩を放っている。「第六夜」の物語は、「運慶が護国寺の山門で仁王を刻んでゐると云ふ評判だから、散歩ながら行つて見ると、自分より先にもう大勢集まつて、しきりに下馬評をやつてゐた」という一文から開幕する。[*2] この冒頭のディスクールはテクスト全体を先取りする状況設定を行い、読者をその誘惑によって染め上げるものと言える。まず、明治の今にはいるはずのない運慶が唐突に登場するのだが、それについての合理的な説明は一切ない。「と云ふ評判だから、散歩ながら」という叙述は、運慶の出現に対する驚きの感覚を欠いており、それをあたかも家常茶飯事として呈示する。室井尚は『夢十夜』各編における「夢の枠組み」の設定を分析し、「第六夜」については「明確な標識」「覚醒の有無」「主人公の徴」「ためらいの暗示」などの特徴が、すべて見られないことを図表中に示して指摘している。[*3] 合理的な説明を欠いた叙述が、意味論的に現（うつつ）に対しての夢の印象を共示している。また、読者は夢としての享受の方向性を、『夢十夜』という総タイトルや前後の章段のコンテクストによって、緩やかなフレームとして既に所持しているはずである。従ってこのテクストの誘惑は、まさしく夢の誘惑と言えるだろう。

　この運慶出現の謎は、冒頭で謎として認知され、その謎の解決は物語の結末に至るまで引き伸ばされる。まず、「山門」の「赤松」のたたずまいが、「何となく古風である。鎌倉時代とも思はれる」とされる背景の点描に続く、「所が見て居るものは、みんな自分と同じく、明治の人間である」の逆接の一文が、この謎を凝集させる。次いでその謎は、「自分はどうして今時分迄運慶が生きてゐるのかなと思つた。どうも不思議な事があるものだと考へながら、矢張り立つて見てゐた」の一節によって活性化される。しかし、それが物語展開における謎であることは、結末の「それで運慶が今日迄生きてゐる理由も略解つた」によって、文型の上では一応の解決が告げられることによって初めて固定されるのであり、それ以外の箇所では潜在している。このように微かな線としてではあるが、夢的な非合理性の回路である運慶出現の謎が、一つの統辞論的な縒り糸として「第六夜」の冒頭から結末までの線条性を形作る核となる。この縒り糸があるからこそ、初期条件としての読者の誘惑が、読書行為の開始と持続へと導入・変換されるのである。もっとも、結末における謎の解決の契機へとはるかに導く、もう一条の縒り糸の方を遡って検（あらた）めなければならない。

冒頭の一文によって設定されるもう一つの重要な事柄は、ここから主として繰り広げられるのが「評判」と「下馬評」にまつわる物語であり、他者の言説を取り上げる作業を基軸として進行することの先取りにほかならない。ここで「評判」とは世間で行われる噂のことであり、また運慶が彫刻家として世人から高い評価を得ているとする好評の意味も込められているだろう。また「下馬評」の元来の意味は、下馬先、つまり神社・仏閣の門前で神仏に敬意を表して馬を下りることと定められた場所で、供奴たちが主人を待つ間に交わした世間話のことであり、転じて無責任で取り留めのない評判や噂話のことを指す。これは注目すべきことである。なぜならば、「護国寺の山門」での運慶の仕事を「辻待をして退屈」な「車夫」らが眺めて、あれこれと取り沙汰する図は、「下馬評」の原義に近いように思われるからである。

この「山門」が舞台として選ばれたのは、勿論仁王像が山門に置かれたからだろうが、運慶―仁王―山門―護国寺と連なる、「鎌倉時代」の伝統的な、あるいは聖なるもののイメージと、「明治の人間」の俗のイメージとを対比させる効果もあるだろう。「下馬評」は聖なる境界としての門前において行われた俗なる言語活動であり、それ自体の内部に空間的・文化的な両義性を孕んでいる。そしてそのような「下馬評」を核として展開される物語は、聖と俗との対立、あるいは知識と言語活動における差別化を、物語的な自己差異化の原基として胚胎するのである。いずれにせよ、物語の誘惑と差異化に関わる通路を、「第六夜」はこのような仕組みにより冒頭から顕著な形で読者の前に開いているのである。その通路の奥には何があるのか。

「山門」の舞台への登場人物は、運慶、見物人、それに「自分」（語り手）であり、見物人の評判は前半と後半とで調子が変わってくるものとして語られている。前半は、超然として一心に像を彫り進む運慶に対して、見物人たちは距離を置き、本質的に運慶の作業や才能を理解するのではなく、単なる四方山話の一つとして仁王が引き合いに出される。

最初の「大きなもんだなあ」と、「人間を拵へるよりも余つ程骨が折れるだらう」は、仁王の寸法の大きさと、それを制作するための労力の大きさへの賛嘆である。次の「へえ仁王だね。今でも仁王を彫るのかね。へえさうかね。私（わつし）や又仁王はみんな古いのばかりかと思つた」とは、運慶出現の謎と同じく、仁王彫刻の時代ではない明治に仁王が彫られていることへの驚きが込められている。最後に、「どうも強さうですね。なんだつてえますぜ。昔からだれが強いつて、仁王程強い人あ無いつて云ひますぜ。何でも日本武尊よりも強いんだつてえからね」と言う男については、「此男は尻を端折つて、帽子を被らずにゐた。余程無教育な男と見える」というコメントが付されている。仁王は本来金剛力士像であり、仏法守護のため寺の門に左右一対安置されたものである。護法の力士であるからいかめしい形相と力を張らせた体勢を取り、「強い」印象を受けるのは言うまでもない。しかし、「人」ではなく、また古代神話の「日本武尊」と比較するのも筋が違う。この男の服装はいかにも粗野であり、発言の内容からも推して「余程無教育な男と見える」と述べたものだろう。

こうして、仁王の大きさ・制作労力・古さ・強さなどの賛嘆は、仁王について辻待ちの車夫らがてんでに述べた批評であり、仁王の出来栄えや制作者である運慶の技量にまでは到達していない。彼ら大衆の評判は、運慶のいる空間を取り巻いてはいるものの、それとは関わりを持たないままに、結局単なる品評として終わってしまう。彼らに対して「自分」は、「余程無教育な男と見える」とまで最大限に卑下し、後述のように、後半の「若い男」の場合とは際立った対照を見せる。

それらの見物人に対して、運慶は一貫して超然とした態度を取っていて、その意味で彼は隔離された空間にある。「委細頓着なく」鑿を振るう様子、烏帽子を身につけた「如何にも古くさい」外見などは、「わい〳〵云つてる見物人とは丸で釣り合が取れない様である」と明記される。実際、時を隔てた鎌倉時代と明治時代とが、同一空間内に出現するのが「第六夜」の空間のあり方である。先述の通り、護国寺・山門・仁王・運慶の領域と見物人や「自分」の側の領域とが、同一空間に位置を占めながら、しかし決定的に接触することなく同居する。従って現実的に考えてみれば、これは非常に奇異で、怪異な事態なのだ。古来、物語は多かれ少なかれそのような日常的空間への異空間の突出を誘惑のための差異化として用いてきた。ファンタジー論の用語を借りれば、〈エヴリデイ・マジック〉の趣向である。『夢十夜』も全体としては、夢としての差異化を魅力としていることに疑いはない。

だが、「第六夜」には先行する「第四夜」（爺さんと蛇）や「第五夜」（天探女）のような、いかにも不気味な印象は薄い。その理由は、例の運慶出現の謎を謎として認知しているのは「自分」だけであり、しかもそれは内心の疑問であって、周囲の見物人たちは、運慶の出現を受け入れた上で、仁王についての評判を展開するからである。テクストが怪異であるはずの事態をあらかじめ前提として設定するとき、〈エヴリデイ・

マジック〉は成立せず、全面的に幻想の支配する〈ハイ・ファンタジー〉の世界が現出する。もちろん、「自分」だけはこの事態を「不思議」と感じているから、完全に〈ハイ・ファンタジー〉にもなりきれていない。「自分」は、全面的に幻想を幻想として対象化することも、逆に幻想を現実と信じてはまり込むこともない。つまり、いずれにせよ安定した幻想と現実との二分法からは微妙にずれた位置に「第六夜」の光景は置かれ、「自分」の思惟はそのずれによって一定の不自由な違和感を帯びている。むしろこのずれ・不自由さ・違和感こそ、夢としての物語内容的なフレームを提供するものとなる。

3　物語言説の「妙境」

この微妙な空間のあり方に注目して感想を述べたのが、後半に登場する「一人の若い男」であった。「流石は運慶だな。眼中に我々なしだ。天下の英雄はたゞ仁王と我とあるのみと云ふ態度だ。天晴れだ」と称賛する。「眼中に我々なし」とは、もともとこの空間が二つに分断されており、運慶のいる空間からこちらへと越境できないからである。運慶は、「何となく古風である」光景の中で「如何にも古くさい」格好をして、「一生懸命に彫てゐる」。彼は、いわばここにいてここにいない存在者なのである。そして、「あの鑿と槌の使ひ方を見給へ。大自在の妙境に達してゐる」と若い男が繰り返す「妙境」とは、運慶が存在する側の空間における彼の技量が、こちら側の理法からすれば理不尽なまでに「大自在」であることを示している。ここまで、「第六夜」の世界は、理法を異にする二つの空間が、独特な仕方で接続された一種の〈パラレル・ワールド〉（平行世界）の構成を顕著に示しているようである。

「第六夜」を論ずる際に常に問題となり、また漱石の芸術観などと関連づけられることも多い箇所として、「能くあゝ無造作に鑿を使つて、思ふ様な眉（まみへ）や鼻が出来るものだな」と「自分」が言ったのに対して、「あの通りの眉や鼻が木の中に埋つてゐるのを、鑿と槌の力で掘り出す迄だ」と若い男が答える場面がある。これが結末の「自分」が家に帰って同じことを試みても、決して仁王を彫り当てられなかったという挿話を導く。これは、前半で凝集される運慶出現の謎と双璧をなす、仁王発掘の謎とでも呼ぶべきもう一つの謎である。この謎もまた、この後展開され結末に至って取り敢えず解決される。芸術観の表明として「第六夜」を読み解いた代表的な論者、坂本浩によれば、「ここでぜひとも注目せねばならぬことは、『木の中に埋つてゐる』ものを、はっきりと見ぬくことのできる芸術家の『心眼』である。このような『心眼』の獲得には、想像を絶した魂の修行がなくてはならぬ」はずである。だが、開化の日本は、「仁王の大きさ、強さといった外発的なもののみにかかずらわって、基軸となるべき宗教的なものを忘却してしまった。だから、『遂に明治の木には到底仁王は埋つてゐない』ことになるのである」とされる。[*4]

　坂本の観点は、二つの空間の同時存在という「第六夜」の基本的な構図を、宗教に裏打ちされた芸術の悲壮美を可能にする時代と、それが不可能である時代との対立に置き換えた見方であり、現在でもそれなりに魅力的である。しかし、「第六夜」をはじめ『夢十夜』の各章段は、芸術観にせよ何にせよ、漱石の世界観を表明すると言えるほど明瞭に確定的な言説によって成り立ってはいない。一般に夢なるものは、夢語りや夢判断など通常のテクストよりも深い何らかの解釈を招き寄せるが、解釈が深いとすればそれだけ多様な関連づけが可能となる。すなわち芸術観の表明として読もうとすれば読めるが、それに収斂させることはできない。「第六夜」における運慶は彫刻家であっても、これを芸術家一般の典型と言うことは無理があるだろう。確かに、仁王像の作者としての運慶は、『草枕』（『新小説』明39・9）や「文芸の哲学的基礎」（『東京朝日新聞』明40・5〜6）などにもその名が挙がっており、これを漱石は芸術家の一典型として意識していたのかも知れない。だが、「運慶の仁王も、北斎の漫画も全く此動の一字で失敗して居る」（『草枕』）や、「運慶の仁王は意志の発動をあらはして居る。然しその体格は解剖には叶つて居らんだらうと思ひます」（「文芸の哲学的基礎」）などの片言節句から、具体的な運慶論を導くことはできない。

ここまで述べてきた〈パラレル・ワールド〉構造を最後の場面にも援用すれば、差し当たり、結末の解釈はそれほど困難ではない。運慶出現の謎と仁王発掘の謎は、後者が解かれることによって前者も解答を与えられるという順序になっている。「自分は積んである薪を片つ端から彫つて見たが、どれもこれも仁王を蔵してゐるのはなかつた。遂に明治の木には到底仁王は埋つてゐないものだと悟つた。それで運慶が今日迄生きてゐる理由も略解つた」。運慶が仁王を「無造作」に発掘するかのように彫刻しえたのは、運慶の存在している空間が、明治の空間と並立してはいても、それとは異なった彼岸の空間だからである。彼岸の空間では、木の中に仁王が埋まっている。だが、護国寺門前という異空間を離れ、家へ帰った「自分」が位置しているのは、運慶の空間ではなく明治の日常の世界であり、その空間には仁王の埋まった木はない。運慶が今も生きている理由は、仁王の埋まった木とそこからの仁王の発掘が現に見られたからであり、すなわち鎌倉時代の空間が出現したのであるとすれば、そこには仁王の生きていることも認められるからである。

もっともこれらは、いずれも合理的な解明とは言えない。論点先取、論理の飛躍、矛盾に満ちており、ただ感性的には納得出来ないこともないという水準のものである。運慶出現と仁王発掘の謎という怪異の発生を、対象化しつつ対応する〈エヴリデイ・マジック〉の発想と、最初から前提とする〈ハイ・ファンタジー〉

の発想とが、この結末の叙述においては自在に交錯しているのである。ところで、こうした「無造作」な叙法の展開、物語の筋の「無遠慮」な構築は、いわば一種「大自在の妙境」風とは言えないだろうか。「第六夜」のテクストは、自らが語っている物語内容の運慶が彫刻の領域において行った作業と、自らの語り口である物語言説において行われる作業とが、相呼応し反復するような構造になっているとも見られるのである。

4 飽和したテクスト

以上の論旨をまとめてみよう。「第六夜」の物語としての機能は、(1)まず運慶出現の謎として凝集され、仁王発掘の謎によって活性化される誘惑と持続の回路により、全体として緩やかなフレームを与えられる。次にそのミュートスの構造化においては、(2)「下馬評」なる他者の言説の認識にまつわる差異化として、見物人一般と「若い男」の発言とが対照され、それらを包括して理法を異にする二つの空間が同居する〈パラレル・ワールド〉構造が立ち現れる。そして、(3)合理的解決とは異なる叙法により、しかも〈エヴリデイ・マジック〉と〈ハイ・ファンタジー〉とが交錯する仕方で、それらの構造化が展開されてゆく。端的に言って、運慶の出現とその超然とした態度という不思議な出来事を、それほど不思議とも受け止めていない人々の噂話を聞きながら、それをやや不思議と思う「自分」が、「若い男」の発言に触発され、現実的には明瞭とは言えない仕方によってこの謎を解いてみるというのが、「第六夜」の骨格なのである。夢といえば、確かに夢幻的な物語であるというほかにない。*5

このような「第六夜」は、総じて『夢十夜』全体に通用する夢または幻想の基本的な枠組みを証している章段にほかならない。特に、長大な時間の経過、あるいは過去と現在の同時存在する趣向は「第一夜」「第三夜」「第五夜」などと、また何らかの謎に対する認識を問うところは「第二夜」などと通ずるものがある。『夢十夜』前半のファンタジー的な色彩は、「第六夜」によっても凝縮された姿で現れている。しかし、それ以上の、あるいはそれ以外の意味付与、例えば芸術論的もしくは関係論的な属性は、特に「第六夜」についてはてははっきりと読み取れる事柄ではないだろう。だが、読み取れないというわけでもない。つまり、これは無意味なテクストなのではない。むしろ、あらゆる意味に満ちた、飽和したテクストと呼ぶべきだろう。近代的な小説などに要求されることの多い、謎の解決という結末そのものが一種の謎とされているからこそ、横溢し続けるファンタジーとしてのニュアンスそのものが、いつまでも読者をとらえて離さない。「第六夜」とは、そのような言葉の配合を与えられたテクストなのである。

IV 〈書くこと〉の不条理

田村俊子「女作者」

はじめに

瀬戸内寂聴は田村俊子の評伝の中で、大正初年代における田村の位置づけが、いかに大きく比類がなかったかを述べている。すなわち、劇作家長谷川時雨、歌人与謝野晶子を除けば、田村は「小説家としては、往年の樋口一葉の名声についで、はじめて傑出した女流であった」[*1]と高く評価されていたとされる。現代の観点から特筆すべきことは、田村のテクストが、フェミニズムによって評価されるような女性＝作家の社会的な位置づけをめぐる鮮烈で先鋭な表現とともに、〈書くこと〉にまつわる錯綜した小説形式を見事に実現している点である。本章ではその観点に従い、短編小説「女作者」（原題「遊女」、『新潮』大２・１）を中心として、特に文壇的出発期の作品を分析し、田村のテクスト様式を探ってみたい。

1　〈女作者〉という言葉

〈女作者〉は本来、「女性の芝居の作者」（『日本国語大辞典』、小学館）の意であり、テクスト「女作者」はこれを独特の意味で用いている。冒頭の一文は、「この女作者の頭脳のなかは、今までに乏しい力をさんざ絞りだし絞りだし為てきた残りの滓でいつぱいになつてゐて、もう何うこの袋を揉み絞つても、肉の付いた一と言も出てこなければ血の匂ひのする半句も食みでてこない」というものである。ここで〈女作者〉が指し示す対象が、「女流作家」や「女性作家」のそれと同じであることは明らかである。ただし、指示は同じだが意味が異なる。〈女作者〉が、耳慣れないけれどもありうべき語として認知されるのに対し、恐らく〈男作者〉はさらに一層、奇異に感じられるだろう。作者が男であることは近代社会において暗黙の前提となっていたのであり、ことさらにそれを明記したところで通例は意味がないからである。従ってこの片々たる呼称は、たった三文字によって、近代において言葉の支配者が誰であったかを逆説的ながら如実に物語っているのである。

このテクストは、文の主語として執拗に「この女作者は……」を反復し、読者に女を意識することを不断に余儀なくさせることにより、徐々に様々なコノテーション（共示）をその周囲に蝟集させて行く。そのコノテーションは、女が作者であることが近代の制度的空間において生じる軋轢をえぐり出すのみならず、その空間において、そもそも女であることがいかなる存在様態を持つ現象であるかを修辞的に呈示するのである。従って、「この女作者」と呼ばれるような特定の女性像を描きつつも、その問題の糸は、はるかに近代全般を覆う網の目まで伸びているのである。

さて、テクストの冒頭から、〈女作者〉の書く言葉は、「肉の付いた一と言」や「血の匂ひのする半句」であると語られる。長谷川啓が論じたように、「肉」「血」「匂ひ」などの生理的・肉体的な語彙は、「生血」（『青鞜』明44・9）や「憂欝な匂ひ」（『中央公論』大2・10）の題名、あるいはそれらの内容によって端的に示されるように田村特有の形象である。[*2] 娘の「生血」を吸う男や、官能を目覚めさせる花々の「匂ひ」と同様、ここでも「肉」や「血の匂ひ」は、〈生命＝性〉の表象として一応は理解することができる。だが、〈女作者〉の「袋」と化してしまった精神からは、そのような〈生命＝性〉の喚起力は枯渇し果てている。「毎日机の前に坐つては、原稿紙の桝のなかに［…］いたづら書きばかりしてゐる」〈女作者〉の有様には、同時代の、たとえば有島武郎『生れ出づる悩み』（大7・9、叢文閣）や志賀直哉『和解』（『黒潮』大6・10）などの主人公と通じ合う要素がある。創作という「自分の仕事を神聖なものにしようとして」呻吟し、他階級労働者の生活を想像力のみによって作り上げる『生れ出づる悩み』の「私」や、小説「夢想家」制作を軸として父との関係を考察しようとする『和解』の「自分」にとって、執筆という表現活動を成就することと、この世界における自らの存在を確証することとは呼応する事柄である。大正期の、これら〈作品執筆〉のミュートス（筋の類型）を分有するテクストにおいて、執筆は、例えば階級や家族などの関係システムと同列に作動する生命の証明にほかならない。だからこそ彼らは、外からの要求によってではなく、自発的に刻苦して執筆に賭けるのである。

「女作者」もまた、〈生命＝性〉を確証すべき執筆のテーマを、その冒頭において鮮明に読者に印象づける。以後、このテクストは、〈生命＝性〉枯渇の元凶とそこからの回復をパースペクティヴとし、それが〈書くこと〉について書くという一種再帰的な機構において実現されるプロセスを、テクスト読解の道筋として読者に要請し続けるのである。だが、そこで作動する関係システムが、有島の階級や志賀の家族など、男性作家たちが専ら扱った領域ではなく、実に「亭主」との関係、すなわち女（妻）から見られた夫婦関係であるところに、田村のフェミニズム的な先見性があったと言うべきなのである。〈女作者〉の主要なコノテーションはここにある。それは夫（男）と共に（関係の中に）ある〈女（妻）としての書き手〉である。

2 「白粉」の現象学

ところで、「この女作者はいつも白粉をつけてゐる」。化粧は「何とも云へない醜いむきだしな物」すなわち「自分の素顔」を覆い隠し、「自然と放縦な血と肉の暖みに自分の心を甘へさせ」、「自分の情緒を何か彼にか浮気つぽく浸し込んで、我れと我が身の媚に自分の心をやつ」すことを可能にする。尾形明子はこの化粧の形象に注目し、「女の本能と自己の資質、官能を大胆に表白し、その芸術に生きられないことの苦痛に身悶え」する「ナルシシズムの境が見事に描かれている」と評価しながらも、「化粧に托して女であることに甘え、その範囲内でしか息付こうとしなかった」点に田村作品の限界を指摘している。[*3] 確かに、日常生活で白粉を塗る化粧が、当時の女性に特有の習慣であったとすれば、化粧は専ら男性によって見られることに価値を置かれてきた「光景としての女性」(バージャー)[*4]に固有の行為であり、それを女性自身が内在化した「媚」(コケットリー)を目的とする作業であるとも言えるだろう。そこに単純に惑溺することは、「女であることに甘える」行為かも知れない。実際、後に「彼女の生活」(『中央公論』大4・7)では、「男のために髪結化粧の時間を多く取られる」人物(優子)の姿勢が、批判的な筆致で綴られている。だが、化粧の意味も単純ではない。尾形の論は、化粧すなわち「本能」「官能」「ナルシシズム」と連想を繋ぐ解釈の定型に、少々とらわれ過ぎの感もある。なぜならば、化粧という現象もまた、このテクストにおいては単なる「本能」や「官能」の仕草ではなく、執筆行為との関連において特定の意味付与が行われているからである。

すなわち「どうしても書かなければならないものが、どうしても書けないく\と云ふ焦れた日にも、この女作者はお粧りをしてゐる」のであり、白粉を「溶いてる時」「顔に刷いてゐる内」に、創作の「想が編まれてくる」とされる。山﨑眞紀子は、白粉には古来呪術的な意味が与えたれていたことから、この作品と「古代人の感性」とに共通点を見出し、「『女作者』は、おしろいのもつ呪術的な作用によって書く力を獲得してきた、ある女性作家の物語である」と述べている。[*5] そのような「呪術」の内実とはどのようなものだろうか。化粧が「むきだしな」自我を物理的に加工して「情緒」をことさらに生成する拡張原理であるとすれば、それは同時に、そのことによって精神活動に対して〈生命＝性〉の差異を備給し、執筆に関わる創造的な想像力を解発することを可能とする、クリエイティヴな精神＝身体工学でもあったのである。「お粧り」はいわば執筆を導くテクノロジーであり、文字通り〝お作り〟でもあるということになる。そして化粧は、逆説的に、無前提に存在する不可侵の実体としての自我という思想を否定する。自我もまた、人為的に制作され、場面によって変化させることのできる自在な現象にほかならないのだ。ここで化粧は自我の自由を共示する。従って〈女作者〉の自我は、演技する「女優」の自我に近づく。それこそが、テクストの末尾に「自分の好きな女優」の「手を握りしめて唇のあたゝかみで暖めてやりたい」という心境が置かれる所以である。光石亜由美は、「女作者」に触れて、「〈書く〉ことは白粉を塗ることであり、装うことであり、演技することであり、〈女〉になることであった」とまとめている。[*6] そしてこれらのパラディグムを一つに統合した記号こそ、「女作者」という題名であったのではないか。すなわち、女を「お粧り」によって作る作者――それが〈女作者〉のもう一つのコノテーションである。

3 〈女作者〉と「亭主」

だが、この小説は、女性における化粧の効果を称揚するようなテクストではない。むしろ、ここでは既に、化粧は役に立たないものと化しているのである。すなわち、主人公の〈生命＝性〉の枯渇は、もはやこの自我拡張の原理によっても癒されることはない水準にまで落ち込んでいる。そこで、彼女は「亭主」の存在に期待し、夫婦関係というシステムにおいて、干上がった執筆の源泉を回復しようとするのである。しかし、女が男に向かって、「私何所かへ逃げて行きますよ。後であなたが好い様に云つておいてくれるでせう」と告げても、男はそれに対して「おれは知らないよ」と拒絶してしまう。この「亭主」にしても、自分なら幾らでも書けるのに「女は駄目だよ」と軽蔑するが、その怠惰な様子からして、実際には書けるとは思われない。この物語の圧巻は何と言っても、この言葉を聞いて逆上した女が男と争う次の場面だろう。

「裸体になつちまへ。裸体になつちまへ。」

と云ひながら、羽織も着物も力いつぱいに引き剥がうとした。その手を亭主が押し除けると、女作者はまた男の唇のなかに手を入れて引き裂くやうにその唇を引つ張つたりした。口中の濡れたぬくもりがその指先にぢつと伝はつたとき、この女作者の頭のうちに、自分の身も肉もこの亭主の小指の先きに揉み解される瞬間のある閃めきがついと走つた。と思ふと、女作者は物を摑み挫ぐやうな力でいきなり亭主の頬を抓つた。

ここに至っても執拗に散在する「女作者」の語が、単なる女ではなく、作者としての女として、すなわち執筆を自己に課そうとして苦闘する制作者として主体を規定する。彼女は「亭主」の衣服を取り去り、「脣」から手を入れて男の身体を内側からめくり返そうとするかのような狂態を示す。これは「亭主」の存在を、その根源にまで下って破壊しようとする素振りのように見える。それは作者としての彼女が、もはや書くことをしない、リタイアした書き手としての男から受けた侮辱に対する復讐であると同時に、自らもまたそのような夫婦関係においてしか存在しえない現状を物語っている。実際、これは暴力と呼ぶにはほど遠く、むしろ逆に愛撫を与えているように見え、さらにそれは愛撫を求める行為にさえ見える。その時、男への復讐は、男への依存と同義となるだろう。「自分の身も肉もこの亭主の小指の先きに揉み解される瞬間のある閃めきがついと走つた」とは、そのような復讐＝依存の関係を鮮烈に表徴する表現である。この〈女作者〉にとって、夫婦生活とは、そのように両義的な関係の中に自ら拘束されることにほかならない。この表現は官能的とも呼んで呼べないことはないだろうが、ただし、「女作者」の語の散在によって、それは単なる官能の問題をはるかに凌駕する意味合いを獲得するのである。

これも長谷川が適切に集約しているように、いわゆる「男女両性の相剋」というテーマは、「生血」に始まり、「誓言」(『新潮』明45・5)、「木乃伊の口紅」(『中央公論』大2・4)あるいは「炮烙の刑」(同、大3・4)へと受け継がれ、最終的には「彼女の生活」によって一応の完成を見る。[*7] ところで、それらの作品は同工異曲の設定を備えているものの、その間に顕著なニュアンスの違いを認めることができるだろう。すなわち姦通の自由を真正面から主張する「炮烙の刑」や、結婚生活における性差別の本質を、たとえば家事・育児労働や、いわゆる「愛の労働」などの細部に亙って描いた「彼女の生活」などの、「フェミニズム意識が最高度に噴出した」（長谷川）作品群に対し、それ以前のものは主張性という点においてそれほど明瞭とは言えない。特に、夫婦間の対決という核心部分の仕組みにしても、「女作者」や「木乃伊の口紅」では、社会における性の二重基準は背景として暗示されてはいても、明確に前景化されることはない。ただし、思想的なメッセージ性が希薄であるからと言って、そのことが文芸的な評価に直結するものではない。むしろ逆に、いわばより象徴的な次元でそれらの課題は萌芽的に先取りされており、それがこれらの作品の大きな魅力をなしていると評価するべきではないだろうか。

具体的には、やはり女性作家の苦闘を夫との生活の中で描いた「木乃伊の口紅」では、男の木乃伊と女の木乃伊とが絡まり合うという主人公（みのる）が見た夢の場面が、「両性の相剋」の極めて典型的かつ象徴的な造形となっている。ここでも、化粧は重要な意味を与えられている。女の木乃伊はその唇に「まざ〳〵と真つ赤な色」の紅をさしている。この口紅は、やはり執筆の理想を追求するみのるの、秘められた意志の表象としての化粧と意味づけられるだろう。だが、夫の義男は「夢の話は大嫌ひだ」と取り合わない。夢語りは、夢が最も内密なイメージをなすがゆえに、そのイメージの実感を十分に交換できる時には、最も共感的な関係を生ずることを可能とするような言語形態である。従って「夢の話」を拒絶することは、夫婦間の情緒的共同体の成立を拒否し、別々の個体として男女を疎隔させることを帰結する。この印象的な場面は、「男の生活を愛する事を知らない女と、女の芸術を愛する事を知らない男と、それは到底一所のものではなかつた」と明記されるように、全く響き合うところのない、相異なる資質の二人が夫婦生活を営むことを鮮明に問題化するのである。ちなみに後年、宮本百合子は『伸子』（『改造』大13・9〜15・9）において、同様の問題を一層徹底的に究明することになる。

「女作者」に戻ると、作中の「亭主」は確かに陰険ではあるものの、特に際立って抑圧的な男というわけではない。だが、彼女の乱暴な行為を受けてもほぼ無視し、別れると言っても好きだと言っても無感動であり、彼女から見れば、「自分の心の内に浸み込んでくる一人々々の感情でも、この男は自分と云ふもの丶の上からすべてを辷らせて了つて平気でゐる」としか思われない。つまり、肉体的にはどうであれ、ほとんど精神的共感というものの皆無な男女が、にもかかわらず共同生活を復讐＝依存的に持続することによってしか、この〈女作者〉は世界内に位置を占めることができないのである。〈女作者〉は、もしも十分に作者たり得るならば、そうした二重基準に対抗して社会に位置を占めることが可能となることだろう。恐らく、人間田村俊子の生き方の最高の部分もそのようなものであった。だが、〈女作者〉の場合は、それ以前の水準に限界づけられた女であり、その限界においても「結婚」という形式に依存する〈生活＝性〉というヴィジョンから脱することができない。「けれどもこの女作者は一人になり得ないのである」。従って、〈女作者〉はここで、純粋に作者（自立者）となることのできない女という意味形象を、逆転的に共示することになる。

4　両性間の不条理と〈書くこと〉

女であるという理由で、脚本が当選したために放校となり、自立を夢見ながら懊悩する人物（富枝）を描いた最初の代表作『あきらめ』（『大阪朝日新聞』明44・1・1〜3・21）以来、田村のテクストは、女であることと作者であることとの間に生ずる一種の矛盾を一貫して追求し続けたと言うことができる。「女作者」はその頂点をなす作品なのである。「亭主」との惰性的生活に首まで浸かりながらも執筆への夢を忘れず藻掻き続ける主人公が、この矛盾を体現した人物であるとすれば、「別居結婚」をする「女友達」の存在は、テクスト内に配置されたあり得べき理想像とも見ることができるだろう。結婚も恋も畢竟自分自身のためにすると述べ、「自分の芸術に生きる」ことを力説する「女友達」は、いわゆる「新しき女」の典型ということになる。他方、それに対して当の〈女作者〉の方は、「亭主」と結婚したのは彼が「初恋」の相手であったからで、「私ぐらゐ自分のない女もない」とか、「何によつて生きたら好いのか分らない」などとしか言えないでいる。これらのことから、この作品の原題の「遊女」とは、主体性のないまま、結婚生活に復讐＝依存関係を求める女というほどの意味ではないかと推測できる。また、「女友達」の自信に満ちた自己主張と、〈女作者〉の弱気との間の落差は、女性解放論議一般に対する田村文芸の距離をも示唆しているとも言えるかも知れない。ただし、テクストの冒頭で設定された〈生活＝性〉が枯渇したことにまつわる根源探求という目標は、〈女作者〉自身が、「女友達」のまことしやかな熱弁にも脅かされるほど「脆い意久地のない」自分の心に気づくことにより、実質的には達成されたと見ることもできる。これは、女イコール作者という状況がなぜ語義矛盾となるかの理由を、たとえば「彼女の生活」のように克明な外部条件の解明ではなく、執筆への可能性の階梯として、化粧や「亭主」、それに「女友達」など〈生命＝性〉の差異を生成する幾つもの要因を経巡ることによって、象徴的（文芸的）に表現したテクストなのである。そして〈女作者〉という独特の語は、これ以後も、このテクストのこうした重層性に触発された多様な読み方に応じて、様々なコノテーションを生み続けることだろう。

「女作者は我れに返ると、何も書いてない原稿紙に眼をひたと押し当てた。何か書かなければならない。何を書かう。……」。〈女作者〉はこの、何かを書こうとする姿勢を取り続けはしても、その所産としての作品は決して書かれはしない。書かれるべき究極の作品とは、〈生命＝性〉の充足という理想の実現と並行するはずであるが、それが実現された時、もはや〈書くこと〉の要求は意味のないものとなりかねない。従って〈書くこと〉の要求は、必ずや書けない現状の叙述という物語の実質を伴って表現されなければならない。だからこそ、実際の作品が書かれた時、その作品は循環的に再びそのテクストと同型対応する形態を呈することになるだろう。プルーストの『失われた時を求めて』（一九一三〜二七）やサルトルの『嘔吐』（一九三二）の結末にも通じる、〈作品執筆〉のミュートスが分有するテクスト構造的な不条理、もしくはパラドックス、すなわち〝〈書くこと〉は書かれないことによって充足される〟と書くこと、がここに現出する。「女作者」の場合、この不条理は男女のペアーによって成立する不均衡な関係形式としての結婚という制度の不条理と嵌め合わせられる。また浅草に生まれ、アメリカに渡り、上海に死した生涯の幾変転においても、変わらず書き続けた田村の像とも重なることも否めない。結末の「冷たさうに赤くなつてゐた」女優の手とは、また書き続ける〈女作者〉の手でもあろう。〈書くこと〉の不条理、それは畢竟、自由を求める傾向が、逆に自他をも拘束しなければ止まない、〈生命＝性〉一般に幾ばくかの程度か含まれている不条理の謂以外ではない。田村の作品を、より広大な視野のもとに解き放つ試みは、既に始まっている。*8

V 他者へ、無根拠からの出発

武者小路実篤「生長」

はじめに

本多秋五は『白樺』派の中心課題として「内なる我」の充実という要求を認め、それが自由民権運動からプロレタリア文学運動に至る社会改革・革命陣営において最も欠落した概念であったことを次のように指摘している。「運動参加者めいめいの自己の内部に『内なる我』の充実が欠けていたからだという、かねてうすうすは感じていたことが、ここに実証されているのを私は覚ったのである」[*1]。もちろん本多が述べている「内なる我」の充実とは、単に「我」のみで完了するものではなく、その際の実践とは、自己（我）の主体的統括の延長としてなされるべき、他者と共同体への働きかけにほかならない。社会運動を離れても、現世において単独の個人は決して生存することができないのだから、そのような働きかけとは、極言すれば、対他関係において主体を根拠づける行為であると言ってもよいだろう。いかなる主観主義も、他者との対面を抜きにしては、世界観・人間観として十分な影響力を持ちえないのは当然のことである。その事情は、『白樺』派の作家たちにおいても変わりはない。そのうち既に有島武郎については、そのような主観主義が他者を導入し、他者との関係において自己の存立を規定するような思想のあり方を検証したところである[*2]。では『白樺』派の中心人物であった武者小路実篤は、初期のエッセーにおいて、どのように自己の主観を他者のそれへと接続し、他者と共同体への働きかけの回路を確保しようとしたのだろうか。本章では、『生長』（大2・12、洛陽堂）前後の幾つかのテクストについて、その問題を軸として読み直してみよう[*3]。

1　絶対的な自己

武者小路の世界観の原点には、他者の占めるべき席は用意されていない。そこには、ただ絶対的な自己が存在するだけである。「自分は他人に冷淡なことを感謝する。他人の自分に冷淡なことを感謝する」（「自分と他人」、『白樺』明43・7、以下特記しない場合、発表誌は『白樺』）と武者小路は述べる。「『自己の為』及び其他について――『公衆と予と』を見て杢太郎君に」（明45・2）には次のような文章が現れる。

かくて私は自己と云ふものを最も信用するやうになりました。私にとつては「自己」以上に権威のあるものはありません。私は左だと思つてゐる間は左だと思つております。右だと思つて来れば右だと思ひます。私は左だと思つてゐるのにある人が右だと云へば私はその人をまちがつた考を持つてゐる人と思ひます。そのかはり自己が右だと思つてゐることを左だとは申しません。

このエッセーに詳しく述べられているように、武者小路は、「理性の価値」は教えるが「自己の力」を閑却したトルストイの思想から脱却し、マーテルリンクの『智慧と運命』（一八九八）などから、「自己の力」の尊さを「天啓」のように受け取ったという。「私はマーテルリンクによつて『自分の力』だけのことをしなければゐけないこと、さうして『自分の力』をだん〳〵養つてゆくこと、又『自己』と云ふもの、深さのわからない代物だと云ふことを教へられました」。このようにして武者小路の立脚点は、紛れもなく「自己」

一元論の立場に集約されたのである。[*4]

もっとも、ここに至るまでの思想形成のプロセスは単純なものではなかった。出自が華族であるとはいえ、父の早世のために厳しい倹約を強いられるような家庭環境が、世間一般からは富裕な一族と見なされ、その結果、若き武者小路のいわば階級的な自己同定には、階層的な上下に引き裂かれる著しい屈折が伴っていたのである。彼が一時期顕著に示した、トルストイの清教徒的・利他的な禁欲主義への傾倒の姿勢は、このような屈折の表現であったと言ってもよいだろう。これは『荒野』(明41・4、警醒社書店)、『彼の青年時代』(大12・2、叢文閣)、『或る男』(大10・11、新潮社)などのテクストにおける記述から明らかであり、またそれらを対象とした本多[*5]や大津山国夫[*6]の研究において論証もされている。むしろ、いかなる自己同定も可能ではないにもかかわらず、強烈な自己同定の意思を持つ者が、既成の何物にも依存することなく、自己の行動(言論・行為)の基盤をただ自己のみに置こうとするような思想の展開の成り行きは、あながち不自然ではないものと思われる。それは、いわば無根拠からの出発であっただろう。マーテルリンクの思想は、その展開のための格好の跳躍板となったのである。

2 反復される情報

しかし、武者小路の「自己」中心の思想は、こうした由来からしても、決して他者を完全に排除して成立しうるものではない。原理的に見て、自己同定は他者による同定と相互的でなければ意味を持ちえないからである。エッセーの文体において、消極的な第二項として登場するかのように見える他者こそが、実はそのようないわゆる絶対的自己の根拠を保証するものであったとすれば、彼のテクストはいずれも一種のパラドックスを内在するものとして読むことができる。エッセー「三つ」（明44・3）の「個人主義の道徳」の段において武者小路は次のように述べる。

自分は個人主義者である。
さうして自己も他人も同じく一個の人と見る。自分は自分を一個の人間として尊重するやうに他人をも亦一個の人間として尊重する。自分は他人の犠牲になることを欲しない。同時に他人を自分の犠牲にしやうとは思はない。
自分は自分の幸福と快楽を尊重する。それと同時に他人の幸福と快楽を尊重する。

ここで述べられている、自己と他者とを「一個の人間」として等価に見るという主張は、言い換えれば、他者を個人として尊重することができるか否かが、自己の個人としての絶対性を力のあるものとするという立場である。しかし、そのような自己と他者との等価性という観念は、あらゆるイデオロギーの躓きの石にほかならないのである。イデオロギーがある政治的立場を共有することを求める性質の思想のことを指すとすれば、異質な他者を完全に許容しうるようなイデオロギーは、原理上、不可能ではないにしても困難な問題を孕んでいると言える。そのような許容性は、思想における相対主義の態度を徹底しない限り見出すことができないだろう。少なくとも現在に至るまで、世間で通常言われるところのイデオロギーには、そのような相対主義的な発想が一般的に見られるということはない。それでは武者小路は、この石をどのように跨ぎ越そうとするのだろうか。

　最も素朴な水準においては、自己と他者との等価性は、最初から超越論的な前提とされていた。「(猜みと尊敬) 及び其他」(明44・4) における「人間」の段には、「自分の最ものぞむことは自分の幸福が他人の幸福と一致することである。さうして他人と一緒になつて喜ぶことである。しかしさう云ふ都合のいゝ人々は滅多に居ない。要するに自分は自分の許された範囲で自分の幸福の為に働いてゆく、さうして自分と一緒に喜べる気分の人が時々来て自分と一緒に歌を唄つてくれるのを空想してゆく。それより仕方がない。それで自分はあきらめる」と述べられている。これは、他者に対して自己と同一の幸福感を一方的に要求しているという意味では傲慢な態度であるが、「それより仕方がない。それで自分はあきらめる」という断念 (諦念) を示している点においては謙虚であるとも言える。それは自己と他者とが所有する概念の間に共約不可能な障壁を実感し、それを乗り越えることができないということを認識することだからである。もしもこれを理論的に徹底すれば、そこには概念的な相対主義の萌芽が現れてくるかも知れない。だが、結局は、武者小路のテクストはその障壁を意に介さない方向に進み、また決して自己が他者を根拠として変化することまでは是認されることがない。なぜならば、他者を根拠とすることは、何ものにも同定されていない「自己」という無根拠から出発しようとする、武者小路の課題に反する発想だからである。そして、それが自己規定や自己表明の域にとどまらず、他者理解や世界観の一般理論として拡張され始めると、もはやそれを謙虚と評することはできなくなる。

　他者理解の理論としては、たとえば「六号雑感」(明44・9) の記事「会話」に次のような文章がある。「○或男と他の男と話をすることの出来るのは、或男の内に他の男が居、他の男の内に或男が居る時に限る。相手の男の内に自分が居ず、自分の内に相手の男がゐなかつたら、話は通じないわけである」。すなわち、他者の内に自己があり、自己の内に他者があるような関係が、武者小路の考える理解の様態である。「内にいる」とは、比喩的・詩的なレトリックであり、その意味は一義的には定かではない。ただし、この理論には「『自己の為』及び其他について」における、「自己の如く隣人を愛すると云つたつて第一自己を愛することを知らなければ始まらない。又自己の如く隣人を愛するのでは未だたらぬ。他人の内の自己を愛するのでなければ」（傍点引用者）というマーテルリンクの言葉が投影していると考えることができる。

　すなわち、これらのテクストにおいて、他者を理解することは自己と他者が同一であることと同義とされている。自己と他者が理解し合えるのは、自己と他者が同一の部分を共有しているからである。「他人を理解すると云ふことは自分の内に他人をふくむと云ふことになる」（前掲「会話」）。この理論では、自己と他者とは同型であることが前提とも結論ともされている。すなわち、自己以外の根拠によらずに他者を理解するために、他者は他者ではなく、もう一つの自己と見なすことが求められるからである。ここでは、他者とは、自己の別名に過ぎないから、理解できるのは当然とも言える。具体的には、自己の理解できることは理解でき、理解できないことは理解できないということである。そこには同一情報の反復のみがあり、情報そのものには何の加減乗除もなされない。しかし、現実に、そのような唯我独尊の人間というものがあるのだろうか。

さらに、自己と人類との繋がりについても、自己と他者との繋がりと全く同型のレトリックによって説明されており、その結果として、次のようにいささか不思議な表現が現れる。すなわち、「自己の内に人類がゐるのだ」（「『或る画に就て』及び其他感想」の「自己と人類」の段、大2・7）というのである。

自己の内に人類がゐるのだ。だから徹底した利己主義者は人類の不幸を我がことのやうに考へるのだ。トルストイが人類のことを思ふのは自己のことを思ふに他ならないのだ。其処までゆかない人は人類のことなぞを考へる資格のない人だ。さう云ふ人が人類のことを考へたつて適切なことが考へられるわけはない。自己を徹底して幸福にしやうと思ふと、人類を先づ幸福にしなければならなくなるのだ。其処が自然の意思なのだ。

この「人類」とは、ある場合には文字通りの人類というよりは、人類に共通の生命力や運命、あるいは普遍的な精神というほどの意味の比喩ととらえるべきなのだろう。そうはいっても、自己・他者・人類は、すべて全く同じ本質を持つものとして理解されているとともに、一方が他方を、他方が一方を包含するとでもいうような、相互に循環的な関係の中に置かれているということは疑いもない。これは、ウロボロス的、あるいはクラインの壺的な構図にほかならない。従って、どの任意の場所から始めても、世界のすべては円環状に脈絡を通じており、その結果として自己はこの円環的脈絡の中で、その位置を同定されることが可能となるわけである。「○自分はたゞ自分の為を計ることが同時に社会の為になり、人類の為になる時にのみ、社会の為、人類の為を計らうと思つてゐる」（「六号雑感」「自己の為の芸術」、明44・11）。このようにして、起点は無根拠な自己であったものが、世界（他者・人類）をすべて自己によって包括することで、この自己は一定の根拠を獲得することができたのである。しかし、注意すべきことに、その起点となった自己の無根拠性が消滅したわけではない。この円環的世界の自立を保証するものは、実は何もないのである。そこで、自他一如の世界を保証するものとして要請されるのは、「其処が自然の意思なのだ」と言われるところの自然である。この場合の自然は、自己と他者との差異を埋め、人類と合体するための粘着剤である。またそれは、超越論的な前提としての自己と他者との等価性とともに、その等価性を実体として（すなわち、触知可能な、具体的な対象として）保証してくれる媒体とされている。「宗教心の芽」（『エゴ』大3・4）には次のように述べられている。[*7]

我々は自然の意志に従つて真に自己全体を生かす様に努力しなければいけない。さうしてその道にふみ入れば自然から恵まれた気が自づと内にするのだ。さうして自己の仕事が何処にあるかと云ふことを感じることが出来るのだ。理屈では駄目である。内に感じなければ駄目である。

この「自然の意志」も、やはり「内に」感じられるのだから、外部から到来するものではない。従って、ここでも根拠は自己自身以外ではないのである。それこそが、「自己を徹底して幸福にしやうと思ふと、人類を先づ幸福にしなければならなくなるのだ。其処が自然の意思なのだ」（前掲「『或る画に就て』及び其他感想」）と述べる所以である。自然は自己と他者・人類との間の障壁を「幸福」という共通の願望において無化する装置である。このように自然という紐帯を得て、自己・他者・人類の円環は最終的に完成するのである。

この結果到達しうる人類とは、もはや到底、具体的な人間の集団とは言いがたいものとなる。「雑感（一九一四年）」の「人類的愛」の段（大3・6）において、「自分の人類的愛と云ふ言葉には二つの意味がある。人類を愛すると云ふ意味と、人類の愛に浸ると云ふ意味と。さうしてそれは自分にとつては一つのもの、両面にすぎない」と述べられるように、それはいわば、相互的・円環的にあらゆる構成員が結びつくコミュニケーションの場にほかならないのである。そこでは、人間間のあらゆる差異が消滅し、あらゆる情報は無媒介に共有され、あらゆる言語活動は表意作用のためではなく、既知の情報の共有を確認するためにのみ行われるはずである。そしてその場では、生長（成長）が万能の合言葉（キーワード）として通用する。その名もエッセー「生長」（明45・7）は、次のように開幕する。

すべてのものは我に
成長を命ずる
成長を。
[…]
なぜ成長したがるのだらう。自分は知らない、知らない、知らない。

「何しろ我々は人類の生長を何等かの意味で助けなければならない」とか、「その使命をおはされてゐる。その使命を果す為に、自分は先づ成長しなければならぬ。之が自分の確信である」と述べるように、生長がほとんど定言命令であり、またあらゆる命令の上に来る絶対的な命令と見なされているのである。

谷沢永一は、このような武者小路の思想について、「目的概念そのもののなかに検証能力が含まれていないこと、過程の有効度に関する客観的評価が成立しないこと、既得権の成立の由来を懐疑的に吟味しないこと、こうした操作の不在に立脚した向上・進歩のスローガン、および人類という尺度は、自我と社会との関係についての考察にみちびかれることができない」と断じている。[*8] 言い換えれば、それは他者と出会わないことを方法とした他者への接近と言うべき理論であり、ここから帰結する実践上の様々な問題を指摘することはたやすい。ただし、まず自己以外の外在的基礎を持たない無根拠からの出発において、思索がはまり込む陥穽の形を明瞭に呈示したことによって、それは貴重な思想と評すべきだろう。実際のところ、無根拠から出発し、その旅程を完遂しうるような理論は、不可能ではないにせよ甚だ困難である。私たちは、この思想を他山の石として対応すればよいとともに、他方では、このような無根拠性の自覚と実践そのものについても、評価すべきところは評価すればよいのである。

そして、この思想に立脚して制作されたとされている小説・戯曲・詩などのテクストが、実際には他者とコミュニティの契機を抜きがたく刻印され、また読者という他者による演奏のプロセスを介在させることによって、その思想自体を裏切り、逸脱してゆく回路を見届けることもできるだろう。たとえば『お目出たき人』（明44・2、洛陽堂）は、お目出たい人のあり方を真実として自己主張した思想小説ではない。そもそも、お目出たいという感覚は、たった一人の人間の内部では発生しない。それは、他者とコミュニティの介在を必要不可欠とする感情にほかならない。従って武者小路が描いたのは、「自己」絶対思想を信奉する人物が、その思想を実践したつもりで実はそれに裏切られ、しかしそのことによって「自己」を確証するという、純然たるパラドックスである。寺澤浩樹が論証したように、「いったい、お目出たいのは誰か。作者武者小路ではないのは当然として、実は作品の主人公でもない。主人公は現実との格闘の果てに、自身の内に〈お目出たき人〉を発見したのである」[*9]というのが妥当な解釈のあり方だろう。そして、そのようなパラドックスのゆえにこそ、『お目出たき人』は他に類例のない魅力を放っているのである。これは、むしろ強固な「自己」一元論に対する信頼があったからこそ、それに他者やコミュニティの回路が否応なく介入するという逆説が、ユニークな物語を帰結した希有の例と言わなければならない。いずれにしても、文芸テクストの物語は、単純に著者の思想を翻訳する装置ではない。物語のテクストは、表向きの思想とは裏腹の形で、しかし豊饒な表意作用を行うのである。

Ⅵ 花柳小説と人間機械

永井荷風『腕くらべ』

はじめに

江戸情調に至上の美を見いだし、花柳界の風俗を大胆に描いた日本耽美派の巨頭として、永井荷風の文芸史的位置は、現在ではほぼ不動のものと思われている。しかし、教科書的な記述は、荷風文芸の表現の実態と、そこに存する逆説的な否定性を希釈するものに過ぎない。本章は、荷風の代表作の一つ『腕くらべ』のテクストを検討し、荷風文芸のテクスト様式のよりアクチュアルな記述に迫ろうとするものである。

1　エクリチュールの機械

『花柳小説腕くらべ』は複雑な書誌的事情を抱えている。岩波書店版『荷風全集』第十二巻の竹盛天雄「後記」によれば、本文の形態は、私家版系、市販本（流布本）系、両者の折衷版系などの多岐に分かれ、またそれらは大小の異同を多数含む異本関係にある。[*1] この作品は大正五年八月から翌大正六年十月まで、途中休載をはさみながら雑誌『文明』に連載され、その後大幅な改訂を経て、大正六年十二月、私家版五十部として知人に配られた。同全集の『腕くらべ』本文は、この私家版を底本として校訂されたものであり、本章でもこれを用いている。

ところで、大正七年二月刊行の十里香館発行・新橋堂発売による、いわゆる流布本のテクストは情事の場面を中心として、分量にして約一割に亙って大きく削除されている（詳細は上記全集「後記」参照）。既に『ふらんす物語』（明42・3、博文館）や『歓楽』（同・9、易風社）で当局の発禁処分を受け、また当時も「執筆の不自由を感じていた」（竹盛[*2]）荷風が、その予防措置を取ったのは明らかだろう。その後、荷風による特に戦後におけるこの作品の改訂は、本来の私家版本文を復元するための努力であった。しかし、これほどの削除は通常の作品では全体の構成に致命的な影響を与える場合があり、実際、不本意な本文形態に終わったからこそそのような努力がなされたのであるが、ある意味では大なたを振るわれた流布本も、書物として発行できた限りにおいては物語としてそれなりに完成したものとも見られる。いわば、『腕くらべ』は、一定の省略可能性を内在したテクストとも言えるのである。後に見るように、この省略可能性は、このテクストの特性に深く関わるものとなる。まず、作中の任意の文章に即して、『腕くらべ』の小説言語を分析してみよう。

駒代はやがてしごきを解きをはつてくるりと此方へ向直ると裾の重みでお召しの単衣（ひとへ）はおのづとやさしい肩先からすべり落ちてぱつと電燈を受けた長襦袢一枚、夏物なれば白ちりめんの地を残して一面に蛍草に水の流れ花は藍染、葉は若緑に浅葱で露の玉を見事に絞りぬいたは此の土地なれば定めし襟えんが自慢の品滅法に高さうなものといつもならば気障の一つも言へる処、今は早やそんな余裕もない吉岡は、手も届かば矢庭に引き寄せやうと無暗にあせり立つ。それとも心付かぬか、駒代はぬぎ捨てた着物立つたなりに踵で静に後へ押遣る傍（かたはら）、今まで気づかずにゐた女物らしい浴衣の寝衣（ねまき）、それと見れば矢張女気のあたら大事な長襦袢を汗にするまでもないと慾を出し、
「あ、浴衣があつたわ。」とひとり言。

（『腕くらべ』三「ほたる草」、傍線引用者）

傍線部から明らかな通り、まず第一に、文中・文末表現における体言止めと現在形終止の頻出が、顕著な特徴として挙げられるだろう。福田恆存はこのような文体の特徴に関して、「舞台を眺めるような突き放した空々しさ」と、「これからどうにでも動いてゆく不安定性、偶然性」とを見て取り、これを作者の非情の精神と結び付けた。[*3] これを言い換えれば、『腕くらべ』の文体は対象の細部を執拗に点描し、相互に関連の薄い細部の積み重ねによって全体を構築して行くような、いわば積み木的文体である。ここには世界全体を思想的に統一する理念は希薄であり、あるのはただ細部を凝視し、絶えず視線を放射する語り手の目だけであり、従って鳥瞰描写も現れない。描写の特色としては、一見各人物を客観的かつ均等に描いているように見えるが、実際は積み木的文体により、人物の内面は多く捨象される運命にある。むろん内面描写が存在しないのではない。たとえば主人公駒代の心理は事細かに語られるのだが、それらはすべて個々に分立する事実と感覚と感情の羅列であって、判断や思考の詳細は欠落している。恐らく、持続性の乏しい積み木的文体が人物の意識現象の捨象と並行しているのであり、福田が「空々しさ」を覚えると言ったり、谷崎潤一郎が「『つゆのあとさき』を読む」(『改造』昭6・11)において、この作品を評して「純客観的写実の作風」と呼ぶような印象は、これに由来するものと思われる。

また同時に積み木的文体は、描写及び場面の累加性とも関連が深い。すなわち『腕くらべ』の場面は個々独立のまま、積み木か鎖のごとく、いくらでもつなぎあわせることができる。これは福田の言う「不安定性、偶然性」の現象的な実態である。それぞれの場面を描く断片は、理念的な一貫性を欠いたまま鎖状に展開し、最終的に一つのシークェンス(章)へと増殖して行く。場面の連鎖は原理的には際限なく累加しうるので、テクストの章立て構成は、この鎖状の饒舌文体の結果であり、同時にその上限として歯止めを掛けているとも言えるだろう。逆に言えば、累加可能は削除可能でもあるのだから、書誌に関わる問題はこの結果と考えられる。すなわち流布本のように一場面全部を省略しても前後の場面が全く問題なく連続するのは、このようなテクスト自体の性質によるものなのである。

さらにテクスト全体の構成からも、場面展開同様の鎖状構造が明らかに見て取れる。『腕くらべ』を構成する二十二の断片的な章段の繋がりを見ると、連続する章ごとの脈絡は極めて希薄であり、各章それ自体が個々独立の掌編としても読むことができる。たとえば第十四章「あさくさ」は呉山老人の次男瀧次郎の放蕩振りを描いた章であるが、これは前後の物語展開から完全に孤立した挿話であり、瀧次郎が登場するのも全編を通じてここだけである。すなわち物語の一貫した展開よりも、個々のエピソードに対する興味が構成の原理となっているのである。『腕くらべ』はつとに為永春水の『春色梅児誉美』と対照された小説であり、その文体・趣向等から影響を受けたと推定されている。荷風は評論「為永春水」(昭16・7)の中で、「かくの如き一齣一段の佳趣、断片的なる妙趣は、読過の際屡文筆専攻の人のみならず、厳格なる読書士をも感動せしめぬ」と述べ、その断片的構成を賛嘆したほどで、この構成方法もそれによる影響の一角を占めるものかも知れない。しかしここに春水の人情本のように人情が存在するか否かということは別問題であり、笹淵友一は、『腕くらべ』はむしろ洒落本に近いと反論している。*4

全体の物語を俯瞰すると、全二十二章は第十一章「菊尾花」と第十二章「小夜時雨」の間で二部に区分でき、前半が駒代と吉岡との因縁、後半が駒代と瀬川との交際を軸とし、その間には約一年間の時間経過が存在する。梗概は次のようにたどれるだろう。前半では夫の死後、再び新橋の尾花屋の芸妓となった駒代が昔の愛人吉岡に妾入りを迫られるが、駒代が人気役者の瀬川一糸を慕っているために、吉岡が半ば復讐のために同じ尾花屋の菊千代を落籍する。後半は吉岡の過去の愛人で湊屋の力次が吉岡を奪われた腹いせに、自分の後輩の君龍と一糸とを結び付けて、駒代に対して復讐するという趣向である。

大枠のところでこのような物語展開の原理となっているのは、端的に言って偶然である。第一章「幕あひ」における帝国劇場での駒代と吉岡との再会、第五章「昼の夢」における三春園における駒代と瀬川との遭遇、第十三章「帰りみち」における電車の中での瀬川と軽薄文士山井要との出遭い、あるいは第二十一章「とりこみ」での尾花屋十吉の脳卒中による頓死など、重要な局面の展開はすべて偶然の出来事を基点として突然始動する。ここで荷風の次の時代に活躍したいわゆる新感覚派の作家横光利一が、その「純粋小説論」(『改造』昭10・4)の中で、「通俗小説」の特質として偶然性と感傷性とを挙げていたことが想起される。このような理由付けの欠如もまた、物語の〈鎖状構造〉の一環を成しているのだ。従って物語の展開はその意味で極めて変化に乏しく、前半と後半との関係も発展や収斂ではなく、単なる並列に過ぎない。

以上のように、積み木的文体・外面的描写・累加的場面展開・鎖状章段構成・偶然的プロット進行など、『腕くらべ』のテクストが細部から全体に亙って示しているものは、すべて小説の諸要素の個別性・断絶性とそれらの機械的配列・自動的展開なのである。これらをまとめて、仮にエクリチュールの機械性と呼んでおきたい。

2　セックスとビジネスの機械

次に登場人物の性格・行動・相互関係に検討を加えよう。この小説には合計二十名近くの人物が登場するが、実際に事件に参与するのはそのうちごくわずかである。たとえば吉岡の太鼓持ち江田、異常性欲の持ち主である骨董屋潮門堂の主人、駒代の同僚花助、新聞小説家倉山南巣、低俗文士山井、インテリ芸者の蘭花らの役割はいずれも補助的・媒介的であり、他の人物間の交渉を媒介したり、彼ら自身への例によって持続しない興味によってのみ利用されている。結論を先にすれば、倉山と呉山老人とを例外として、人物を規定する原理は金銭欲と性欲であり、また人物関係の原理は性愛と復讐であって、それ以外にはほとんど何もない。物語の重点となるところを前・後半それぞれ挙げるとするなら、前半は、性欲の権化吉岡が、より高度の性的魅力を備えた菊千代に乗り換えて駒代に果たしたところの復讐、後半は、今や金銭欲の亡者と化した瀬川が、復讐の鬼・力次の差し金である君龍の持参金目当てに駒代を捨てる裏切り、とでも言えようか。

しかし彼ら登場人物群の為すことは驚くほど似通っている。吉岡と駒代の情事、瀬川と駒代のそれ、吉岡が菊千代に要求したテクニック、潮門堂主人が駒代を弄んだ方法、これらには何の相違もない。彼らは契約がまとまれば枕を共にし、その都度最高の秘術を尽くし、より以上の対象を発見すれば即座に乗り換えるという以外に何もない。その意味で、荷風論としては最高の文章を残したエドワード・サイデンステッカーがこの作品を「本質的には人間のいない小説だ」と呼び[*5]、江藤淳もまた「あらゆる人間関係の拒絶の上に構築された世界」と評し[*6]、さらに福田恆存が無自覚で完成された完全な「人形」の造形と表現したのは[*7]、いずれも妥当である。彼らの行動や相互関係は、花柳界の法則と欲望の現象学に従う一種の自動運動であり、それはテクストの一部品として、エクリチュールの原理から陸続きとなる人間観の機械性を表現していると考えられる。

ただし、呉山老人と駒代のみは他の人物とは異なった肉付けがなされており、ここにこの小説の核心を読み取る評者も少なくない。前に触れたサイデンステッカーらの説から作品を救済すべくして出された坂上博一の説によれば、呉山老人は江戸文化の末裔たる講釈師上がりの男であり、戯作者に擬される文士倉山とも
ども良き伝統の継承者として、吉岡・瀬川・潮門堂・山井ら、大正期の俗物どもを相対化し風刺する役目を担っており、その結果、全体としては「旧時代気質と新時代気質との対立」を扱った「文明批評」小説としてとらえられると言う。[*8]示唆に富む見方であるが、この見方は、「すみだ川」(『新小説』明42・12)や『濹東綺譚』(昭12・4、烏有堂)にはいっそう適切と言えるとしても、『腕くらべ』に対しては少々過褒ではないだろうか。一方で呉山と倉山はこの小説の主要な物語にはほとんど参与しておらず、常に副次的な位置にとどまっている。他方では、文明批評的な側面に関しても、吉岡・瀬川ら批評される側の俗悪性の弾劾はそれほど強くなく、また批評する側の文化的本質も外面的に語られるに過ぎない。同様に坂上は、秋田時代に一度「家庭の幸福」を知った駒代が他の芸者とは異なる「アウトサイダー」として、新旧両世界の「橋渡し」となっていると指摘したが、[*9]彼女の不遇は社会に生きる女性の問題として根底を掘り下げて描かれてはおらず、畢竟、花柳界内部の確執の域を出るものではない。

彼女の醸し出すえもいわれぬ悲哀感は、確かに荷風のテクスト様式の根幹に位置する特質としてこの小説にも横溢しているが、彼女の情事自体に対する興味に比べれば相対的に大きな位置を占めているとは言えない。その理由としては、もしも文明批評や女性の不幸を根源まで突き詰めて行けば、それは花柳界の存在自体への疑問とならざるを得ず、そうなれば花柳界への強烈な愛着に発していることが窺われるこのテクストの叙述の立脚点そのものが、当然ながら脅かされることになるからである。呉山に批評精神があるとしても、それは現実文明全体に向けられたものではなく、花柳界という閉鎖的なアナクロニズムの世界のみに限定さ

れた自己空転的なものに過ぎない。このように、文明批評的な側面が認められるとしても、それは甚だ限界づけられたものでしかない。彼らの主たる意味は、専ら講釈師と戯作者という大時代的な稼業の空気を発散し、駒代の悲哀によって造形されるテクストの情調面に花を添えることである。

このように、『腕くらべ』においては思想的な要素は脆弱であり、代わりにテクストの造形性がそれを代行していると言えるだろう。結局、『腕くらべ』の焦点は〈腕くらべ〉以外ではない。つまり男客と芸妓との、また芸妓と芸妓との性的競争の構図自体が焦点となっているのである。「はしがき」で作者が自ら述べるように、それが「千古不易の人情」であるとするならば、これは侮りがたい普遍的な人間学の対象となるはずだろう。いわく、人間とはセックスとビジネスの機械であり、それを映し出す小説もまたエクリチュールの機械である。これが『腕くらべ』のテクスト様式のポイントである。

3　テクスト様式としての機械

中村光夫はフランス文学との関わりから荷風の創作活動の展開の中に、明治四十二年の帰朝直後の文明批評的な時期、『腕くらべ』に至る大正四、五年頃の花柳小説に閉じこもった時期、それに『つゆのあとさき』『濹東綺譚』を書いた大正末から昭和の初めの時期の三つのピークを見出しているが、[*10]それ以前のいわゆる前期自然主義（ゾライズム）の時代も見落とすことができない。従って都合四期の時期区分をすることができるだろう。すなわち第一期は明治三十五、六年までのゾライズムの時代、次の第二期が洋行を挟んで、明治四十一年から慶応義塾大学の教授に就任した四十三年までの文明批評の時代、第三期は『腕くらべ』刊行の大正七年までの花柳小説の時代、そして約十五年の沈黙期間をおいて、第四期は昭和六年から戦後までの女給ものその他の時代である。荷風文芸の真髄に触れるためには、ゾライズムから花柳小説への転回の跡をとらえておかなければならない。

クロード・ベルナールの『実験医学序説』(一八六五)や、イポリット・テーヌの自然主義批評の影響下に『実験小説論』(一八八〇)を著し、その実践として『ルーゴン・マッカール叢書』全二十巻(一八七一～九三)を上梓したエミール・ゾラは、もとより明治三十年代の日本文芸界に大きな衝撃をもたらした作家であり、既に文才に目覚めていた二十代前半の荷風がこれに心酔して行ったのは不思議ではない。彼が明治三十五年から三十六年にかけて書いた小説『野心』(明35・4、美育社)、『闇の叫び』(『新小説』明35・6)、『地獄の花』(明35・9、金港堂)、『新任知事』(『文芸界』同・10)、『夢の女』(明36・5、新声社)、およびゾラ作品の抄訳集『女優ナナ』(同・9、同)などには、ゾライスト荷風の面目が遺憾なく発揮されており、文芸史上の通説で彼が小杉天外らの前期自然主義の隊列に組み込まれているのも肯ける。『地獄の花』の跋文には、「人類の一面は確かに動物的たるをまぬがれざるなり。此れ其の組織せらるゝ肉体の生理的誘惑によるとなさんか。将た動物より進化し来れる祖先の遺伝となさんか」、「されば余は専ら、祖先の遺伝と境遇に伴ふ暗黒なる幾多の欲情、腕力、暴行等の事実を憚りなく活写せんと欲す」と、あたかも自然主義の教科書から抜き出したかのような記述が現れている。

ところで注目すべきは、実作品の方では、時代・環境・人種や遺伝など自然主義の公式の中でも、特に時代の要素、すなわち当時の社会的不安や文明の発展に伴う弊害の批判と風刺に重きが置かれていたことである。たとえば『闇の叫び』は、貧しい女工が雇い主に凌辱された事件を義憤と称して記事にし、逆に女工一家を破滅に追い込んだ新聞記者の横暴を描いて、現在の言葉で言えば二次被害やマスメディアに対する批判を込めた。また『地獄の花』も、有能な女性教師を裏切りと暴力で追い詰める腐敗した教育者社会を批判の対象とし、『新任知事』に至っては、昇進のみを生きがいとしながら、知事の辞令を受けた途端肺病で物故してしまう夫婦の立身出世主義がカリカチュアライズされる。その批判・風刺は社会問題の本質までは到達せず、人物や筋立ても類型的なものであるが、その舌鋒は鮮やかで小気味良く、社会小説と呼んでも遜色のないほどである。もしも荷風がこの時期の視点をその後も発展させたならば、彼は全く別のタイプの小説家となっていたかも知れない。しかし、西洋流の批評精神はその後、伝統による韜晦に取って代わられる。その契機となったのは、明治三十六年から四十年までのアメリカ滞在、四十年から四十一年までのフランス滞在を含む、彼の洋行体験であった。

荷風永井壮吉は、文部省から日本郵船の重役に天下りした父、久一郎の長男として明治十二年に生まれ、長子を実業家にと望んだ父の圧力と、技芸をこよなく愛する自己の性情との間の板挟みに苦しみつつ少年時代を送る。洋行も本来は商業の修行のため、父の命令により出航したものだが、彼が仕事もせずにモーパッサンを読み、フランス語を勉強し、娼婦と深い関係を結び、劇場や歓楽街を徘徊していた実態は、『あめりか物語』（明41・8、博文館）や『ふらんす物語』において一目瞭然である。彼において西洋は言い知れぬ刻印を精神に残したが、一言で言えばそれは産業文明ではなく伝統文化の真価を実感したことと、その反動として現代日本の文化に対する強烈な嫌悪感を確信したこと、この表裏一体の事柄だろう。ちなみに荷風より一年年長で、全く同時期にアメリカへ留学した有島武郎が、ウォルト・ホイットマンを発見して帰国後まさしく西洋流の本格小説を書いたのと好一対の要素が荷風の洋行にはあると言える。

洋行体験に基づく作品のうち、短編集『歓楽』、日記体小説『新帰朝者日記』(『中央公論』明42・10、原題「帰朝者の日記」)、批評小説『冷笑』(『東京朝日新聞』明42・12・13〜43・2・28)などにはそれぞれ作者の思想が強く吐露されており、また『すみだ川』はその思想に従った虚構の強度が高いテクストである。それらに現れた記述を再構成すれば、第一に父への反発、第二に現代日本文明への嫌悪と西洋文化への憧憬、第三に江戸情緒への回帰という、三段階の論理の道筋をたどったものと思われる。父への反発は実際には年とともに減じたと言われるが、より思想的なレベルでは、家父長制的親族関係を典型とする、あらゆる外的束縛の拒否として具体化し定着した。これにより荷風は結婚という制度を痛烈に否定する。荷風にとって、父なるものは社会的圧迫の代名詞である。また父そのものよりも、父に押し付けられた不本意な職業への反発、世俗のなりわいよりも文芸の中に自由を見いだす欲求が、父や世間、国家社会に対する怨嗟や痛罵の言葉として現れるのである。

次に荷風の文化文明観の本質を、『冷笑』や『新帰朝者日記』から要約すれば、、明治文化は「西洋を模して到底西洋に及ばざるもの」(『冷笑』)であり、「明治は政治教育美術凡ての方面に欧州文明の外形ばかりを極めて粗悪にして国民に紹介したばかりである」(『新帰朝者日記』)ということになる。荷風は、西洋では伝統芸術の様式が、革新されつつも保持されていることを嘆賞し、明治日本の軽重浮薄な近代化を否定する。これは夏目漱石の講演「現代日本の開化」(明44・8)で言うところの、文化外発論と出発点を共有するものであるが、しかしその後の荷風の歩んだ道は、漱石のそれとは大きく異なっている。ここから荷風の向かった地点は、いわゆる花柳小説の世界であった。荷風は幼少時から西洋風の流儀で育てられたものの、中学では漢詩をたしなみ、尺八に凝って質屋通いをしてまで楽器を買ったり、十代から吉原で遊ぶなど技芸を好み、それが昂じて二十歳の時には落語家に弟子入りし、寄席に出て前座を勤めたほどである。文芸も、最初は硯友社の悲惨小説作家広津柳浪に師事したので、荷風と江戸情調との出会いは言わば資質的なものであった。端的に言って、江戸とフランスにあって明治にないものは文化、独自にして伝統的な様式化された文化であり、それを微かに今日に伝える場所が、花柳界であると考えたのである。かくして荷風は大正期に至り、花柳小説一色に身を染めることとなった。

さて、荷風のテクスト様式の端緒となる要素は、以上のことから抽出できるだろう。小説『冷笑』の一節には、「現実に対する失望は種々な方面に於て繰返される度々、反抗の憤怒はますます理想の程度を高めさせた」とある。理想を高めれば高めるほど、現実と理想との距離が隔たるのはまさにロマンチストの本性であり、ここで言う反抗とは、理想を憧憬する自己超脱の運動にほかならない。しかしその次の行には、「遂には最初からして先づ失望を予期して、覚悟して、冷笑的に理想の程度を高めて行つたのである」と続く。これはもはやロマンチストとは言えないだろう。彼はもはや現実を理想へと接近させる努力を放棄し、不可能と認識しつつ理想をどこまでも高めていくのである。

ここで、荷風の態度は加藤周一が指摘したように、社会を改革しようとする「文明批評家」のそれではなく、一躍アルベール・カミュの言う「反抗者」に近づいている。[*11]「反抗的人間とは何か？ 否(ノン)と言う人間である。しかし、拒否しても、断念はしない。最初の衝動から、諾(ウイ)と言う人間でもある」、「すべて反抗には、侵害者に対する反感と同時に、彼自身のある部分に対する、人間としての、全的で瞬間的な執着がある」とカミュは述べた。[*12] 荷風は堕落した文明に対して、終生否と言い続ける。「僕の生涯なども全く反抗の一語におおわれている」とは、「新帰朝者日記」の主人公の言葉である。戯作者・江戸情緒・花柳界、これらだけが荷風の中では諾と言いうる文化資産であり、その本質は、文明の現実とは何ら関わりなく自動作用を繰り広げる機械であり、またその機械は完全でなければならなかった。ここでは機械と完全とはシノニムになる。理想の人間も、また理想の作品も機械なのである。

その意味で『腕くらべ』こそは、荷風のテクスト様式の特徴を体現した典型的な作品と言るだろう。「私は唯だ『形』を愛する美術家として生きたいのだ。私の眼には善も悪もない。私は世のあらゆる動くもの、匂ふもの、色あるもの、響くものに対して、無限の感動を覚え、無限の快楽を以て其れらを歌つて居たいのだ」という『歓楽』の言葉を、単なる耽美主義の現れと解してはならないだろう。荷風の美、それは完全の美であり完全の悲哀であって、機械の美である。「沈黙ほど圧制者に対して恐ろしい武器はない」と『冷笑』の主人公が言うように、荷風のテクストは、いかにそこに具体的な社会批判や批評的言辞を見出すことが困難であるとしても、それが位置する状況全体に対して、常にノンと叫び続けるのである。

VII 幻想童話とコミュニタス

小川未明「赤い蠟燭と人魚」

はじめに

戦後から現代までの児童文学研究史において、小川未明ほど活発な論議の対象となった近代作家はない。この論議は、特に一九五〇年代から六〇年代にかけて、未明論争と呼ばれるほどの活況を呈した。その理由は、未明の文芸が、「児童文学（研究）」と呼ばれるディシプリンの担う本質的な負荷をえぐり出すような仕方で問題とされたからである。ここでは、従来の未明研究の問題系を整理し、代表作とされる童話「赤い蠟燭と人魚」を中心として、未明童話のテクスト様式に接近してみよう。

1 児童文学の漸近原理

初めに未明論争当時の、最も代表的な提言を概観しよう。その嚆矢となった鳥越信は、未明童話の「テーマがすべてネガティヴなもの――人が死ぬ、草木が枯れる、町がほろびる等々――であり、その内包するエネルギーがアクティヴな方向へ転化していない点で児童文学として失格であること」を難じ、「なぜこのような作品が、日本児童文学の主流として今日まで生命を保ち得たのか、どうしても理解できなかった」と批判した。[*1] また古田足日は、未明童話の精髄を自然と人間、生と死とを貫く「生命の連続」「原始の世界」と見なし、この「原始的感覚」を近代童話一般の本質としてとらえ、「童話の本質は呪文であり、未明以下立原えりかに至る童話作家群は呪術者の群れである」として、「呪文では変革は行えない。変革にやくだつものはエネルギーであり、行動である」と述べ、来たるべき現代作品に変革・発展の造形を求めた。[*2] さらに、いぬいとみこは欧米の近代童話と対照し、「日本の近代童話は、一人の作家の『童心』のはげしい燃焼によって成立し、生きた子どもは、その世界へ立ち入ることを許され」なかったとし、子ども不在の童心主義の典型として未明作品を批評したのである。[*3]

これらの発言の史的意義や、未明研究の通時的な動向については、畠山兆子[*4]・宮川健郎[*5]らの要を得た論及に譲ろう。これらの未明をめぐる論議は、(1)〈子ども＝読者〉という前提、(2)「童心主義」への批判、それに(3)〈伝達＝教育〉への要求という、相関連する三項目に亙っており、いずれも文芸と虚構をめぐる概念枠に関わっている。まず、児童文学の読者について、未明は、「私が童話を書く時の心持」(『早稲田文学』大10・6)において、「私は『童話』なるものを独り子供のためのものとは限らない」と明言し、自らの作品が念頭に置く読者層は、大人も含めた「すべての人類」であると規定した。同様の思考は、「今後を童話作家に」(『東京日日新聞』大15・5・13)や、「序」(『未明童話集』1、丸善、昭2・1)、あるいは「童話の創作に就いて」(『童話研究』昭3・1)などでも繰り返される。いぬいが最も強く反発したのは、この想定された読者層についてであった。「小川未明が、それまで発表しつづけてきた難解な『童話』が、子どもを直接相手にしない態度のゆえに、筋だてや面白みの乏しさのゆえに、そして感傷性にみちた詩的なことばの氾濫のゆえに、童心に訴える『高級文学』として、世の大人たちや、文学青年や、当時の感傷的な投稿少年たちから迎えられたその秘密が、いまここに明らかになりました」と、いぬいは皮肉を交えて書いている。[*6] 鳥越も、未明童話は「アダルト・メルヘン」であると言う。[*7] これらには、児童文学が子どもによって読まれることに存在の意義を認められるべきジャンルであることが強力に主張されている。

児童文学の中心的な読者は子ども（児童）である、従って子どもを読者層として想定しない作品は真の児童文学と呼ぶことはできない、というのが、一般的な児童文学者の見解のようである。「児童文学」の多種多様な定義を検討した滑川道夫は、「①おとなが子どもを読者対象として創造した文学である。②広い意味の教育性（向日性・理想主義）をもつものである。③読者である子どもの興味・関心をよび起こし、感動を誘うものである」などのことを「共通理解」として認めたが、その①は明らかに〈子ども＝読者〉観である。[*8]ところが、この一見明快な命題群は、実は決して自明の理ではなく、運用上すぐに支障を来たしてしまう。まず、「おとなが子どもを読者対象として創造した文学」の外延（実体）を決定するのは、児童文学の作者であれ、研究者であれ、いずれにせよ「おとな」でしかない。ここで児童文学の領域は、提供者の側から見た「児童文学」という概念枠と一致し、必ずしも受容者のそれとは一致しない。児童文学が想定する読者は、今のところ読者層が何かを決定する主体とはなっていないからである。また、仮にこれらの命題群が実行に移されたとしても、その結果として成立した作品を、子どもではなくおとなが読み、それに対して言語活動を行うことを妨げるものはない。従って児童文学の言説には、当然ながらおとなの言説が大量に混在する。

すなわち児童文学研究者は、〈子ども＝読者〉という前提を採る限り、研究目的や方法の如何にかかわらず、自らの解釈・感想・反応ではなく、他者（子ども）のそれを再現し、代弁する操作から出発する以外にない。その再現や代弁は、例えば体験・調査・内省など多様な筋道を採ることができるが、原理上、それらは自分自身の解釈の水準とは一致せず、また対象として設定もしくは想定する読者（集団）によっても、全く性質の異なるものとなるだろう。もしもそこに完全な一致を見るならば、そもそも〈子ども＝読者〉という限定が無用のものとなる。さらに、再現や代弁は、決して純粋中立な媒介とはなり得ず、常に媒介の準拠枠によって染色される。その時、「おとなが子どもを読者対象として創造した文学」が、実際にどのような外延を採るのかを、真に決定することはできなくなる。それは、最良の場合でも、「おとなが子どもの反応を参考にして、『おとなが子どもを読者対象として創造した文学』として認知した文学」となるに過ぎないのである。この現象を便宜上、児童文学（研究）の漸近原理と呼ぶことができる。

これは別段、児童文学のみの問題ではない。いかなる文芸も、推定された他者の概念枠を用いて語ろうと試みるならば、常にこうした漸近的操作に陥るだろう。たとえば外来の解釈理論に全面的に依拠した分析・批評などはこれにあたるだろう。もっとも、この事実によって児童文学の存在根拠が無に帰するわけでもない。だが、程度の差はあっても今のところ児童文学はそれ以外にあり得ず、未明だけが特殊なのではない。むしろ興味深いことに、未明の言説は、巧まずしてこの背離を回避する方向を示していたと考えられる。いぬいは、未明自身が評論において「子どものための文学を『児童のために書くのではない』」と主張したと見なし、批判の基礎としている。だが、未明が「私が童話を書く時の心持」で「子供に分っても、稀にはある種の大人に分らないものがあります。其れは、其の人達がたしかに堕落したことによつて、純真な感情を無くしてしまつたからです」と述べる時、子どもの領域こそが、人間と文芸の可能性の全般を覆うものと述べられている。いかに奇妙に見えようとも、ここに子どもの集合がおとなの集合を包含する広がりを占めるとする逆転を認めなければならない。子どもの「感情」は、おとなのそれよりも広く、子どもの言葉の可能性は、おとなのそれを包含してさらに広がっているのである。この論理に従えば、子どものための童話の読者としておとなをも算入するのは当然であり、背離は生じない。児童文学こそ本来的な文芸であるとすれば、読者層の限定は無意味な事柄となってしまう。その包含関係の根拠となる基準は、年齢や権力、キャリアではなく、「純真な感情」すなわち創造的想像力の可能性に基づいている。その可能性は「今後を童話作家に」に言う「もっと広い世界にありとあらゆるものに美を求めたいという心」、つまり文芸テクストの可能性と対応するものだろう。未明は、児童文学のあり得べき可能性を、自由な虚構の跳梁を許す、文芸の最大領域として見ていたのである。

2 子どもという概念枠

〈子ども＝読者〉観は、子どもという対象を認知する概念枠である子ども観と深く関わっている。未明は「子供程ロマンチシストはありません」とし、「この子供の心境を思想上の故郷とし、子供の信仰と裁断と、観念の上に人生の哲学を置いて書かれたものは私達の求める『童話』であります」と「童話の詩的価値」（『早稲田文学』大8・5）において述べていた。これに対していぬいは、「子供の心境」すなわち「童心」に基づく「童心主義」が、単なる大人の思い入れに基づく「作家の忠実な自己表現」でしかなく、子ども不在の発想であるとして批判した。同様に猪熊葉子は、「日本の近代のおとなの多くが、未明と同様、真の子どもの発見者でなかった」と批判的に考察した。[*9] これに対して柄谷行人が、「児童が客観的に存在していることは誰にとっても自明のようにみえる。しかし、われわれがみているような『児童』はごく近年に発見され形成されたものでしかない」として、「真の子ども」という発想そのものが近代という制度の所産であることを指摘したことはよく知られている。[*10]

もちろん、「真の子ども」にせよ子ども一般にせよ、それらは対象をそのように措定する概念枠に浸透された事象以外ではない。対象の実体的な真実として語られた言説が、それを語る言説の制度の引力圏にあることを衝いた柄谷の主張には説得力がある。ただし、ここには一つの見落とし、もしくは隠蔽がある。子どももあるいはそれに類する差別（区別）概念が、近代以前の時代においても近代とは異なる形で存在していたという言い方も十分に可能である。いつの時代においても、いかなる分節化も受け付けない、いわば〈大人＝子ども〉連続人なるものを想定することは、たとえば古代から近世まで、あるいは現代にも残る数々の元服式（通過儀礼）の存在一つを見ても無理がある。また、柄谷が「児童の発見」を免れたと言う硯友社系の作家や樋口一葉などの作中人物も、無差別・非分節的な連続人であると言うことはできない。「児童」でも他のいかなる分節対象でも、それを分節する概念枠によって見出されるということに過ぎず、概念枠を取り去った純粋な世界について語ることは意味をなさない。硯友社から出た泉鏡花のテクストにおける〈少年物〉の人物像は、近代的「児童」と同じでないとしても、何ものかそれに代わる分節対象であることは確かである。そして後述のように、未明のテクストには、鏡花の様式と似た要素が多々認められるのである。

つまり、いぬい・鳥越・猪熊らの「童心」批判は、彼女ら・彼らが「真の子ども」として信ずる概念枠と、未明のそれとの間の差異を示すものでしかない。また、それらが近代という概念枠に浸透されているとする柄谷の告発によっても、事情はそれほど変わらない。文化の外側に非分節的な「現実」や「自然」や「外部」を想定することには、方法論的に有意義なケースもあるだろう。だが、そのような「外部」は、いったん措定され語られた瞬間から「外部」ではなくなり、措定し語るための概念枠に浸透され、文化というテクストの一角を占めざるを得ない。ある対象を一貫して「外部」と称することは、分析の放棄、または特定の様式の特権化、さらにはその様式を支持する言説自身の特権化を導きかねない。重ねて言えば、概念枠を取り去った純粋な世界について語ることは不可能なのであり、もしもそれが絶対的な「外部」であるとすれば、それに対応する態度は語らないこと、つまり沈黙でしかない。私たちは何であるか分からない対象についても、類推や比喩など、既知のものとの関係において語ることができるのである。

また、児童文学が何であれ子どもという観念を必要とするのは、一面では児童文学の漸近原理のためである。「真の」「現実の」という修飾語は、必ずしも文字通りの意味ではなく、実感に基づく客観性の程度を示しているのだろう。読書の実体験に基づいて取り交わされる言説形態としての「文学」が、他者（子ども）の反応に依存せざるを得ない時、そこに可能な限り客観性を保証する因子が要求されたのだろう。子どもを人間の理想像としてとらえ、未明自身の主張を過重に託した「童心主義」は、確かに現在、大方の子ども観とは異なるものかも知れない。だが、漸近原理の存在する限り、あらゆる子ども観は、子どもというカテゴリーを決定する概念枠に従う虚構と言うべきなのである。そのカテゴリーの内部に、未明の存在を位置づけ得るか否かは、児童文学研究の道筋の正しさの問題ではなく、学としての包容力の問題なのではないか。

3　伝達の暗黙知

この包容力を著しく減じ、自らの可能性を拘束したのが、児童文学は何ものかを子どもへと伝授する文学である、という思想である。滑川の挙げた「共通理解」の「②広い意味の教育性」がこれにあたる。他にも、たとえば本田和子は「つくり手の自覚的な意識においては、他者への伝達、あるいは彼らとの共有が、第一義的な目的ではなかったにしても、無意識の動機として、それらへの欲求が存在することは否定し得ないのではないか」と述べる。[*11] 西田良子も児童文学のモノローグ的傾向を批判し、「児童文学も文学である以上、文学意識をもつことは必要であるが、子ども離れ現象を引き起こさないためには、伝達意識を見失わないことが大切である」と言う。[*12] 恐らく、これらの根底には「文学」がそもそも伝達の便に供する言語形態であるという、広く蔓延した暗黙知があるのだろう。

この思想がある以上、伝達される事柄として、伝達されるべき事柄が選定されるのは当然である。鳥越が未明の「ネガティヴな」テーマを批判し、「アクティヴな方向」を求めたこと、また古田の言う「エネルギー」「行動」「理想」や「変革を願う文学」への求心力は、テクストによる伝達を信じ、その伝達内容を彼らの理念に従って規定しようとする主張であった。いぬい・古田らが実作者でもあったことは、作者から読者への伝達という暗黙知を補強し、またそれに依存する結果をもたらした。「アクティヴな方向」や「変革」は、文芸に専ら現実との対応を認め、実効的機能を発揮させようとする文芸観に基づいている。ところで、これら未明批判論者のみならず、逆に評価の論調において主流を占めてきたのも、実は未明の社会的視点への論及であり、その読者への伝達なのである。「赤い蠟燭と人魚」を例として検証してみよう。

この傾向の論考は、坪田譲治が「同じロマンチックでありながら、中にヒュウマニズム精神の燃えているもの」という分類に「赤い蠟燭と人魚」を入れた頃から、顕著に増えてくる。[*13] 列挙すれば、関英雄は「ここには封建的な日本社会に跡をたたない人身売買への批判が投影している」と述べ、[*14] 菅忠道も「不幸な母親がわが子の幸福のためにと思ってする捨子、手工業における苛酷な少年労働、人権を無視した人身売買などは、そういう意味で、どういう形でか作品に反映されている社会的な児童問題である。作品の主題には、人間性の追求という近代的な視点がすえられているのはもちろんのことだが、題材は前資本主義段階を背景にした児童問題だといえるものである」と分析する。[15] 上笙一郎は、娘の実在のモデルや、ベックリンの絵画『波のたわむれ』（一八八五）の影響、それに潟町の人魚伝説などの題材を検討した上で、「未明が、その少年の日に高田の町の一隅で出逢った不幸な母と子をモデルとして『赤い蠟燭と人魚』を書いたということ、しかもその作品が、日本絶対主義の矛盾の集中的表現とも言える越後女性のひとつの原型を象徴し得ているということは明らかであり、そうしてそれは、極めてアクティヴな精神の動きであるとしなくてはならぬ」として、未明批判への反批判とした。[16] 続橋達雄も童話集『赤い蠟燭と人魚』の「巻頭と巻末の作品において、当時の労働問題に対する作者の関心のありようが、語られていることになる」とし、[17] 高橋美代子も「赤い蠟燭と人魚」は「アナーキズム的傾向を特徴としている」とまとめている。[18]

〝未明派〟は未明童話における社会批評の達成を評価し、〝反未明派〟および〝未明超克派〟はそれが不十分だと問題にする。両者とも、文芸の主要な機能を、現実との対応と、その認識の作者から読者への伝達という局面に認めていることに変わりはなく、その賛否は程度の問題に過ぎない。未明作品を「象徴童話」と呼ぶとき、その象徴なるものは単なる現実の寓意に過ぎず、それはテクストに寓意を見出そうとする読者側の概念枠の帰結にほかならない。未明を論ずる際に用いられるロマンチシズムとリアリズムは、共通にテクストをテクスト以外の観念や現実と対応させる、古ぼけた紋切型の術語である。「象徴に近ければ近いほど、作品中の人間の発展、変革ということは無視されてくる」（古田）[19] という批判も、逆に「日本絶対主義の矛盾」を剔抉するリアリズムであり、かつ「象徴」でもあるのだ（上）[20] という擁護も、文芸を他の日常的実践と同様のコミュニケーション形態と同一視する点において、全く同根の文芸観を示していると言わなければならない。

ここでも、児童文学研究は「文学」一般の偏った暗黙知を代表している。「文学はすぐれた芸術であっても、そこから自分の人生を学ぶかどうかは、あくまで恣意的な問題です。児童文学であるからすべて子供にとって役立つべきものとは限りません。むしろ書かれた内容をうのみにするより、そこにみずからの批判力をこめて読書する方がより人間的です」との主張から、古田らの論法を「政治と文学論争の二番せんじ」と正しく批判したのは西本鶏介であった。[*21]文芸と現実とは、伝達の機能において、連続的・非連続的のどちらであるとも言うことができ、その水準も様々に取ることができる。またそれを決定するのは、発話者・作者の側ではなく、受容者・読者の側の概念枠である。従って、いぬい・古田らが、実作者として「変革」や「リアリズム」を目指し、それを主張することは尊重されなければならない。だが、言葉が完全無欠な媒介を決して成就し得ない不透明性を本質とする限り、その意味作用は読者による構築によって実現される以外にない。その構築は、読者が持ち込む前提情報によって多種多様となる。生産と享受の過程は対称形とはなり得ないのである。いぬい・古田にせよ、未明にせよ、そのテクスト読解の主体は読者へと委ねられる。読者が子どもであっても、基本的な事情に何ら変わりはない。ただし、そこにどの程度、「子どもは未熟なのだから〈あるいは、大人ではないのだから〉教育する必要がある」とする、〈子ども＝読者〉前提が入り込むかの問題である。

従って、伝達の暗黙知もまた、児童文学における子どもという概念枠と関連し、結局は児童文学の漸近原理に基礎を置いていることになる。ところが、「子供の心境を思想上の故郷と」する未明においては、当然ながらこのような教育や伝達の問題は生じない。むしろ、「童話」の方こそ、子どもに学んだものと考えられたからである。それがたとえ独善であったとしても、伝達観念に拘泥せず、「芸術」（「今後を童話作家に」）

としての「童話」を追求した未明の文芸観には、今日、むしろ大きく再評価すべき要素が含まれているのではないだろうか。実効性にこだわらることなく児童文学を見るとき、安易な伝達・教育可能性への信念は、読解の多様性という眼前の事実によって相対化されるはずである。

この言葉の構築可能性の全域を覆うものこそ、虚構にほかならない。それは専らテクストの言葉に対処する読者側の作業である。そのような虚構の様態の記述は、唯一絶対の価値基準を作品に押し当てて裁断する批評・品等論ではなく、各々の多様性がそれなりに文芸的財産として位置を占めることができるテクストの様式論となるだろう。漸近原理から出発するならば、児童文学は読者との終わりのない対話を持続することによって、この多様性自体を包容する方向を模索することができるはずである。あらゆる概念枠の存在は当然であり、それがなければディシプリンは成立しない。必要なのは、真理なるものが概念枠に応じて相対的であり、対話を持続すること以外には学の目的はないということの自覚なのである。

4 テクストの地理空間

小川未明の童話「赤い蠟燭と人魚」は、『東京朝日新聞』（大10・2・16〜20）に連載された後、作品集『赤い蠟燭と人魚』（天佑社、大10・5）に収められた。この間の改稿過程については、高橋美代子による詳細な報告がある。[*22] 本文は全五章から成り、初出では一章ずつ掲載された。各章の内容を概括すれば、一では人魚の母が子どもを人間界に産み落とすまでの経緯、二では蠟燭屋の老夫婦がお宮で人魚の娘を発見して神授の子として養育し、三では娘の描画した蠟燭が人気高く、海難の魔よけとしても評判を取るまでの物語が綴られる。続く四では香具師の大金に心変わりした老夫婦が娘を売り渡し、最後の五では、その夜、ある女が娘の形見の赤い蠟燭を買い求めに来、大暴風雨が襲って娘の乗った船は絶望視される。それ以後、お宮に赤い蠟燭が灯ると必ず嵐が訪れ、やがて町は滅亡してしまう、という物語である。

さて、未明のテクストの読解において重要なのは、その地理空間的構造だろう。大藤幹夫が「未明にとって必要だったのは、人魚そのものではなく人魚をとりまく雰囲気（＝世界）ではなかったのか」と述べたのは正鵠を射ている。[*23] 未明童話は、第一には空間性・領域性を主軸とするテクストであり、それが人物としての子どもの物語であったり、読者層において「童話」であったりするのは、副次的な要素に過ぎないのである。「赤い蠟燭と人魚」の世界は、次のような印象的な一節によって開幕する。[*24]

人魚は、南の方の海にばかり棲んでゐるのではありません。北の海にも棲んでゐたのであります。北方の海の色は、青うございました。ある時、岩の上に、女の人魚があがつて、あたりの景色を眺めながら休んでゐました。［…］

「人間の住んでゐる町は、美しいといふことだ。人間は、魚よりもまた獣物よりも人情があつてやさしいと聞いてゐる。私達は、魚や獣物の中に住んでゐるが、もつと人間の方に近いのだから、人間の中に入つて暮されないことはないだらう」と、人魚は考へたのであります。［…］

遙か、彼方には、海岸の小高い山にある神社の燈火がちら〲と波間に見えてゐました。ある夜、女の人魚は、子供を産み落すために冷たい暗い波の間を泳いで、陸の方に向つて近づいて来ました。

冒頭の「人魚は、南の方の海にばかり棲んでゐるのではありません。北の海にも棲んでゐたのであります」という文章は、このテクストの内実における「北」／「南」という分節性を先取りし、物語全体に対して状況設定を行っている。物語展開において、人魚の母は「北方の海」から、子どもを人間に委ねるべく陸へ向かい、長じてからも、「娘は、疲れて、折々は月のい、夜に、窓から頭を出して、遠い、北の青い青い海を恋しがつて涙ぐんで眺めてゐることもありました」と語られる。このように、テクストの随所において、人魚の国は「北」として位置づけられる。また、この娘を老夫婦は「神様のお授け子」として育てており、さらに人魚の母の化身と思しき「色の白い女」は「貝殻」の貨幣でお婆さんを欺き、娘の形見の「赤い蠟燭」は、嵐や災難を導く不吉な蠟燭であった。このように、人魚は人知を越えた神秘性を有する。すなわち、「北方の海」は人魚の心の故郷、精神の根源であり、また同時に神授・神託の発信地でもあった。その根源は、母子の素朴な一体感や、因果応報の原理によって表象されるのである。それに対して、「南」はどうか。人間界が、「北の海」に対して相対的に南方に設定されているというだけではない。

ある時、南の方の国から、香具師（やし）が入つて来ました。何か北の国へ行つて、珍らしいものを探して、夫（そ）れをば南の方の国へ持つて行つて金を儲けようといふのであります。［…］年より夫婦は、ついに香具師の言ふことを信じてしまひました。それに大金になりますので、つい金に心を奪はれて、娘を香具師に売ることに約束をきめてしまつたのであります。

香具師は「南の方の国から」来て、「大金」と引き換えに娘を連れ去って行く。「北の国」から「南の方の国」へと、「珍しいもの」つまり希少物を輸入したいとする意志は、香具師個人の悪ではない。むしろ、「南の方の国」という領域に、資本が君臨し、精神的な紐帯を価値交換の原理が断ち切ってしまう土地という意味が付与されていると見るべきだろう。南北の二領域は、支配的理法を一八〇度異にするのである。従って、老夫婦が当初抱いていた素朴な信仰心を金銭欲が蝕み、「鬼のやうな心持」へと変心させるプロセスは、地理空間的に、「北」的な精神の一体性を「南」的な断絶性が侵食した出来事として読み替えることができる。しかし、ここから資本主義の害悪への批判を導き出すのは、可能な寓意読みではあっても短絡的に過ぎると言うべきだろう。そのような具体性・現実性は、「赤い蠟燭と人魚」には希薄である。

滑川道夫は「『南』と『北』の対比構造が未明の一つの美学といいますか、未明自身の表現のレトリックの基本的なパターンの一つとして、あるような気がするわけです」ととらえ、「港に着いた黒んぼの話」（『童話』大10・6）などを例として的確な分析を示した。[*25] 滑川によれば、「北」は故郷・現実・冬・貧困、「南」は理想・都会・春・富裕などの象徴であり、それらは「物理的空間」ではなく「心理的空間」を表し、両者は「相互干渉」するという。「赤い蠟燭と人魚」においても、「南」は「悪の花の咲くような都会を象徴している」[*26]のである。滑川のこの説は、人物・主題中心に著しく偏ってきた未明童話研究のなかで、唯一、テクスト全体の構築性を考慮に入れた卓見と思われる。他の未明作品群における「北」／「南」の問題に関しては、滑川の研究に譲りたい。ただし、以上の「北」／「南」の対照構造は、未明のテクストを彩る数多くの地理空間的対照対の一角を占めるに過ぎない。未明童話は、複数の領域性を多層的に錯綜させた、真にトポロジー（位相空間）的なテクストなのである。

5　世界の二重構造

そこで、未明の作品群全体を対象として、そのトポロジーを追ってみよう。まず、「赤い蠟燭と人魚」には「北」／「南」の外、「海」／「陸」の領域性も、顕著に現れている。初めに、女の人魚は、「子供を陸の上に産み落さう」として「陸の方」に向かう。成長した娘が恋しく思うのは、「北の青い青い海」であり、売られることが決まった後も、「自分を呼んでゐるもの」を求めて「たゞ青い青い海」を眺める。また、その最期も印象的である。

其の夜のことであります。急に空の模様が変つて、近頃にない大暴風雨(おほあらし)となりました。ちやうど香具師が、娘を檻の中に入れて、船に乗せて南の方の国へ行く途中で沖合にあつた頃であります。「この大暴風雨では、とてもあの船は助かるまい」と、お爺さんと、お婆さんは、ふる〱と震へながら話をしてゐました。

すなわち、人魚の娘は「海」から「陸」にやってきて、再び「海」に帰って行く趣向である。他のテクストにおいても、たとえば「赤い船」（『赤い船』、京文堂書店、明43・12）の露子は「南の方の海」を渡って来た燕の話に耳を傾け、憧れを募らせる。「海の少年」（『少年文庫』壱の巻、金尾文淵堂、明39・11）の正雄は、江の島の海岸で「僕は、海の中に住んでゐる人間だよ」と称する少年と出会い、少年は海底に「立派な都会」の存在することを教え、亀の背に乗って海中に消えて行く。「から〳〵鳴る海」（『蜻蛉のお爺さん』、創生堂、大15・12）では、嵐を逃れて港に停泊していた「陰気な国籍も分らない船」を威嚇して追放した後、港は石に埋まって使用不能となってしまう。未明のテクストにおいて、「海」は想像力の跋扈する幻想界・冥界であり、また非合理主義的な因果応報の原理が貫徹される彼岸の領域である。「陸」は現実界・此岸であり、海岸線は現実界と幻想界とを隔てる境界線となり、実にテクストは幻想文学やファンタジーの有力な資源である平行世界の構造を呈するのである。この性質から見て、未明童話のファンタジーの原理は、奇想天外な単なるお伽話ではなく、支配的理法を異にする二つの領域の接触という基本構造を持つことが分かる。典型的には日常（世俗・現実）的世界の中に非日常（神聖・幻想）的世界が侵入する、〈エヴリデイ・マジック〉の構造である。

これらの作品に現れる燕、海の少年、無国籍船、そして人魚は、いずれも幻想から現実へと越境するのだが、かりに方向性を度外視するとすれば、テクスト内部の領域における空間的移動（旅行・放浪・転居）としても一般化できるだろう。たとえば「天使の御殿」（前掲『赤い船』）の君ちゃんは、蝶に変身して「西の空」へと向かう。「高い山や、広い野原の上を飛んで、紅い海や、紫の海や、灰色の海をいくつも〳〵越えて晩方やつと、常夏の国へ着きました」。「港に着いた黒んぼ」でも、姉に置き去りにされたと思った盲目の少年は白鳥となり、「海を越え、山を越えて」「南の島」へ行き着く。この作品は、島で弟が別の娘と暮らす噂を聞き、姉が「もう一人この世の中には、自分があつて、その自分は、妾よりも、もつと親切な、もつと善良な自分であらう」と思う点など、典型的な平行世界幻想を示している。

これらにおける移動は、いずれも長距離飛行である。それに対して、「星の世界から」（『少年倶楽部』大

6・9)の良吉は仲のよい文雄と死別した後、「事情があつて、この村から他の村へ」引っ越し、そこの子どもと馴染めず、文雄の幻を見る。ここでは移動は転居の形をとっている。「白い熊」(『良友』大15・10〜12)の白熊は北極から連れて来られ、「白い影」(『気まぐれの人形師』、七星社、大12・3)では、異常事件の正体と思われる白猫が出航すると、事件は起こらなくなる。「飴チヨコの天使」(『赤い鳥』大12・3)の飴チヨコは、都会から田舎へ、そして再び都会へと旅をする。その他、移動の例は枚挙に暇がない。移動は、世界を区切る境界線を超えていく運動、すなわち越境であり、逆に越境によって境界線は鮮明に引かれるとも言える。人物の行動は、領域性の函数なのである。未明のテクストの魅力の基本は、「北」/「南」、「海」/「陸」などの地理空間的領域性そのものにあり、人物のいわゆる自我や行動にあるのではない。

ユーリー・M・ロトマンは、芸術作品の構造において「テキストの空間の構造は、宇宙空間の構造のモデルとなり、テキスト内における諸要素の内的連辞論は空間的モデル形成の言語となる」と述べ、文化的なモデルの素材として「高い―低い」「右の―左の」「近い―遠い」「開いた―閉じた」などの空間的関係を挙げた。[*27] また、「テキストにおける事件とは、登場人物をして意味論的場の境界線を越えさせることである」とも定義している。[*28] ロトマンのこのトポロジー的記述は、文芸テクストのみならず、文化全体の特質を示すモデル、すなわち文化テクストにも適用される。「世界の絵図がかならず空間的特徴づけの性格を帯びるということは、人間文化の普遍的特性の一つなのである」。[*29]「かならず」つまり必要条件であるか否かについては、多少の留保が必要だろう。世界を制作する言語そのものは、必ずしも空間的素材ではない。しかし、ロトマン風のトポロジーを、テクストの文芸性の十分条件として認めることはできるだろう。未明童話のテクストは、その空間的領域性、境界線の越境において、確固とした文芸的枠組みを有している。「野薔薇」(『小さな草と太陽』、赤い鳥社、大11・9）の舞台が、「大きな国」と「小さな国」との「国境」であったのも偶然ではないのである。

未明のテクストは、同時代のいかなる童話作家よりも、泉鏡花や原民喜の幻想文学に似ている。たとえば「高野聖」（『新小説』明33・6）が魔女の住む飛騨の山中を舞台とする平行世界の物語であり、汽車による旅行が一般化した時代における「旅人のものがたり」（前田愛[*30]）であったように、鏡花のテクストは顕著な地理空間的領域性と、移動によるその侵犯を主たる装置としていた。また原のコント集『焰』（白水社、昭10・3）や未刊行の作品集『幼年画』及び『死と夢』に収められた諸編も、平行世界への越境と、時空間を超越する遍在的な視力を糧としている。これらの様式は、「平行世界」（『メタモルフォセス群島』、新潮社、一九七六・二）に代表される筒井康隆ら現代のSFにも繋がる。あるいは、特に掌編を得意とした未明の緊密な物語性は、星新一のショート・ショートを彷彿させるものと言うべきかも知れない。未明のテクストは、幻想文学やSFなど、より自由な虚構ジャンルの観点から読み直すことができるだろう。それを「童話」の枠にのみ閉じ込めて来たところに、これまでの読み方の限界があったのではなかろうか。

6　死滅する都市――コミュニタスの論理

未明童話には、幾つもの幻想都市が登場する。たとえば、「眠い町」（『日本少年』大3・5）の少年ケーは、例によって移動＝世界旅行の途中で「眠い町」という都市を訪れ、「この町の主」と称する爺さんの頼みに従って世界中に砂を撒き、町に戻るが、そこには全く別の都市しかない。「青い時計台」（『処女』大3・6）

のさよ子は「好い音色」を追って「ずんく歩いて行き」、「西洋風の建物」が並ぶ「静かな町」に着き、そこである家族の栄枯盛衰の姿を目の当たりにする。「月夜と眼鏡」(『赤い鳥』大11・7)の眼鏡売りは、お婆さんに「この町へは、はじめてですが、実に気持ちのいい綺麗な町です」と告げる。これらの作品においては、それぞれに幻想的で印象的な「町」の風情によって、平行世界の構造が設定されている。小説においても、たとえば「死滅する村」(『中央公論』大12・2)は、「みなさん、私達の村は、亡びかかつてゐるのに気付きませんか」と警鐘を鳴らす大工の伜の言葉を通して、貧富の差に甘んじ、沈滞した惰性的生活を営む村落共同体の有様を描いた小説であった。未明童話の地理空間的構造は、主として都市(村・町・街)の繁栄と滅亡の有様へと収斂するのであり、言うまでもなく「赤い蠟燭と人魚」こそ、その典型的テクストにほかならない。

するとこゝに不思議な話がありました。この絵を描(か)いた蠟燭を山の上のお宮にあげて其の燃えさしを身に付けて、海に出ると、どんな大暴風雨の日でも決して船が顚覆したり溺れて死ぬやうな災難がないといふことが、いつからともなくみんなの口々に噂となつて上りました。[…]
この話は遠くの村まで響きました。[…]「ほんたうに有りがたい神様だ」と、いふ評判は世間に立ちました。其れで、急にこの山が名高くなりました。[…]
不思議なことに、赤い蠟燭が、山のお宮に点(とも)つた晩は、どんなに天気がよくても忽ち大あらしになりました。其れから、赤い蠟燭は、不吉といふことになりました。[…]
幾年も経たずして、其の下の町は亡びて、失(な)くなつてしまひました。

初めのうち魔除けの蠟燭の噂は「遠くの村まで響き」、お宮のある山は急に「名高く」なるのだが、娘が去った後、お宮の赤い蠟燭は不吉の徴となり、「神様は、今は、町の鬼門となつてしまひ」、あまつさえ「町は亡びて、失なつてしまひました」と結ばれる。「阿呆鳥の鳴く日」（『童話』大12・9）では、阿呆鳥の騒いだ夜、大火のために「町の大半は全滅して」しまう。「兄弟の山鳩」（『兄弟の山鳩』、アテネ書院、大15・4）でも、町に憧れて行った二羽の山鳩は、町が「みんな焼けてしまつた」ために山へ帰って来る。これらのテクストにおいては、人間たちの運命は都市の運命と連動する。人々は都市の帰趨に身を委ね、また逆に都市の盛衰を左右するのはその住民たちの行為である。従って都市空間的な観点からすれば、先に見た「海」／「陸」の地理的対照構造は、都市という中心的領域と、都市の外部に広がる周縁的領域との間で行われる文化的な意味での交渉として理解できるだろう。未明童話は何よりも都市の物語なのである。その主人公たちは、都市の外部から到来した異人（まれびと）にほかならず、彼らの空間的移動は、都市の日常性に対して異文化の衝撃を備給するのである。「赤い蠟燭と人魚」において、その異文化性は、何よりも人魚という存在形態によって規定されている。

二人は、其の赤ん坊を育てることにしました。其の子は女の児であつたのであります。そして胴から下の方は、人間の姿でなく、魚の形をしてゐましたので、お爺さんも、お婆さんも、話に聞いてゐる人魚にちがひないと思ひました。

「これは、人間の子ぢやあないが……」と、お爺さんは、赤ん坊を見て頭を傾げました。

「私達は、魚や獣物の中に住んでゐるが、もつと人間の方に近いのだから」という理由で、女の人魚は人間界に子を委ねた。だが、人魚の娘が「人間とあまり姿は変つてゐない」にもかかわらず、「胴から下の方は、人間の姿でなく、魚の形をしてゐ」る、身体的に有徴の存在であることは、彼女が中心の秩序に帰依しない、周縁的な混沌の差異を付与されていることの証にほかならない。人―魚は、人と魚との中間者（マージナル・マン）として、中心と周縁とを媒介するトリック・スター的な役割を果たす。従って人魚は、象徴的な意味においては、クラウン（道化）やコウモリと同列である。人魚の娘は、周縁（「海」「北」）のエネルギーを中心（「陸」「南」）へともたらし、再び周縁へと帰還する。この場合、周縁の領域としての「北方の海」は、一種の情緒的共同体（コミュニタス）を形成し、中心としての「小さな町」の秩序に対して、文化的に競合する性質を帯びる。このコミュニタスは、「これから産れる子供に、こんな悲しい、頼りない思ひをせめてもさせたくないものだ」という母子の素朴な心情的共同性を核としている。人魚の母は、「人間は、この世界の中で一番やさしいものだと聞いてゐる」という信頼に基づき、コミュニタスの原理を成就することを企図したのである。

コミュニタスはヴィクター・ターナーの術語であり、山口昌男がいわゆる中心と周縁の理論に取り入れた概念である。[*31] 山口によれば、ターナーのコミュニタスの属性は「過渡性」（通過儀礼・イニシエーション）、「他所者性」（異人・まれびと）、それに「構造的劣性」（徴付き・有徴性）であり、全体として「『周縁性』の立ち現れる場」とされる。それは、「一つの文化の中で、意識的に理解されている規範的『構造』に対する反措定」となるのである。山口が日本におけるコミュニタスの代表として挙げている「長屋」のイメージが、「母性的原理」としてとらえられていることは興味深い。「赤い蠟燭と人魚」のコミュニタスの原理は、「これから産まれる子供」に関わる、まさに「母性的原理」であったからである。

　ちなみに、「母性的原理」に基づくコミュニタスの造形が重要な虚構的機能を果たしているテクストとして、泉鏡花のいわゆる〈少年物〉、すなわち「龍潭譚」(『文芸倶楽部』明29・11)、「化鳥」(『新著月刊』明30・4)、「清心庵」(同、明30・7)、それに「鷲花徑」(『太陽』明31・9、10)などが想起できるだろう。典型的なコミュニタスとして、種田和加子が論じた「鷲花徑」における少年・「少い母様」・乞食らが作り出す「山中の異界」が挙げられる。[*32] このテクストでは、社会秩序において構造的優勢を形作る父性的なものはコミュニタスに入る権利を持たず、血縁関係のない女と子どもを中心として「母」と「子」が偽造され、疑似的な家族の結成が目論まれるが、結末でそれは不発に終わる。コミュニタスを梃子として、あらゆる地上的な秩序が否定され、さらにそれを反転しつつ、より超越的・絶対的な世界が志向されるのである。「龍潭譚」の少年・千里が九ツ谺の異界に迷い込み、後に村里に迷い出る物語なども、未明の「子供の時分の話」(『おとぎの世界』大8・7)で、「私」が屋台のお爺さんに峠の向こうまで連れられ、結末で解放される話と、神隠し的なストーリーという点で類似している。ただし、実際の金沢近辺の地誌が色濃く投影された鏡花のコミュニタスと比べて、未明のそれはより抽象的・観念的であり、またそのショート・ショート的構成から見ても、叙事的散文性は希薄である。ここに未明童話が象徴的と呼ばれる所以があるのだろう。

7　マナとしての蠟燭

「赤い蠟燭と人魚」における主人公の有徴性は、単なる身体的特徴のみに留まらない。人魚の娘は、蠟燭に描画し彩色する卓抜な手腕を有し、その結果蠟燭は船を災厄から守る神聖な能力を発揮する。「うまい筈だ、人間ではない人魚が描いたのだもの」と老爺の言う通り、この特殊な技術と神聖な産物とは、娘がそこに由来する非日常的空間からもたらされた異質の属性である。娘の描いた蠟燭は、「都市」に対して利益／不利益の両義的な影響力を行使する、マルセル・モースの言う一種のマナとして、霊的な力を付与された呪物＝フェティッシュとなる。[*33] それは「都市」とコミュニタスとの協力／敵対関係の如何により、薬にもなれば毒にもなるだろう。「赤い蠟燭」が「不吉」である所以である。人魚の娘に属するあらゆる空間・人物・物象は、いずれもこうしたコミュニタスの原理によって染色されているのである。

　このマナに類するアイテムも、未明童話では通有の事柄である。たとえば「海の少年」で海中少年が正雄に贈る「それは〳〵奇麗な真珠や、珊瑚や、瑪瑙」は文字通り異界からの贈与であり、また「無なつた人形」（『星の世界から』、岡村書店、大7・12）でおみよが乞食に奪われる「大切の〳〵人形」、「殿様の茶碗」（『婦人公論』大10・1）の茶碗、あるいは「時計のない村」（同）の時計、さらに「鍬の怒つた話」（前掲『赤い蠟燭と人魚』）の鍬なども、単なる点景物ではなく、人々の素朴な共同性に基づく生活の象徴的物象であった。また「自分の造つた笛」（前掲『小さな草と太陽』）の「彼」や、「二つの琴と二人の娘」（前掲『気まぐれの人形師』）のお花は、演奏する自己流の笛や三絃琴の音色が王様や琴の師匠に高く評価される。志賀直哉の「清兵衛と瓢箪」（『読売新聞』大2・1・1）を想起させるこれらの作品では、内密に培われた素人の技術こそ、むしろ水準の高いものとされている。さらに、見知らぬ町へ越境し、そこの子どもたちに悪口を言われる「角笛吹く子」（『童話』大10・3）の子どもは、角笛の霊力によって呼び出された狼の背に乗って立ち去って行くのである。

　以上を総合して、「赤い蠟燭と人魚」におけるストーリーの全体は、中心と周縁との地理空間的・意味論的なパラディグムの、構文論軸への投影として展開して行くということになる。このテクストの物語展開は、精神的実質の異なる二つの空間の協力・緊張・対立関係に彩られている。その展開を章を追ってまとめてみよう。

一　物語はコミュニタスの原理の実現を目指して出発する……「これから産れる子供に、こんな悲しい、頼りない思ひをせめてもさせたくないものだ」。

二　物語は老夫婦という協力者を得て始動する……「神様のお授けなさつた子供だから大事にして育てよう」。

三　「都市」の秩序との協力により、物語はその目標へと接近する……「こんな人間並でない自分をも、よく育て可愛がつて下すつたご恩を忘れてはならない」（薬としてのマナ）。

四　しかし、やがて「都市」の論理は心情的な共同性を蹂躪してしまう……「もはや、鬼のやうな心持になつてしまつた年より夫婦は何といつても娘の言ふことを聞き入れませんでした」。

五　最後に、コミュニタスは「都市」への復讐を果たす……「幾年も経たずして、其の下の町は亡びて、失なつてしまひました」（毒としてのマナ）。

これを見る限り、物語が全体として報恩・報復譚の様相を呈するという見方を否定することはできない。だが、それは単純な勧善懲悪ではなく、ゲゼルシャフト（利益社会）的な秩序と対決する、コミュニタスの素朴な心情のあり方と言うべきだろう。これもまた、「赤い蠟燭と人魚」だけの問題ではない。「牛女」（『おとぎの世界』大8・5）の死んだ母親は、故郷を出た子どもたちに「祟り」、また法事を営まれた後は「身の上を守る」。また「黒い人と赤い橇」（『赤い鳥』大11・1）でも、行方不明者の捜索に出て遭難した仲間に対して「尽さなかつたこと」のために、船が難破し、仲間やその橇の亡霊が現れる。前述の「から〳〵鳴る海」でも同断である。

これら未明様式におけるモノへの執着、またモノが霊力を帯び、人間社会の存亡を左右するという発想に基づいたミュートス（筋の類型）は、人為と物象との境界線を撤廃し、世界内の存在を全体論的（holistic）に統合する世界観において、たとえば横光利一や宮澤賢治の様式と親近性を有するものと言えるだろう。「饅頭」の威力により馬車の転落が帰結する横光の「蠅」（『文芸春秋』大12・5）や、頑鮮菌によって世界征服が支配される「ナポレオンと田虫」（『文芸時代』大15・1）は、情報の循環という観点から世界を映像的に統合する。また、童話集『注文の多い料理店』（杜陵出版部・東京光原社、大13・12）などに示された宮澤の様式も、山猫や「雪婆んご」やどんぐりなどが人間と同じ地平で対等に行動し、それによって文明の野蛮さを前景化するものであった。未明と宮澤とを対照的にとらえる見方があるが、果たしてそれにはどれほどの論拠があるのだろうか。いずれにしても、未明のテクスト様式を、もはや評価の確定した大家的伝統として、あるいは他に類例のない孤立したオリジナリティにおいて評価することは、決して生産的ではない。

付言すれば、供養・鎮魂・友情・愛情などの内実は、コミュニタスを求心的に統御する素朴な一体感の原理に過ぎず、いずれここに愛国心が、さらには戦後民主主義が盛られることになっても、空間性の構造自体には何ら影響がない。鏡花以上に抽象的な未明のテクストは、顕著な反戦性を示す「野薔薇」などを境界例として、各領域の性質を定着する具象物との対応関係を有していない。その場合、中心と周縁とは、容易に逆転しうる。未明が戦中に創作した『日本の子供』（文昭社、昭13・12）に収められた数々の軍国童話、あるいは敗戦直後の作品群も、このような見方で総合的にとらえることができるだろう。未明童話は、イデオロギーの如何にかかわらず、思想的・伝達的である以前に、構築的・造形的なテクストであると言うべきなのである。

8 幻想文学としての未明様式

未明のテクストの読解は、読者に対して、空間的領域構造による異質な世界との遭遇や、領域の有する情緒的・文化的性質の経験のほか、それらの全体を統合する物語的読書の作法を喚起する。未明童話ほど、空所の多いテクストはない。「赤い蠟燭と人魚」における因果応報にしても、形象の連鎖による示唆が主体となり、明示的に語られてはいない。「金の輪」における太郎の見た夢と、太郎の死とを合理的に関連づける糸はどこにも示されていない。コミュニタスの情緒性に加え、この論理的飛躍を以て、古田のように「原始的感覚」や「呪術」として批判対象とすることもできるだろう。だが、西洋流近代合理主義が唯一絶対の価値基準でないことが叫ばれて久しく、日本近代文芸史におけるリアリズム偏重史観も既に大きく見直されている。鏡花を源流とし、佐藤春夫や谷崎潤一郎、あるいは江戸川乱歩・夢野久作から澁澤龍彦に至る幻想派の様式が、児童文学には不要とする見地が支持を得られるとは思われない。彼らの様式は、言葉の可能性を限界まで利用した自在な虚構に従い、近代の支配的論理を相対化する別種の概念枠の存在を示唆している。それらのテクストは、御託宣的な伝達ではなく、主としてそれを読む楽しみを主眼として構築されている。

テクストの論理的な飛躍や空所を読者が充填することにより、虚構と概念枠の可能性は読者へとフィード・バックされるのである。未明的テクストの上演方法の探索は、未だ緒についたばかりである。それは、言葉の自由にかかっている。未明様式を、リアリズムやロマンチシズムなどという陳腐なステレオタイプに閉じ込める視野狭窄、あるいは肯定・否定で裁断する傾向のみが、それを過去の遺物として葬ることができるだろう。

Ⅷ ゆらぎ・差異・生命

佐藤春夫『田園の憂鬱』「『風流』論」

はじめに

物語の差異化＝構造化に大きく寄与する契機として、始まり・中・終わりと続く、いわゆる緊密なミュートス（筋）の構成を思い浮かべるのは、アリストテレス『詩学』を参照するまでもなく、近代小説一般の通念と言ってよいだろう。それは、後述のように、アリストテレスの流れを汲む理論を英語経由で学んだ坪内逍遙らの時代から今日に至るまで、日本の近代文学の記憶の最も奥底に潜む理念である。しかし、特に探さなくとも、日本文学にはこのようなミュートスの法則に当てはまらず、甚だ緊密でない物語を宿したテクストが豊富に見つかる。そのような物語もまた物語であり、そのような物語も、その仕方において差異化＝構造化を行っているのである。そうした、いわば〈戯れるテクスト〉における物語らしからぬ物語を、どのように評価すればよいのか。本章では、佐藤春夫の幾つかのテクストを取り上げ、そこに見るゆらぎ・差異・生命の様態を確かめてみる。

1　虫の物語――『田園の憂鬱』

離魂病（ドッペルゲンガー）。あるいは、ブレイクの詩句「おお、薔薇、汝病めり！」という自らの呟きを別人の言葉のように聞くほどまでに、『田園の憂鬱』（大8・6、新潮社）の主人公は精神的な疲弊の度合いを深めていた。「片田舎」に憧れた都会人が、その憧れに身を委ね、できもしない田舎暮らしを無理やりにしようとする。その田舎が、たまたまある季節のある穏やかな日に、どれほど美しい景色を見せたとしても、一年を通じてそうである場所などどこにもない。そのことは、それが田舎でなく都会であったとしても同じことである。従って人物論としては、この小説の収束する地点を推量することは、物語の当初からそう難しくはない。だがここで問題にしようとするのは、そのような主人公の疲弊の理由や経緯ではなく、その性質の描写そのものである。すなわちその「病」の属性から、この「薔薇、汝」は彼自身による反射的な自己指示として受け取ることができる。この言葉は、次の引用のように妻の摘んできた薔薇の蕾を蝕んでいた、微細な虫の群れを見て発せられたものであった。このテクストの描写は、どの部分を取っても甚だしく細密である。*1

　さて、その茎を彼は再び吟味した。其処には、彼が初に見たと同じやうに、彼の指の動き方を伝へて慄へて居る茎の上には花の萼から、蝕んだただ二枚の葉の裏まで、何といふ虫であらう——茎の色そつくりの青さで、実に実に細微な虫、あのミニアチュアの幻の街の石垣ほどにも細かに積重り合ふた虫が、茎の表面を一面に、無数の数が、針の尖ほどの隙もなく裹み覆うて居るのであつた。灰の表を一面の青に、それが拡がつたと見たのとは幻であつたが、この茎を包みかぶさる虫の群衆は、幻ではなかつた——一面に、真青に、無数に、無数に……

「おお、薔薇、汝病めり！」

ふと、その時彼の耳が聞いた。それは彼自身の口から出たのだ。併しそれは彼の耳には、誰か自分以外の声に聞えた。彼自身ではない何かが、彼の口に言はせたとしか思へなかつた。

この虫は、好みの薔薇の蕾と同一視された自らの身体に蝟集し、その身体のどこかは分からない「針ほどの穴」から侵入し、内部、すなわち心の深部から食い破ろうとする彼自身における痼疾のメタファーにほかならない。しかし、翻って考えるならば、その「実に実に細微な虫」もまた、個々独自の生命を持っていたはずである。以前には、彼は地上ではわずか数日の生命しかない蝉の変態を見て、一度はそれを自然による「出たらめ」と感ずるが、結局そこに「ある現実的な強さ」を認め、「この小さな虫は己だ！　蝉よ、どうぞ早く飛立て！」と言ったこともあったはずである。すなわち、このテクストの虫をめぐる表現は、顕著な両義性を帯びていると言わなければならない。

蟬・くつわ虫・こおろぎ・馬追い・蛾・いなご……、『田園の憂鬱』は虫の物語である。その虫のイメージの両義性は、生命に関わる二つの極性、すなわち孵化や生長にまつわる発展する生命と、腐敗と死へ導く衰滅する生命という、生命そのものの両義性に由来する。またそれは物語の舞台となる「田園」および「廃園」というトポスとも緊密に連携している。虫に揺籠と柩とを用意するのは「廃園」を彩る植物であり、ここで虫／植物のセリーは、泉鏡花や江戸川乱歩などに見られる長虫（蛇）／森のセリーと対応する。堀切直人の規定した、幻想を生み出す「始原の森」／「混沌の森」の対照は、こちらにおける生命のイメージにも的中するのである。[*2] ただし、その「廃園」はまた「ミニアチュアの幻の街」の触媒ともなり、『美しき町』（『改造』大8・8～12）にも描かれるところの、非在の理想都市の幻影にも通じるだろう。こうして生命の起点・終点の両端を結ぶ線分に都市から田園へと伸びる線が交差し、「実に実に細微な虫」の運命はそこに居を構える人物によって身体化され、ひいては憂鬱な田園として世界化される。そのようなイメージの増殖運動を、このテクストは宿しているのである。

磯田光一は同様の点に着目し、「廃園」を目の当たりにした主人公にとって、「併し、凄く恐ろしい感じを彼に与へたものは、自然の持つて居るこの暴力的な意志ではなかつた。反つて、この混乱のなかに絶え絶えになつて残つて居る人工の一縷の典雅であつた」という一節を「衝撃的な記述」とみなし、西欧十八世紀の「風景庭園」(「絵画庭園」)の「産業革命の進展にともない衰滅の危機に瀕した自然を、人工的に支えようという芸術運動」と共通の要素を見出していた。[*3] 磯田によれば、『田園の憂鬱』の主人公は、自然の人間性に執着した『白樺』派とは「鋭い対立を示している」という。「白樺派とは、庭園造型の秩序を破って、『自然』の伸長のうちに『人間性』(human nature)の開花と調和を夢みた文学だったからである」(磯田)[*4]。磯田のこの対比は、佐藤春夫のテクストにおける生命の問題を明らかにするために、この上なく示唆に富むものと思われる。

すなわち、武者小路実篤や初期の有島武郎などによって代表される『白樺』派的な生命観が、より至上なるものへ向かう成長する生命の直線的なベクトルとして表象されるとすれば、佐藤春夫の生命は、一つの方向性に規定しえないゆらぎ、もしくは差異のざわめきこそがその本質をなすものと言うことができるだろう。そのゆらぎが顕著に形象化されているのは、『田園の憂鬱』の物語展開に基盤を提供している、彼の気分が「フェアリー・ランドの王」と「生気のない無聊」との両極を振幅する運動そのものにほかならない。またこのゆらぎは、高橋世織がイメージ論によって的確に分析した、光と闇の顕著な対比効果としても感知できる[*5]。「失った〈闇〉を再認識することによって、逆に今度は〈闇〉をわがものとして肉化、再生できるようになる」(高橋)[*6]。佐藤春夫のテクストにおける生命を、ゆらぎ、差異のざわめきの面から見直さなければならない。

2　「『風流』論」の生命観

佐藤春夫の〃陰翳礼讃〃とも呼ぶべき「『風流』論」（『中央公論』大13・4）は、そこで示される特異な趣旨によってその生命観の機微を明かしてくれる、またとないエッセーである。そこで著者は、日本的美意識・生活観としての「風流」を、古代・中世から近世・近代に至る文人たちの感覚の中に探り、「もののあはれ」「さびしをり」「無常感」を基本的に「風流」と同値のものと認めつつ、ひとまずその内実を「あれ」としか言いようのない「或るもの」として仮定する。そして次にその「或るもの」を、次のように解明してみせる。

一体、生のあまりにはげしい活動は、その生が不幸でなかつた場合でさへ、我々に屢々死のことを考へさせる。しかも我々は死を楽しく考へるほど疲れてゐる瞬時に於てさへも、生きてゐる限りに於てはやはり生の本能に執してゐる。さうして死を考へてゐることによつて生きてゐることを享楽してゐるといふ心理さへもあり得る。ただその場合に於ける生の執着も、生の享楽も、それが生としてはいかにも最小限度的なものなのである。さうして「もの、あはれ」と言ひ「無常感」といふのは、実は、この最小限度に於ての生の執着と生の享楽とに外ならないのである。［…］

バルザックと芭蕉とこの二人は文学の両極である。

最小限度の生。人間的意志の脱落。それは人間と自然との確執という人類史的課題について、西洋的な対抗・征服の方法ではなく、「自然に抱擁される人間」としてのあり方を実践した民族の、自然への随順の姿勢であったとされる。たとえば、西と東を代表する作家としての、「バルザックと芭蕉とこの二人は文学の両極である」。この対比から、「『風流』論」は、論末の「筆者附記」でも触れられた「東西両洋文明に就て」という問題をめぐる比較文化論の論考としても読むことができるだろう。これは文中にも出てくるベルクソンのエラン・ヴィタル（生の飛躍）などによって代表されるような、進歩・拡充する生命という西洋的思想とは大きく異なるものである。ただし、これを単純に日本の伝統的生命観として割り切ってしまうこともまたできない。また、最小限度で、また脱落・放擲された生や意志であっても、それは完全な放下状態ではなく、ある種の生や意志であることには変わりはない。だがそのときそれは、力・運動・熱などで示されるエネルギー的な実体としてではなく、ゆらぎ・差異などの言葉で呼ばれるエントロピー的な関係の中に置かれていると考えられる。

そのような視角によってのみ、「『風流』論」執筆後にも、例えば台湾を舞台に扇にまつわる亡霊幻想の顛末を語った「女誡扇綺譚」（『女性』大14・5）、家族を捨て幻想の女性に愛を捧げるパリの日本人画家を描く「F・O・U」（『中央公論』大15・1）、あるいは奔放な画家をめぐる男女関係の交錯を紡ぎ出した長編『神々の戯れ』（『報知新聞』昭2・12・18〜3・5・4、昭4・2、新潮社）など、一般的な意味で「風流」と一概には言えないようなテクストが量産されている事実を理解することが可能となる。そもそも、自我を滅却して随順すべき自然とは、佐藤春夫のテクスト様式においてはいかなる対象であったのだろうか。

自然にはどんな法則があるのだか、実にさま〴〵なものをつくる。まるでそつくりなのや、まるで反対なのや、さうかと思ふと形だけが似て心が反対なのや、心が似て形がまるで違つたのや………。かうして動物の種類が出来、植物の区別が出来、人間の容貌(ようぼう)が出来、性格が出来………。

（『神々の戯れ』「無名の手紙」）

『神々の戯れ』の主人公高木は、蓮葉な女学子と信仰の厚い学子の母とを比べてこのように考える。ここで自然法則は、進化論、エネルギー保存則、万有引力の法則などの直線的方向性を帯びた合目的的な法則としてはとらえられていない。それは乱雑さ、冗長性、意外性、偶然性などの、デカルト＝ニュートン的な合理主義の伝統からすれば、およそ法則らしからぬ法則である。高木自身がこの意想外な踏み外しの法則の実践者なのであり、『神々の戯れ』の結末は、欲得とスキャンダリズムに彩られたストーリーの二転三転の揚句に、人妻ながらかつてほのかに愛し合った芳江の娘麗子が、目前に迫った結婚を破棄して高木と一緒になるという大団円であった。高木も麗子も、格別『明星』派風の情熱家であるわけではなく、むしろ運命という名で呼ばれる物語の紆余曲折に従ったまでという感がある。『田園の憂鬱』で情調の振幅として具現したゆらぎ・差異の微細な運動は、『神々の戯れ』ではまさしく運命＝物語の戯れとして刻み込まれている。

このような戯れ、アクション（行為＝筋）の散布こそが、「最小限度に於ての生の執着と生の享楽」の表現なのではなかっただろうか。それはエネルギーを問題にする定量的な分析によっては、衰滅・頽廃の相としてしか計りえない領域である。だが、高木も麗子もいかなるスキャンダリズムにも屈しない自恃の所有主であり、それこそが「最小限度」の色相として、単なるデカダンとは異なる清新なニュアンスをテクストに投じている。これこそ、佐藤春夫の様式における「風流」にほかならない。それはゆらぎ・差異を本質とする自然＝世界と、それに「抱擁」されようとする生命＝人間とが作り出す、予測不可能な要素をふんだんに孕んだミュートスである。日本のいわゆる伝統的美意識なるものは、佐藤春夫のテクストにおいて、見まがうばかりに昇華されていると言わなければならない。

3 〈神々の戯れ〉るテクスト

近代においては、学問論におけるディシプリン（学科・専門）と同じく、文芸・芸術のジャンル（枠組み・フレーム）もまた、その理論母型と生産物とが再帰的に同型対応する傾向が見られる。つまり、あるジャンルは、そのジャンルの成立の歴史自体をジャンルの属性として摂取する場合が多いのである。試みにそれを小説ジャンルに求めれば、坪内雄蔵『小説神髄』（明18・9〜19・4、松月堂）は「小説の主眼」の章で次のように述べている。

> もと小説ハ美術にして詩歌伝奇等におなじけれどもまたおのづから詩歌伝奇と異なる所も少からず譬バ詩歌は必ずしも模擬をば主眼となさゞれども小説ハ常に模擬を以て其全体の根拠となし人情を模擬し世態を模擬しひたすら模擬する所のものをば真に迫らしむと力むるものたり小説いまだ発達せずして尚「羅マンス」たりしころにハ其体裁も詩歌に類して奇異なる事をも叙したりしがひとたび小説の体を具備して今日の小説となりたるからにハまた荒唐なる脚色を弄して奇怪の物語をなすべうもあらず是今日

の小説稗史の一至難技たる所以なり

これは「小説の変遷」の章で「それ倩ら惟みるに小説野乗の行はる、ハ其源遠く邈焉たる上古の時代にありといふべし」「さてかくの如き進化を経て小説おのづから世にあらハれまたおのづから重んぜらる是しかしながら優勝劣敗自然淘汰のしからしむる所まことに抗しがたき勢といふべし」として逐一追跡されるような、小説ジャンルを「優勝劣敗自然淘汰」の結果勝ち残った、「進化」の頂点を極めたジャンルとする見解に裏打ちされている。「優勝劣敗」を左右する一義的な価値観はまた、小説の「法則」の確立を目指す自然科学的発想、「小説ハ常に模擬を以て其全体の根拠となし」とする写実主義、あるいは「小説はさながら有機物の如し」とし「因果の構造」の「脈絡貫徹」を要求する合理論的姿勢などに通じる。すなわち、進化論というジャンル観は、物語言説の軸における合目的的構築としてジャンル性をも支配しているのである。越智治雄によるベイン、スペンサーらの社会進化論の影響の実証や、[*7] 亀井秀雄による『ブリタニカ百科事典』など典拠資料の精査を考慮に入れよう。[*8] 直線的時間展開に従い、アリストテレス『詩学』的な始まり・中・終わりのあるミュートス（筋）の形式が、小説なるジャンルの暗黙の規範となるための強力な契機として、『小説神髄』的な進化論＝合理主義の移入を挙げることは誤りではないだろう。

進化論・社会進化論の観念化・イデオロギー化の結果として出現したのが、『白樺』派や大杉栄流の目的論的生命力論であった。「魂のみが真だ、規矩だ、進化する実在だ」と叫ぶ「草の葉（ホイットマンに関する考察）」（『白樺』大2・7）の主張の通り、ホイットマン、ベルクソン、ロダンらによって霊感を与えられた有島武郎のテクストは、『或る女』（大8・3、6、叢文閣）に代表される始まり・中・終わりを持つ緊密な悲劇のミュートスによって枠組みを与えられている。進化する「魂」の生命観は、やはり進化するアクションを帰結する（たとえ、その先に破滅が待ち構えていようとも）。この有島が進化論的イデオロギーに自信を喪失した晩年に至り、ダーウィン的自然淘汰に反対するクロポトキンの相互扶助（mutual aid）を組み込んだテクスト『星座』（大11・5、叢文閣）ではストーリーをミラーボール状に散布し、また「酒狂」（『泉』大12・1）、「或る施療患者」（同、大12・2）、「骨」（同、大12・4）などでも一種緊密でない物語を核としたことは、もちろん単に生命思想の問題のみからではないにせよ、注目すべき現象である。

さて、佐藤春夫のテクストは、多く自らのジャンル性そのものへの自己言及を含んでいる点において現代的である。『神々の戯れ』は、このテクスト自体の属性について次のように表明する。

> 読者はこの話の中で偶然の続出するのを決して怪しんではならない。何故かとなれば沢山の些細な偶然が積み重なつてそれがいつの間にか一つの事件になることを知らせようとするのが、この話の題目なのである。即ち、これは偶然の織り出す世界の消息なのだ。さうして私はそれを仮に「神々の戯れ」と呼んだのだから。
>
> （『神々の戯れ』「無名の手紙」）

こうした記述を、横光利一「純粋小説論」（『改造』昭10・4）における「偶然性」の重視や、中河與一『偶然と文学』（昭10・10、第一書房）の主張などのコンテクストに繋げることは、決して無謀ではあるまい。昭和十年前後、文芸復興のかけ声とともに提起された新しい小説方法論を、佐藤春夫は実作によって先取りしていたと言うことができる。『神々の戯れ』の人間関係の錯綜は、横光の『花花』（『婦人之友』昭6・4〜12）

や『盛装』(『婦人公論』昭10・1〜11)と似ており、また『田園の憂鬱』(原題「病める薔薇」)や「F・O・U」の主人公における病的妄想は、中河の初期作品「赤い薔薇」(原題「悩ましき妄想」、『新公論』大10・6)に始まる病(潔癖症)の記述と呼応する。横光がアインシュタインの相対性理論を、また中河がボーア、ハイゼンベルクらの量子力学を各々自分流に咀嚼し、いずれもそれを起点として「偶然」の持つ構造上の効用を説いたのは偶然ではない。[*9] 彼らは西洋の正統的科学に対する疑念を、これらの言い回しに担わせていたのである。

そして「偶然」の積み重ねによる〈神々の戯れ〉とは、あの生命のゆらぎ、差異のざわめきが、予見困難な成長と腐敗の分岐を繰り返して自らを延命させる営為を、小説のストーリー構築における脱進化論、脱合理主義的手法の領域へと写像した、ジャンル的な反法則の謂にほかならない。「風流的芸術が、文学に於ては最も沈黙に近い即興詩をその主要な様式に択」ぶことを、「『風流』論」は指摘していた。この「即興詩」とは、他に適切な術語のないために採用された、〈戯れるテクスト〉の様式を指すのである。

4 小説の散逸構造

熱力学第二法則(エントロピーの不可逆的増大)の再評価は、相対性理論や量子論と並ぶ、二十世紀の科学革命の有力な枝道の一つと言えるだろう。プリゴジンの散逸構造論(dissipative structure theory)によれば、エントロピーが最大値に達したとき、対象は最も乱雑で不安定な振る舞いをし、その平衡状態は、不可逆的な時間の矢の方向をゆらぎ(fluctuation)によって偶然的に決める分岐点となる。[*10] ハーケンのシナジェティックス(synergetics、協同現象理論)は、同じく臨界ゆらぎ、対象性の破れなどによる相転移が、結晶・流れ模様・レーザー・生物形態など幅広い領域において、無秩序から秩序を作り出す原理となると主張する。[*11] その他、カオス、フラクタル、あるいはオートポイエーシスなど、西洋近代自然科学の均質時空間論に対する批判・超克において共通する潮流は、場の理論、確率論、観察者問題などを相対性理論・量子論と共有し、対象の自立性から環境との共存へと視点を大きく移動することから、いずれも仏教・道教・老荘思想などの東洋的世界観に接近する要素を備えている。横光・中河らの伝統回帰なるものを、単なる時局追随としてとらえることは不毛でしかないということは、こうした文脈からも明らかである。

佐藤春夫は、幻想・評伝・時代物・ルポルタージュ風、日本・中国・西洋、詩・小説・評論・翻訳など、およそ向かうところ可ならざるはなき多彩な作家であった。そのジャンル的な多種多様性はまた、小説構築における散逸的構造、すなわちゆらぎ、差異のざわめきを特徴とする、「最小限度の生」の生命観の表現と通底するものである。その生命観＝小説様式は、日本的伝統の再評価と西洋近代の超克とを萌芽せしめる革新的な要素を孕んでいた。生命と小説ジャンルとの両方において合理論に馴染んできた私たちは、未だそれを語る適切な言葉を見出せずにいるのではないだろうか。言葉こそ、ゆらぎによって現象するのである。

「天啓であらうか。預言であらうか。ともかくも、言葉が彼を追つかける。何処までも何処までも……」
（『田園の憂鬱』）。

IX かばん語の神

宮澤賢治「サガレンと八月」
「タネリはたしかにいちにち噛んでゐたやうだった」

はじめに

いわゆるかばん語（portmanteau word）とは、二つの言葉を合体して、新しい言葉、あるいは実在しない存在者を言葉の上で作り出す造語法である。これは、ルイス・キャロルが『鏡の国のアリス』において実行したノンセンス（nonsense）の一手法であった。この章では、宮澤賢治のテクストにおける幾つかの土俗的な神の表現を、このかばん語の特質と絡めて考えてみたい。それはまた、宮澤の文芸テクストにおいて、ノンセンス様式がどれだけ重要な意味を持つのかを再考することにも繋がるだろう。

1　宮澤賢治と『鏡の国のアリス』

宮澤は、『鏡の国のアリス』をどのように扱っていたのか。宮澤のテクストで明確に『鏡の国のアリス』に言及しているものに、「イーハトヴ」が「少女アリスガ辿（ママ）つた鏡の国と同じ世界の中」にあるという『注文の多い料理店』の「広告ちらし㊅」がある。また、『春と修羅』第二集入集予定であった「一〇六〔日はトパースのかけらをそゝぎ〕」が、初め「アリス」と題されていたことが知られている。天澤退二郎は、この広告文や、「ひのきとひなげし」、「銀河鉄道の夜」、そして詩「一〇六」などを挙げて両者の関わりを論じ、これがこの方面においての先駆的研究となった。[*1] また天澤が、「nonsense tale」（ノンセンス・テール）として宮澤のテクストを評価したこともよく知られている。『注文の多い料理店』の「序」に見える「なんのことだか、わけのわからないところもあるでせうが、そんなところは、わたくしにもまた、わけがわからないのです」という表現を「nonsense tale としての基本性格[*2]」の宣言としてとらえ、「どんぐりと山猫」「狼森と笊森、盗森」「かしはばやしの夜」などを取り上げて、それらのノンセンス性の程度を測量したのである。

これを受けて奥山文幸は、一八九九年（明32）の長谷川天渓訳「鏡世界」から始まる『鏡の国のアリス』の翻訳史を踏まえ、一九二一年（大10）、『金の船』に連載された西条八十翻案の「鏡國めぐり」を、表現が類似している点において重要であると指摘した。奥山が注目するのは『鏡の国のアリス』第四章「トゥイードゥルダムとトゥイードゥルディー」であり、「注文の多い料理店」の二人の紳士に、この二人の投影が見られるのではないかと推測している。

また、飛田三郎の記録に基づいた「宮澤賢治蔵書目録」の「洋書の部」には、「*Alice's Adventures in Wonderland and Through the Looking-Glass* (Lewis Carroll)」が入っている[*3]。宮澤は『鏡の国のアリス』だけでなく、『不思議の国のアリス』も、少なくとも原文では目を通したと考えてかまわないだろう。ちなみに、『不思議の国のアリス』の原著は一八六二年、『鏡の国のアリス』の方は一八七二年の刊行である。

2 鬼神・犬神・土神

天澤が取り上げた「一〇六」の詩は、『アリス』シリーズと「鬼神」の問題が交錯する唯一のテクストである。この詩と関連する系列のテクスト群を分析することによって、宮澤の文芸様式の深い部分の一端に迫ってみたい。

天澤は「一〇六」の推敲過程において、題名の「アリス」が「石塚」へと修正されるのと並行して、「鏡」または「沼」の「面」をのぞくものが、鬼神↓アイヌ↓猟師↓漁師↓漁人↓薬叉〔叉〕と変わり、最後に再びアイヌとされることを指摘する。また、「アリス」と「アイヌ」の関わりについて、天澤は次のように述べている（傍点原文、以下同）＊4。

以上のような、第一草稿第一形態から定稿への数次にわたる作品変貌の跡づけは、この作品番号一〇六という作品の生命の軌跡であり、私たちはここから多くの問題を引き出すこともできるが、「アリス」という初題との関係でいうならば、「鏡」のテーマがそのかなめであることは明らかであろう。「沼」というモチーフはこの詩の風景の核をなしているが、それというのも、沼の面（おもて）、水面が、「鏡」をかたちづくっているからにほかならないのである。しかもその鏡、単なる鏡ではない。「アリス」という初題は、それが「少女アリスの辿った鏡の国」の入口を意味するものであることを示唆している。〔…〕これらの語がいずれも指し示しているモチーフの内実は、最初の鬼神によってすでに殆ど決定されている。それはデーモンであり、しかも、その土地の精霊である。〔…〕

このような、詩と詩人の本質論をふくむ作品「一〇六」に、はじめ賢治は「アリス」という題をつけたのだった。「鏡」の向うへと押し入って行けば、そこには「イーハトヴ」の世界、賢治童話の世界がひらけるはずだ。そこはドリームランドであり、虚構の遍在する世界である。しかしいま、詩人は、鏡面を前にして、あくまでその鏡面にうつるものと対座し、こっちをのぞくものを、こちらからとらえながら、自己の分裂のゆくえをたどろうとする。詩はつねに虚構成立の現場、「鏡の国」の入口あたりを離れることがない——これが宮澤賢治における「詩」のいわば属性であり宿命であるからだ。

この分析・評価は、ここでの課題全般に関わる重要な示唆に富んでいる。何よりも留意すべきことは、アイヌや鬼神を「デーモン」であり「土地の精霊」であると見なしている点と、タイトルの「アリス」が関係する要点を「鏡」であると規定する点の二つである。後者の「鏡」に関しては、「鏡の国」の入り口をこのテクストにおける「虚構成立の現場」としてとらえる、いわば自己言及的な回路が取り出されている。この見方は魅力的であり、むしろ『鏡の国のアリス』の問題は、フィクション成立の「現場」のみならず、成立したフィクションの全般にも大きく関わっているのではないかと拡張して考えることができる。それは、宮澤が『アリス』シリーズから受け取った文芸的な影響を問題にする、いわゆる比較文学的な回路ではない。もちろん、受け取った要素もあるだろうが、その影響をも含めて、宮澤のテクスト様式のうちに認められるノンセンス性そのものを問題にするべきだろう。この場合のノンセンス性とは、もちろん単純な言葉遊びではなく、宮澤のテクスト様式の根幹の部分にも繋がる、重要な表現であるように思われる。

そこで「一〇六」の詩に戻れば、「デーモン」「土地の精霊」に類するものは、確かに宮澤のテクストにはたびたび現れる。しかし、ここではそれが「アイヌ」と結びつけられるのである。それは何を意味するのだろうか。ここで、アイヌ系のトピックがデーモン系のトピックと交わる、テクストの系列を見ておかなければならない。それは、「真空溶媒」と、「〔若い研師〕」～「〔若い木霊〕」～「サガレンと八月」～「タネリはたしかにいちにち噛んでゐたやうだった」の一連のテクスト群、またそれに関連するテクストとしての「土神ときつね」である。「〔若い研師〕」は前半第一章が「〔若い木霊〕」に受け継がれ、それは「タネリはたしかにいちにち噛んでゐたやうだった」（以後、「タネリはたしかに」と略記）に続く。後半第二章は「〔研師と園丁〕」に受け継がれ、それは「チュウリップの幻術」に発展する。「サガレンと八月」は、「タネリはたしかに」につながる先駆的な関連テクストとされる。「サガレンと八月」は途中で中断したまま放棄されたようであるが、一方「タネリはたしかに」は、清書の上、総ルビが振られ、「宮澤賢治」と署名もなされたことから、一定程度には完成したものと推定できる。

宮澤は北海道に三回足を運んでおり、そのうちの一回はサハリンに渡っている。[*5] 一回目は一九一三年（大2）、中学五年の修学旅行で、函館・札幌のほか白老も訪れ、アイヌ部落を見学したようである。二回目は一九二三年（大12）、当時教員として勤務していた花巻農学校の生徒の就職依頼のため、サハリンの王子製紙を訪れた時で、妹トシの死の翌年にあたり、「オホーツク挽歌」の哀切な詩群がこれを契機に書かれることになる。オホーツク海からサハリンにまで至ったのは一回だけであるが、その体験は「サガレンと八月」や「タネリはたしかに」などに投影されていると考えられる。三回目はさらにその翌年、修学旅行の引率のため札幌・苫小牧などを訪れている。「一〇六〔日はトパースの〕」は、一九二四年（大13）五月十八日の日付を持ち、翌日付の「一一六　津軽海峡」などとともに、その時の所産である。「津軽海峡」という詩は、第二回・第三回の両方の旅に関連して二つ書かれており、どちらにも海にたなびく船の煙を「砒素鏡」になぞらえる比喩が現れ、特に最初の「津軽海峡」では、「中学校の四年生のあのときの旅」（実際には中学五年生）が想起されていて、北海道旅行が強く印象に残っていることが分かる。最近までに、宮澤のこの北海道・樺太旅行と、それに基づくテクスト群についてはかなり研究が進められている。

まず、鈴木健司は「サガレンと八月」「タネリ」系統のテクストについて、一連の論考を発表している。

鈴木は、妹トシの死後、彼女からの通信を受けとろうとした宮澤の思いが、「サガレンと八月」における母の禁止を破ってクラゲで景色を透かして見る行為として表現され、犬神に拉致される結果になったのに対して、「タネリはたしかに」では、「オホーツク挽歌」系列の「おいらはひとりなんだから」という意識から、タネリを救済する結末に変えていったととらえている。[*6] また中地文は、「サガレンと八月」における犬神の出現は、人間とは異なる感覚を持つという「修羅」意識の所産であり、「タネリはたしかに」ではそれを超克して全体の幸福を追求する「銀河鉄道の夜」の方向へと変化を遂げたと推測している。[*7] これらの研究はそれぞれ説得力のあるものであり、宮澤の創作行為の歴史に、テクストを適切に位置づけるものとして評価できるだろう。

しかし、作者の人生の秩序に作品の秩序を位置づけること以上に、個々のテクストの様式それ自体を適切に記述することが重要である。端的に言って「サガレンと八月」と「タネリはたしかに」において、最大の共通の要素は犬神の出現である。また最も異なるのは、「サガレンと八月」は額縁構造の枠物語になっているのに対して、「タネリはたしかに」はそうではなく、むしろ「かしはばやしの夜」風の歌物語である点である。ちなみに、前者は海が舞台であり、また後者の舞台は森である。

すなわち「タネリはたしかに」では、ホロタイタネリが母から藤蔓を噛むように言われて遊びに行き、北風カスケ、西風ゴスケ、柏の木、蟇、やどりぎ、鴇などの自然物に向かって叫びながら、次第に母から禁じられた森に近づいて行く。柏の木は黙っており、蟇の考えは直接、「タネリの耳にきこえ」、やどりぎは笑ったりべそをかいたりしたようで、鴇らしき鳥は森の中へ落ち込んでしまう。すると、「たしかにさっきの鳥でないちがったもの」が返事をし、その直後、「森の前に、顔の大きな犬神みたいなものが、片っ方の手をふところに入れて、山梨のやうな赤い眼をきょろきょろさせながら、じっと立ってゐる」ところに出くわす。この設定は、歌合戦の点では、天澤がやはりそのノンセンス性に着目した「かしはばやしの夜」に似ている。しかし「かしはばやしの夜」では、画かき、清作、柏の木大王らが賑やかに歌のやり取りをするのに対して、「タネリはたしかに」では、自然物たちはほとんど答えず、タネリが一方的に叫んでいるだけである。彼は「おいらはひとりなんだから」と言い、「しょんぼりし」たり、「さびしさうに」したりするのである。また、誰だか分からない者の声が返ってくるという一節は、「さいかち淵」や「風の又三郎」後期形をも思い起こさせる。さらに、そこへ落ち込んだら戻れないような危ない場所としては、「風の又三郎」後期形に出てくる「大きな谷」も思い浮かぶとも言える。

また、「タネリはたしかに」の「顔の大きな犬神みたいなもの」は、先駆形の「〔若い木霊〕」では、それとは違って「まっ青な顔の大きな木霊」であった。ただし、「タネリはたしかに」の「暗い巨きな木立」が「陰気」に見え、「何かきたいな怒鳴りや叫びが、中から聞えて来る」という表現は、「〔若い木霊〕」から受け継がれたものである。この「暗い巨きな木立」が、〈いわば村上春樹風に言うならば〉〈向こう側の世界〉〈闇の空間〉を意味する場所であり、端的に言って死者の世界の入口ではないかとは、容易に推測できるところである。他方、「〔若い木霊〕」で出会う相手は、やや不気味な相手とはいえこちらと同じ木霊であったが、「タネリはたしかに」では「顔の大きな犬神みたいなもの」であり、人間であるタネリにとっては、完全に未知の相手であったという違いがある。もっとも、「犬神みたいなもの」は犬神そのものではなく、タネリは対象を明晰に認識する前にその場を逃げ出したのかも知れない。

ここで犬神とは何なのかを考えてみよう。まず、鈴木健司は、「サガレンと八月」における「ギリヤークの犬神」をギリヤーク民話との関わりでとらえている。[*8] 秋枝美保も同様に、宮澤がシャーマニズムとともにギリヤーク（ニヴヒ）のことを知っていたらしいと論証している。[*9] ギリヤークは、アムール川下流域からサハリンにかけて居住する先住民族の一つである。ただし、それはそれとして、「タネリはたしかに」のホロタイタネリは、名前からアイヌと推定されており、名前の一部を共有する「サガレンと八月」のタネリもまた、アイヌとして理解できる。つまり、「ギリヤークの犬神」は、「サガレンと八月」におけるタネリにとっても、異民族の神、あるいは異教の神なのだと言わなければならない。

次に犬神の形状を検討すると、詩「真空溶媒」に登場する犬神は、鼻の赤い紳士が連れていた犬を北極犬に見立て、その背中にまたがって「犬神のやうに」東へ向かうというものであった。「真空溶媒」は一九二二年（大11）五月十八日制作であり、前述のように宮澤のテクストに繰り返し現れる犬神のイメージの中でも、最も初期のものである。また「サガレンと八月」の犬神は、「三疋の大きな白犬に横っちょにまたがって」「大きな口をあけたり立てたりし歯をがちがちならす恐ろしいばけもの」と描写されている。「タネリはたしかに」では、顔が大きいことと、「赤い眼」をしていること以外には、具体的な描写がない。さらに「真空溶媒」の犬神は、犬に跨っているのであって、それ自身が犬に似ているのではないようである。「サガレンと八月」では、人と犬の合体した化け物、あたかも『八犬伝』的な獣人融合の怪物という印象がある。「タネリはたしかに」について言えば、「犬神みたいなもの」は、それが本当に犬神かどうかは定かではないが、そう描写する主体は、犬神がどういうものかを既に知っているはずだろう。「サガレンと八月」のタネリの母親はくらげを透かしてものを見ることを禁じたのだが、それはそのようなことをすると異教の神に拉致されることになるという恐れからであるのかも知れない。アイヌにとってもギリヤークが異民族であるとするなら、ここには、境界を接して存在する北方諸民族の間の領土性が投影されているようでもある。そうであるとするならば、人間と自然との境界線上の出会いを描く「狼森と笊森、盗森」や「注文の多い料理店」なども、これらの系列のテクストは深いところで通底すると言えるだろうか。

3 〈場違い性〉(out of place) の感覚

しかし、なぜアイヌなのか、またなぜアリスなのか。それを解く鍵はやはり「一〇六」の詩にありそうである。成立過程を見ると、この作品は下書稿が二つあり、全集本文はその後に清書された定稿によっている。まずアイヌに関しては、下書稿㈠の段階で、「鏡の面にひとりの鬼神ものぞいてゐる」の「鬼神」が手入れによって「アイヌ」に変えられ、「またそこに棲む古い鬼神の気癖を稟けて／三つ並んだ樹陰の赤い石塚と共にいまわれわれの所感を外れた／古い宙宇の投影である」や、「たゝりをもったアイヌの沼はそらや林をうつして光り／こっち岸では三つの赤い石塚を覆って／南の風にこゞりの枝をそよがせてゐる／沼のこっちに立ってゐる／沼はむかしのアイヌのもので／岸では鏃も石斧もとれる、」「アイヌは赤いいもりをつかみ」云々と、アイヌにまつわる言葉の追加が試みられている。また、最初のタイトルが「アイヌ」であったものが、最終的には「石塚」に変えられている。この「石塚」は墓標や碑の類であろうから、要するにこの場所はアイヌの遺跡であるということになる。次の下書稿㈡では、「鏡の面にはひとりのアイヌものぞいてゐる」の「アイヌ」が「薬叉」(「叉」は「又」と誤記)に変えられ、それが「漁人」「猟師」「漁師」などと書き惑った様子が、余白に消しゴムで消された文字として残されている。

この詩や、宮澤とアイヌとの関わりについても、北方先住民との関係などから、既に多々論じられてきた。[*10]それらはそれぞれに興味深いのだが、この詩のタイトルが、天澤の指摘したように当初「アリス」だったことは見失われている。[*11]天澤は前掲引用文において、沼の水面が「鏡」と見なされる表現が、「アリス」との繋がりであり、またそれが単なる鏡ではなく、「鏡の国」への「入口」であると指摘していた。『鏡の国のアリス』の冒頭で、アリスは、子猫のキティと遊んでいる間に、暖炉の上の鏡をすり抜けて向こう側の世界に入り込む。宮澤のテクストで水面を鏡に見立てる表現は、一九二三年の詩「津軽海峡」でも、一九二四年の「一一六　津軽海峡」でも「砒素鏡」とあり、また「オホーツク挽歌」では「砂の鏡」として現れる。鏡は向こう側への通路なのである。向こう側は幻想の空間であり、宮澤のファンタジーの源泉ともなった想像力の土地であると同時に、詩「小岩井農場」では、「もう決定した　そっちへ行くな／これらはみんなただしくない」とも言われるような、鬼神の空間、死者の棲む世界である。『注文の多い料理店』「広告文」に見える「少女アリスガ辿（ママ）った鏡の国」とは、この鏡の向こう側の世界であり、それは、想像力と死、ファンタジーとゴーストとの両義性を、顕著に帯びた場所にほかならない。

　北方先住民と宮澤との関わりについての先行研究は重要な示唆に富んでいるが、ただし、やはりテクストをテクスト以外のものに還元してしまう傾向から免れていない部分もある。例えば秋枝はアイヌ文化が仏教によって駆逐された歴史を、また、坪井秀人は先住民差別の傾向を、それぞれ宮澤のテクストに見て取っている。[*12]しかし、もう一つのそれらとは異なる解釈の可能性はないだろうか。それはすなわち、「(おまへはなぜ立ってゐるか／立ってゐてはいけない／沼の面にはひとりのアイヌものぞいてゐる)」のところである。この「おまへ」は、下書稿㈠では「わたくし」であった。これは宮澤の詩において頻繁に見られる、主体と客体との逆転的一致の手法である。[*13] ところで、この「ひとりのアイヌ」は、沼を覗き込んでいるのではない。「沼の面」に「のぞいてゐる」のであって、つまり「沼の面」の向こう側から見えているのである。これは既に天澤が「こっちをのぞくもの」として解釈していた。そして現実的には、沼の畔に立っているのは「おまへ」つまり「わたくし」なのであるから、「沼の面」を覗き込み、沼に映っているのは「わたくし」だということになる。すなわち、要するにこの「アイヌ」とは、「わたくし」自身にほかならないのである。

とすると、「(おまへはなぜ立ってゐるか／立ってゐてはいけない)」という理由は、本来いるべき場所でないこのような場所に立っていると、「アイヌ」として向こう側へ行ってしまうようなことになる、幻想の空間に入り込んでしまう、ということである。だからこそ、「(水は水銀で／風はかむばしいかほりを持ってくると／さういふ型の考へ方も／やっぱり鬼神の範疇である)」とは、沼が水銀による水鏡となり、異空間風の香りの良い風が吹くなどと考えることは、やはり向こう側の住人と同じような種類のものだ、と述べるものとして解釈できる。そして、「アイヌはいつか向ふへうつり」は、沼の向こう岸へ水平的に移動したというだけでなく、沼という鏡の入り口の奥深く、「鏡の国」の中へと引っ込んで見えなくなったということであり、「わたくし」にとっての、幻想空間に入り込んでしまう危機は遠のいたということではないだろうか。

すなわち、ここでこの詩の主体は、この場所が自分のいるべき場所でないことを認識しつつ、しかしここにいることにも強い執着を抱いているのである。初期形を参照するならば、アイヌや先住民の遺跡・遺物などは自分とは既に違う文化になっているという認識は持ちつつも、しかし逆にそれは自分にとって何かしら本質的な、あるいは憧れの対象でもあるという感覚が感じられる。これを違和感と親近感との同居する、パラドックス的な感覚と言い換えることもできるだろう。最初のタイトル「アイヌ」は、そのうちの親近感を、また下書稿㈡のタイトル「石塚」は、それがもはや過去の遺物であるという畏怖の感覚を帯びた懐かしさを表すものではないだろうか。つまり、この主体にとって、アイヌとは自分自身であり、単純な意味では、批評したり乗り越えたりする対象ではないということである。

さらにこの観点から重要なのは、「サガレンと八月」の額縁構造である。

「何の用でこゝへ来たの、何かしらべに来たの、何かしらべに来たの。」

西の山地から吹いて来たまだ少しつめたい風が私の見すぼらしい黄いろの上着をぱたぱたかすめながら何べんも何べんも通って行きました。

「おれは内地の農林学校の助手だよ、だから標本を集めに来たんだい。」

このサガレンの風や海岸の波にとっては、この「私」は用もないのにここに来た余所者に過ぎず、「私」が自分の仕事を説明しても、いっこうに理解してはくれない。しかも「何かしらべに来たの」という風の言葉や、「おれはまた、おまへたちならきっと何かにしなけぁ済まないものと思ってたんだ」という波の言葉により、「私」はいたたまれない気持ちになっている。このような調査・採集をする人物、余所者として他人の土地を探索する人物という設定は、「青木大学士の野宿」「気のいい火山弾」「茨海小学校」「黄いろいトマト」など、宮澤の多数のテクストに共通する。また、そこでいたたまれない気持ちになり、〈場違い〉(out of place)の感情、違和感を覚えるというのは、短編「家長制度」などの初期テクストと同じように、自然界や、北方や、異なる階級・民族の場所に対して、自分自身がout of placeな存在者であるという自己認識であると言うことができるだろう。

このような〈場違い性〉の感覚にもかかわらず、作中の「私」は「オホーツク海」の「風のきれぎれのものがたり」に「不思議な気持」の興味を持ち、くだんのタネリと犬神の物語を語るのである。この部分は、物語の本体に対して額縁となっていて、これは一種の額縁構造と見なしうるだろう。物語の本体でタネリはクラゲのめがねのために異世界へと入り込んでしまうのだが、それは犬神のいる空間であり、向こう側の世界である。「サガレンと八月」の場合には、「鏡の国」の入り口は、このクラゲのめがねである。「タネリはたしかに」では、ホロタイタネリは森に入らず、犬神と目を合わさずに逃げて来るが、それは向こう側の世界への移動の回避と取ることができる。一方、「サガレンと八月」の場合にも、実際のところこの物語は風が運んできた一種の「標本」であり、「私」本人がてふざめの下男にされたのではない。対象に対するある種の距離感、違和感は、「サガレンと八月」の場合、このような額縁構造によって保証されているとも言える。これは、額縁構造を共有するテクスト「黄いろいトマト」の場合とやや似ているかも知れない。

このような違和感は、「タネリはたしかに」の場合には、ホロタイタネリが「おいらはひとり」ぼっちで誰も遊んでくれない、叫んでも返してくれないという状況そのものによって表されている。従って「サガレンと八月」と「タネリ」とでは、物語の展開はかなり違っており、正反対の部分すらあるが、しかし物語の印象としては似ているとも感じられるのである。そして、「サガレンと八月」の犬神は、神とはいえただ単に乱暴な「恐ろしいばけもの」でしかなく、一方的にタネリを下男にしてふざめのところに押しつけてゆく。てふざめもまた、「ごほごほいやなせき」をして「どうもきのこにあてられてね」などと冴えないことを言っている。それらは全然神々しくない。「タネリはたしかに」の犬神も、「片っ方の手をふところに入れて、山梨のやうな赤い眼をきょろきょろさせながら、じっと立ってゐる」のみであり、こちらはそれほど恐ろしくすらない（犬神に「ふところ」があるのだろうか）。要するに、犬神はあまり神らしくないのである。

ここで宮澤のテクストに登場する代表的な神らしくない神、「土神ときつね」の土神について触れないわけには行かない。「おれはいやしいけれどもとにかく神の分際だ」と考えるだけあって、狐と、樺の木を巡って三角関係に陥り、衝動的に暴力を振るうなど、土神は権威なく落ちぶれていて、神々しさとは無縁である。谷川雁は土神を陰陽道の土公神（どくじん）と関連づけたが、[*14]どうやら犬神の「犬」といい、土神の「土」といい、神になりたくてもなれない、神よりは一段下の神という意味が含まれているように思われる。森荘已池は、宮澤が「土神」を悪さをする「下等」な神であると述べていたことを紹介している。[*15]また言い方を変えれば、犬神や土神とは、神と、神以外のものとが合体した神、いわばかばん語の神（portmanteau god）である。それは古代中国・日本や仏教において伝統的な鬼神（きじん・おにがみ）についても、ある程度は言えることである。私たちは、神なるものがどのような姿形をしたものか、にわかには想像できない。しかし、そこに犬・土・鬼が合体されていることにおいて、その姿または意味を思い浮かべることができる。そして「土神ときつね」や「サガレンと八月」は、こうした神、つまり本来の宮澤の信仰の対象である仏ではなく、異教の神であるところの神について、これらほど明確に描いたものはない傑作なのである。奥山文幸は、「サガレンと八月」の犬神の由来を、日本の民話・神話・憑霊信仰やギリシャ神話などとの関連で探り、最終的にはそれらからの「ずれ」によって作られたイメージであるとし、それを「キメラ的生成」と呼んでいる。[*16]これは卓見である。しかし私としては、それを『アリス』シリーズ的なノンセンスと結びつける道を拓きたい。

すなわちそれは、かばん語の神である。

4 複合語のノンセンス

かばん語とは何か。『鏡の国のアリス』の第六章「ハンプティ・ダンプティ」において、アリスはハンプティ・ダンプティから、「ジャバウォッキー」の歌の解説をしてもらう。もっとも、「ジャバウォッキー」の歌そのものは、素敵だけれどもさっぱり分からないわ、とアリスが言うような代物である。そこでハンプティ・ダンプティは次のような説明をする（邦訳は高山宏訳）。

「そうさな。「ぬめぬら」とは「ぬめぬめ、かつぬらぬら」の謂じゃな。「ぬめぬめ」とは「元気な」と同義じゃ。つまり、鞄みたいなものじゃよ——一つの言葉の中に二つの意味がつめこまれとる按配じゃな。[*17]」

"Well, 'slithy' means 'lithe and slimy.' 'Lithe' is the same as 'active.' You see it's like a portmanteau—there are two meanings packed up into one word.[*18]"

ここで、宮澤のテクストに、アリス風のノンセンスがどれだけ関わっているのかを眺めておこう。手始めに「注文の多い料理店」では、扉に書かれた言葉が二重の意味になっている、いわゆる地口（pun＝掛詞、駄洒落）である。「どんぐりと山猫」の場合は、「いちばんばか」な者が「いちばんえらい」という撞着語法（oxymoron）が用いられている。「シグナルとシグナレス」は、本来女性形のないシグナルという言葉を、アクターとアクトレス、ウェイターとウェイトレスのように無理やり女性形にしたもの。そして比較的多く見られるのが、「やまなし」の「クラムボン」、詩に見られる「サキノハカ」、「真空溶媒」に出てくる「ゾンネンタール」などのような、意味がありそうなのに意味不明の名前や指示対象である。

そのうち「やまなし」の「クラムボン」については諸説紛々であるが、これは指示対象のない名前と考えられる。発想の元はやはり“crab”（蟹）であろうか。例えば「ずいずいずっころばし」とか「かごめかごめ」などの伝承的な遊び歌は、歌が成立した当初はそれぞれの元々の意味はあったのだろうが、その後、それは問題とされずに歌われていた。同じように、蟹の子どもたちの間で口ずさまれる遊び言葉のテーマが、「クラムボン」なのではないか。複数の子どもの間で、「クラムボンはわらったよ。」「クラムボンはかぷかぷわらったよ。」と続け、一人が「それならなぜクラムボンはわらったの。」と聞くと、もう一人が「知らない」と答えて一つのクールが終わる。次は「クラムボンは死んだよ。」で次のクールを繰り返す、という類の言葉遊びである。あるいはそれは、泡（シャボン）を見上げながら語る遊び（クラブ＋シャボンのかばん語）であるのかも知れない。なぜなら、「やまなし」では、泡のありさまが多く描写されるからである。その場合は、浮かんでは消えるうたかたの振る舞いを、「笑い」と「死」で追ったということになる。いずれにしても、「ごまみそずい」や「かごめ」が何であるか分からなくても、私たちはその歌を歌って楽しむのであり、「クラムボン」もそのような一種の言葉遊びであり、ノンセンス様式に属するものであると考えられる。ちなみにこの問題については、既に同様の方向で押野武志がより精緻な論述を展開しており、「ずいずいずっころばし」や「かごめかごめ」のほか、『アリス』シリーズと併称されるノンセンス文学である『マザー・グース』や、後述のカフカによる「オドラデク」との類似にも触れている。[*19]

また、指示対象を持たない言語使用である「クラムボン」「サキノハカ」原理をややずらして援用すると、膨大な数に上る宮澤独特のオノマトペ群が現れるとも言える。これは、「ドッテテドッテテ」「かあお、かあお」「ぎんがぎんが」「めらあつと」「キックキックキック」「キックキックトントン」「かぷかぷ」「うつうつ寝たふり」「ゴゴンゴーゴー」「のんのんのんのんのん」などときりがない。これらは言語ゲーム性の強度が高い言葉遣いであり、これらの言葉で指示される対象・事態は発話によって事後的に同定されるほかになく、逆に指示対象からこの発話に戻ることは甚だ困難かあるいは不可能となる。

これに類する現象として、『不思議の国のアリス』には、「にせ海亀」というものが登場するが、これはウミガメではなく子牛の肉を使った「にせ・海亀スープ」(mock turtle soup) から作られた造語であるという。[*20] 本来の意味は「モックのタートルスープ」であったのに、ルイス・キャロルはこれを「モックタートルのスープ」として分析し、「モックタートル」なるものを実体化してしまったのである。例を挙げるならば、「ガンモドキ」という鳥、「めくじら」という鯨を描くようなものである。「クラムボン」「サキノハカ」「ゾンネンタール」などは、それぞれ何かから作られた造語ではないかとこれまで追究され、また追究の成果も一定の程度、挙がってはいるのだが、しかし今までのところそれらの実体はいずれも明確ではない。それはこれらが「にせ海亀」と同じように、実は実体のない、言葉だけの存在であるためかも知れない。また、カフカが「家父の気がかり」(一九一九) の中で登場させた「オドラデク」の例なども想起される。「オドラデク」は詳細に描写されてはいても、イメージとして具体化できないのである。

しかし、ノンセンス性の感じられる言語使用としては、かばん語の類ほど、宮澤のテクストに頻出するものはない。「よだかの星」では、よだかは鷹から「市蔵」に改名せよと言われて苦しむが、これまでは〝市蔵とは何か〟が問題にされてきた。しかしこの「市蔵」は「クラムボン」「サキノハカ」原理による言葉、つまり、意味がありそうであるが決して明確にはならない類のものではないか。むしろ、そこで鷹が言う理屈が興味深いものである。「いゝや。おれの名なら、神さまから貰ったのだと云ってもよからうが、お前のは、云はゞ、おれと夜と、両方から借りてあるんだ。さあ返せ」。天澤の「よだかの星」論では、「詩作品の永遠性」を獲得するための「悲劇性」「不可能性」を付与するために、よだかのみにくさが設定された、と言われていた。[*21] これも魅力的な批評であるが、しかし、右のように、テクストを読む限り鷹がよだかに難癖をつけられる理由は別にあって、それは明白である。すなわち、「鷹」はそうではないが、「よだか」(ヨタカ)という名前は二つの語の合体、つまりかばん語として読むことができるからということなのである。

そしてまた、このような説明もある。「ところが夜だかは、ほんたうは鷹の兄弟でも親類でもありませんでした。かへって、よだかは、あの美しいかはせみや、鳥の中の宝石のやうな蜂すゞめの兄さんでした」。国松俊英によれば、ヨタカ、カワセミ、ハチスズメは、現在の分類ではかなりかけ離れているが、かつてはすべてブッポウソウ目に属するとする文献があり、宮澤が参照した可能性があるという。[*22] 分類はまた今後変わることもあるだろう。しかし、「かはせみ」、「蜂すゞめ」が、どちらもかばん語風の名前(川+蝉、蜂+雀)であることは偶然なのだろうか。

「よだかの星」というテクストでは、名前がかばん語であるということは、他人からの借り物であり、自分の確固とした居場所がこの世界にないことの証とされている。よだかが自己抹殺の挙に出るのは、虫を捕食するという殺生戒の問題もさることながら、居場所のない自分、この世界にとって場違いな、out of place な存在者として他から処遇されたと感じ、またそれを自認したことを理由とするのである。結末で、星になることによってよだかが初めて自分の居場所を天上界で見つけられたと言えるとすれば、よだかの自己抹殺は単なる自己消去や自己犠牲ではなく、文字通り昇華（sublimation）、つまり崇高な存在者として上っていく行為として理解できる。このように見るならば、「よだかの星」の物語において、「よだか」という名前のかばん語性は、よだかの運命を直接的に左右するものではないにしても、確かに本質的な部分に深く関わっていたと言わなければならない。

さらに、かばん語風の名前は、宮澤のテクストに多数、見出すことができる。「氷河鼠」「洞熊」「かま猫」「十字狐」などは、現実にはほぼ使われることのない独特の言葉であり、一種の造語にほかならない。特に、「洞熊」や「かま猫」は、当該の対象の名前であると同時に、その対象が属する分類（カテゴリー）の名前でもある。『鏡の国のアリス』第八章の“It's my own invention”で、白の騎士が歌の名前をめぐって言うところの、名前の論理階型についての論議が思い出される。もちろん、名前の複合によって作られる名前は別に珍しいものではない。「夜だか」以下の鳥の名前や、「山男」「雪婆んご」「てふざめ」「めくらぶだう」「やまなし」などを、特にかばん語と呼ぶ必要はないだろう。ただし、およそ複合語というものは、最初はかばん語風の想像力が働いて作られるとは言えるだろうか。

そして、宮澤における複合的な名前の究極は「又三郎」である。「又」の意味については、父も兄も叔父もおなじ名前であるという神話的な多重化、あるいは山や谷を股にかける、あるいは「猫又」というように不気味な怪異を意味するなど、多様な解釈が尽きないことだろう。しかし、なぜこれがそのような強度の神秘に満ちた名前であるかというと、それが「又」と「三郎」とのかばん語であり、しかも「又」が何を意味するか分からないということ、すなわち「クラムボン」「サキノハカ」原理に、さらにかばん語の複合した方法によって作られた言葉であるからである。

かばん語の神、それは、何か実体はよく分からないが恐ろしく感じられ、だがそれに引き寄せられずにはいられない、恐怖と憧憬の入りまじった対象ということになる。しかもそれは、客体であると同時に、反転して容易に主体ともなる。「アリス」が「アイヌ」と結びついたとすれば、その理由は、水鏡の入口の向こう側に広がると思われる世界が、意味的・時間的に、(宮澤の感覚における)アイヌ的な神秘の世界であったためだろう。その世界は、鬼神や犬神、あるいはもしかしたら土神も暗躍するデーモンの世界にほかならない。しかし、鬼神・犬神・土神もやはり、単なるデモーニッシュな存在者ではなく、そこには恐怖とともに親近感も同居している。これらのテクストで、主体は、恐れる主体であると同時に、恐れられる客体ともなるのである。

すなわち、宮澤自身の自己規定である「修羅」にも似て、彼の描く神は、どれもこれもろくでもないところを備えている。土神が典型的にそうであったように、それは神でありながら神ではなく、その物語は神話でありながら神話ではない。宗教にせよ、科学にせよ、芸術にせよ、何かしら確固とした価値観を目標とすることができた近代以前の社会とは異なり、宮澤賢治が生きたのは、既にそのような統一的価値観が崩壊し、次々と相対化されねばやまない時代であった。犬神や土神は、「ほんとうの神さま」ではない。それらは、要するにかばん語の神でしかないのである。「にせ亀」が本当は亀でないのと同じように、古の時代にそうであったはずの、ありうべき本当の神などではない。

もちろん、彼はまさしく、宗教者・科学者であり、芸術家であった。しかし彼の芸術とは、その内部で複数の価値観がせめぎ合いを演じ、矛盾葛藤を繰り広げ、そして議論が永遠に終わらないようなパラドックスに満ちたものである。「ほんとうの神さま」をめぐる「銀河鉄道の夜」の論争を思い浮かべてみよう。そしてそのような芸術こそが、統一的な価値観を欠いた現代という時代には全くふさわしいものであったのである。このように見れば、「銀河鉄道の夜」さえも、「神さま」の問題を蝶番として、「サガレンと八月」「タネリはたしかに」系列のテクスト群と結ばれているのである。詩「春と修羅」の中で、「まことのことばはうしなはれ」と歌われ、また「すべて二重の風景」とも言われる。「まことのことば」の失われた時代の言葉こそがノンセンスであり、「二重の風景」を描き出す言葉こそがパラドックスであったのではないか。そしてまた、かばん語の神こそは、神なき時代に、人の幸せを問い続ける一つの形として彼が提起した、代表的な形象なのではないだろうか。

X 賢治を物語から救済すること

「小岩井農場」「風〔の〕又三郎」

1　〈理解できない〉こと

ですから、これらのなかには、あなたのためになるところもあるでせうし、ただそれつきりのところもあるでせうが、わたくしには、そのみわけがよくつきません。なんのことだか、わけのわからないところもあるでせうが、そんなところは、わたくしにもまた、わけがわからないのです。

（『注文の多い料理店』「序」）

宮澤賢治は、有名な『イーハトヴ童話注文の多い料理店』（大13・12、杜陵出版部・東京光原社）の「序」で、このように述べています。賢治の作品は、「わけがわからない」ものに覆われている、と考えられます。もちろん、分かりやすい部分もあるのですが、どの作品も、多かれ少なかれ、理解不能の箇所を含んでいます。ところが、世のプロもアマチュアも、文芸テクストは理解できる、という前提に立ってのことか、その分からないものを分かろうとし、分かったとして、様々の解明を行うのです。むろん、その活動は必要でしょう。しかし、多くの賢治研究なるものが、賢治作品の謎解き、いわゆる謎本となってしまうのは、果たして健康な成り行きでしょうか。一時期、サザエさん磯野家の謎、ドラえもんの謎、ひいては村上春樹謎解き本が流行りましたが、あにはからんや、わが宮澤賢治は、半世紀も前から謎本が流行し続けている業界なのです。

理解できるということは、言葉による象徴的な場である作品を、ある実体、すなわち物語という実体として再構成するということです。物語は、事実と同じ力を持って私たちに迫ります。私たちは、よだかやホモイやジョバンニの運命に心を動かされます。しかし、物語そのものが、その物語の確実なものでないことを表明している場合はどうでしょうか。

＊

たゞ呉れ呉れも云って置きますが狐小学校があるといってもそれはみんな私の頭の中にあったと云ふので決して偽ではないのです。偽でない証拠にはちゃんと私がそれを云ってゐるのです。もしみなさんがこれを聞いてその通り考へれば狐小学校はまたあなたにもあるのです。（「茨海小学校」）

「茨海(バラウミ)小学校」の語り手は、「狐小学校があるといってもそれはみんな私の頭の中にあったと云ふので決して偽ではないのです」と述べますが、「頭の中にあった」ということは、逆にいえば現実には存在しなかったということです。「ポラーノの広場」でも、「どうもデステゥパーゴの云ったのが本当かみんなの云ふのが本当かこれはどうもよくわからないとわたくしはあるきだしながらおもひました」とあります。物語なるものは、賢治作品にとって最終的な境地ではないのです。物語はこのように、自らが虚構＝フィクションであることを同時に語ります。物語の構造の内部にまで分け入って、その先にまで及ぶ言葉の豊かさを見せつけてくれる、それが賢治のテクストなのです。

2　〈順序をきらう〉こと

次に、一見それとは異なるもう一つの現象について考えてみましょう。賢治という人は、どうやら、きちんとした順序数の秩序を嫌う傾向があったようなのです。長編詩「小岩井農場」はパート一からパート九までありますが、そのうちパート五とパート六はタイトルだけが出されて本文はなく、パート八に至ってはタイトルすらありません。およそ次のような流れになっています。

パート一　わたくしはずゐぶんすばやく汽車からおりた〔…〕
パート二　たむぼりんも遠くのそらで〔鳴〕つてるし〔…〕
パート三　もう入口だ〔小岩井農場〕〔…〕
パート四　本部の気取つた建物が〔…〕
パート五　**〔パ〕ート六**
〔パ〕ート七　とびいろのはたけがゆるやかに傾斜して〔…〕
パート九　すきとほつてゆれてゐるのは〔…〕

これは賢治作品にはつきものの、本文生成のプロセスとの関係も考えられるでしょうが、少なくとも結果だけを見るならば、非常に不思議な現象です。もちろん、タイトルだけあって本文は省略されたとするならば、本文化されない時間の経過や、心理状態の変化を無言のまま表現したものであると、あるいはこれは小岩井農場を歩き回る詩ですから、途中の道のりの省略と暗示の表現であるなどと、解釈を施すこともできるでしょう。ただし、私がより引っかかるのは次の二つのポイントです。第一に、そのような暗示を籠めた省略ならば、パート五とパート六の二つを一度に省略する必要はなかったであろう、一つの章を省略すればそれでこと足りただろう、ということです。第二に、万一そうであるとしても、それならばパート八もまた、タイトル（パート番号）を出して省略すればよかったのではないか、なぜタイトルまで消去してしまったのか、ということです。

私の考えでは、これは省略ではありません。これは省略という名の表現なのであり、すなわち賢治作品は、順序数的秩序で構築されるような完成を嫌うのです。それは、農場を歩き回りながら、自分と他者との間のコミュニケーションのあり方を問い直そうとする「小岩井農場」という詩に対して、最も外側のところで大枠をはめているのです。一、二、三、と数えて十まで行って完成、というような、単純な構築は、賢治的テクストに見られるような、様々な障害に満ちたコミュニケーションのあり方とは相容れません。

＊

同じように、「オツベルと象」は、日曜日ごとに語られる「第一日曜」「第二日曜」の章が、次のように最後に「第五日曜」に跳んで終幕を迎えます。

第一日曜　オツベルときたら大したもんだ。［…］

第二日曜　オツベルときたら大したもんだ。〔…〕

第五日曜　オツベルかね、そのオツベルは、おれも云はうとしてたんだが、居なくなったよ。〔…〕

これもまた、オツベルが白象を虐待するありさまを、三章も四章も続けて書く必要はなく、そこに時間の経過を暗示すればよいのだ、という省略の方法として理解することもできます。でも、考えてみてください。省略するくらいなら、最初から日曜日ごとの語りなどという設定にしなければよいでしょう。「それからしばらくして」と書けばよいだけです。それがこの作品では、曜日の外に月齢までもが描き込まれているのです。一方では、時間や章を刻んで順序数とし、他方では、その順序数を間引きして欠落したものとする。それによって、むしろ物語の見かけ上の完成度を相対化する効果があるようです。「オツベルと象」は教科書にも入っていて、子どもたちによく知られた童話ですが、学校に行っている子どもにとって順序数というのは学年・席次・順番などのように絶対的な制度なので、この設定はなおさら不思議に思われるかも知れません。

＊

そして、後期形「風〔の〕又三郎」です。これは二百十日の九月一日から始まり九月十二日で終わる物語ですが、次に見るように三日、五日、九、十、十一日の章はありません。

〔九月一日〕　どっどどどどうど　どどうど　どどう、〔…〕

九月二日、次の日孝一はあのおかしな子供が〔…〕

九月四日、日曜、次の朝空はよく晴れて谷川はさらさら鳴りました。〔…〕

〔九月六日〕次の日は朝のうちは雨でしたが、〔…〕

九月七日次の朝は霧がじめじめ降って〔…〕

九月八日次の朝授業の前みんなが運動場で〔…〕

九月十二日、第十二日、「どっどど　どどうど　どどうど　どどう〔…〕

この作品は成立事情が複雑で、未完のままに終わったものですから、十分に整備できなかったという考え方もできるでしょう。まあそう考えるのが常識的かも知れません。しかし、私にはどうもそうは思えないのです。意図的に、あるいは、いわば生理的な理由から間を落とした。落とすことが、順序数の支配から物語を解放することに繋がるからです。そのことはまた、高田三郎は風の又三郎かという謎に対して、少なくとも表面上は、どっちつかずのままに幕を閉じるという、この作品の内容とも合致していきます。

これについては奥山文幸が、「一見した不備を確信犯的に敢行する歪な構造を選んだ」という見方から、「不完全こそ世界だという世界観であり、不完全であるからこそ世界には裂け目があって、そこから異界が覗いているのだ」という思想を看取し、先の「小岩井農場」についても同様のことを述べています。[*1] 私はこの「不完全こそ世界だという世界観」という考えにほぼ同調します。さらに厳密に言えば、賢治は不完全なものとして世界を制作したのです。

3　〈完成させない〉こと

物語を完成させないこと、それは言うまでもなく、何度も書き変え書き直し、同じタイトルの別のヴァージョンを次々と量産していった賢治のテクスト生成の方法に通じます。もしかしたら賢治は、よりよいテクストを作ろうと思って推敲を重ねたのではないのかも知れない。その行為は、物語が完成することへの恐れ、あるいは、完成された物語を核とするようなテクストへの否定をも含んでいたのかも知れません。そのことは、推敲とともに、物語自体の内部にも書き込まれていることがあります。

＊

「毒もみのすきな署長さん」という、ちょっと変わった作品があります。禁じられている漁をしていたのが、実はそれを取り締まるべき署長だったという、いわば一種の〈探偵＝犯人〉型探偵小説です。この物語の面白いのは、そのような逆転だけでなく、自分自身を犯人だと挙げた署長が、死刑になる寸前まで、「あゝ、面白かった。おれはもう、毒もみのこととときたら、全く夢中なんだ。いよいよこんどは、地獄で毒もみをやるかな」と言い、また、「みんなはすっかり感服しました」と結ばれるところです。この作品は、犯人が逮捕され、処刑されるという勧善懲悪に対する読者の期待を、結末で完璧に裏切ります。

＊

同じように結末に仕掛けが施されたのが、「ビヂテリアン大祭」です。この作品は、長いこと、ベジタリアンの思想を主張したものと思われてきました。しかし、反対の演説をする人々が、ことごとく芝居の一座であり、主催者側に雇われていたことを知った主人公は、「けれども私はあんまりこのあっけなさにぼんやりしてしまひました。あんまりぼんやりしましたので愉快なビヂテリアン大祭の幻想はもうこわれました。どうかあとの所はみなさんで活動写真のおしまゐのありふれた舞踏か何かを使ってご勝手にご完成をねがふしだいであります」と、幻滅に満ちた言葉を残します。特定の誰かにとって都合のよいような物語を完成することの拒絶です。あるいはまた、「風〔の〕又三郎」の結末でも、一郎と嘉助が「二人はしばらくだまったまゝ相手がほんたうにどう思ってゐるか探るやうに顔を見合せたまゝ立ちました」と、少なくとも表面上は、又三郎の謎の真相が不明であることが示されます。これらはいずれも、物語の完成に対する抵抗であり、一応完成された物語であっても、決してそれは真の完成ではない、と示唆する設定なのです。

＊

そのような完成への拒絶を、最も極端で典型的に示しているテクストは、詩編「薤露青」です。「本稿は、いったん記されたのち、全面的に消しゴムで消されている。ただし、かなりの文字が十分消えずに残っており、その他の消された文字も、ほとんどが辛うじて判読できる」と新校本全集第三巻校異篇には書かれています。[*2]この抹消行為の書き込みによって、天・地・人が融合一体化する「薤露青」という美しい詩の内容は、肯定されたのか否定されたのか分からない状態に置かれます。完璧に完成した物語を、その完成度のままに、絶対的に相対化する。それが、見えるように消された「薤露青」というテクストの担ったメカニズムにほかなりません。このようなまさに究極の表現をなした書き手が、これまでに存在したでしょうか。

*

以上、私は賢治の作品群の中から、物語や詩を完成することに対する違和感を取り出してきました。考えてみますと、「農民芸術概論綱要」の「結論」に、「われらに要るものは銀河を包む透明な意志　巨きな力と熱である」云々、そして、「永久の未完成これ完成である」と書き付けたことを、賢治の愛読者ならば誰でも知っています。しかし、今まで、このフレーズが文字通りにとらえられたことはなかったのではないでしょうか。私は、賢治は実にこの命題を身をもって実践したのであり、その意義は、物語を物語から救済することによって、より広大で豊かな物語や言葉の可能性を拓こうとした、ということであろうと考えます。これまで、「宮澤賢治は何々である」と断言する、様々な論調に対して感じた違和感を動機として書いて来ました。これからも私は、「宮澤賢治は、決してそういうものではない」と言い続けて行くような気がいたします。[*3]

XI 闇と光の虚構学

谷崎潤一郎「陰翳礼讃」

はじめに

谷崎潤一郎の「陰翳礼讃」（『経済往来』昭8・12〜9・1）は、エッセー（評論・感想）であるということになっている。そのことに大きな疑義はないのだが、ではエッセーは小説とは異なって筆者の主張をありのままに伝えるジャンルかというと、恐らくそのようなことはない。いわば、エッセーは小説のように虚構的であり、物語のように構造化されている。もちろん程度の差はあるが、特に「陰翳礼讃」のようなテクストの場合、その程度は著しく、ほとんど小説と見まがうばかりに、あるいは小説以上に構造化されているとさえ言える。そのような構造化の論理とは何だろうか。この章では、いわば自明視されてきたこのエッセーのいわばエッセー性そのものを、その構造の論理を取り出すことによって対象化してみよう。

1 「陰翳礼讃」の構成

「陰翳礼讃」（『経済往来』昭8・12〜9・1）は、番号のない十六の章から成り立っている。伊藤整はこのテクストの性格を詳しく分析して、（1）「日本文化についての画期的な本質論」、（2）「作家の創作態度の吐露」、（3）「日本の伝統美への気楽な案内書」などのように多面的にとらえた。[*1] 確かに「陰翳礼讃」は断章の集まりであり、見る方向によって形を変え、そのことによって多様な論議が解発されるテクストであることには疑いがない。ただし、各断章間に全然連続性がないわけではなく、このエッセーを論ずる前提として、まず全体の構成を把握することが求められるだろう。そこで、これを大まかに次のような五つのセクションに分けて考えてみる。便宜上、各セクションに見出しをつけ、内容を要約する。なお（　）内は仮の章番号、すなわち各章の冒頭からの順番である。[*2]

◇「陰翳礼讃」の概要

〔1〕技術における日本・西洋の不調和　今日、普請道楽の人が、純日本風の家屋に電灯、ガス、水道、電話、ガラス戸、ストーヴ、浴室などをつけようとすると、あまりに不調和で困ってしまう。京都・奈良の寺院の昔風の厠は、うすぐらい光線の情趣が深くてよい。厠にタイルを敷き、水洗式にすると、衛生的ではあっても風雅を損なってしまう。文明の利器は趣味に応じて改良すべきである。われわれが独自の技術を有していたなら、例えばペンやインキではなく、毛筆にならった筆記用具が発達しただろう。西洋人の機械は、もともと西洋に都合がよいように出来ている。われわれは色々と損をしているのである。（一〜四）

〔2〕漆器・料理における闇・陰翳　紙や食器の素材として、東洋人は西洋人とは異なり、鈍い光を好む。金属のピカピカした光をわれわれは嫌う。それは日本間には合わない。中国人も錫食器の古色を愛し、玉の鈍い光に魅力を感ずる。陶器の多用が明るさの浸透の結果であるのに対して、漆器の美しさは燭台の薄明かりの中でこそ発揮される。漆器の肌の色は、幾重もの「闇」が堆積した色である。漆器は神秘である。蒔絵・漆塗りは陶器などに比べて深い趣がある。日本の料理、あるいは羊羹でさえ、それ

らは瞑想的であり、塗り物の器でこそ引き立つ。日本料理は部屋を暗くした方がよい。それは陰翳・闇と切り離すことが出来ない。（五〜七）

〔3〕芸術・芸能における闇・陰翳　西洋建築は天に延びる尖塔に特徴があり、日本家屋は陰翳をつくる屋根に特徴がある。日本の屋根は傘であり、西洋のものは帽子でしかない。日本の古画は暗さと合う。日本座敷の美は全く陰翳の濃淡によってのみ生まれる。床の間は隈を生む空間であり、陰翳の魔法をとらえる。障子のほの明るさは夢のようであり、その中では時間の経過が分からなくなる。金襖・金屏風も暗い部屋でこそ効果的である。能役者は歌舞伎と違って素顔を出すから、舞台は暗くせねばならぬ。能の暗さはかつて日常であり、歌舞伎もかつては暗い場所で行われた。役者の美しさは、明るくては引き立たない。（八〜十一）

〔4〕女と闇・陰翳　昔の女は闇に隠れる存在であった。ほの白い顔さえあれば、胴体は必要がなかった。われわれ東洋人は何もない所に陰翳を生じさせて、美を創造する。それは醜さを見ないようにする知恵である。西洋人は明るさ好みで、絶えず明るさを求め、蔭を排除しようとする。両者の趣味の違いは、皮膚の色の違いから来るのではないか。非白人はいくら白くても、肌の中に必ず暗色を帯びている。鉄漿・眉剃り・口紅などを用いて、闇の中に浮かび上がる女の白い顔。それは白人の白さよりも白い、人間離れした白さだ。屋内の暗さは、そこに潜む女を魑魅の眷属としての存在と化してしまう。（十二〜十四）

〔5〕現代と文学における闇・陰翳　今や日本の夜は西洋の夜よりも明るい。観光地で電灯を多用するのは風雅のぶち壊しである。それは日本家屋の美の観念と両立しない。現代の文化設備は老人を置き去

りにしようとしている。柿の葉鮨の味覚のように、失われつつある陰翳の世界を、文学の中に呼び戻したい。（十五〜十六）

以上は要約であるから、ここに現れて来ない細部の表現が多く盛り込まれていることは言うまでもない。次に、これを基にして、幾つかのポイントに亙って「陰翳礼讃」のテクスト様式、すなわち表現手法の特徴を概括しておこう。

2 「陰翳礼讃」のテクスト様式

「陰翳礼讃」はまず、〔1〕技術における日本・西洋の不調和について説く。ここから伊藤整が挙げた（1）「日本文化についての画期的な本質論」が展開するわけであるが、この部分で既に、このテクスト全体に通じるディスクール（言葉遣い）の作法が顕著に示されてもいる。この日本文化本質論とその見方には、現在の目から見れば、次のような幾つかの顕著な特徴が浮き彫りにされている。

（i）文化一般論の希薄さ　日本文化論の代表的なエッセーとされることの多いこのテクストにおいて、実際には、抽象的観念としての文化（文化一般、日本文化、西洋文化など）の追究は、むしろ希薄と言うべきである。それは端的に、「文化」という語彙が極めてわずかしか用いられないことにも現れている。「文化」の語は、最終章の「別して最近は文化の歩みが急激である上に」、および「既に日本が西洋文化の線に沿うて歩み出した以上」の二箇所に現れるのみである。このテクストのスタンスは、決して、〝文化とは〇〇である〟という構えた文化論ではない。これは、一般理論を踏まえた文化論や比較文化論の論説ではなく、あくまでも闊達に書かれたエッセーなのであって、そのことが次々とトピックを繋いでゆく語り口を生んでいるのである。むしろ、そのような文章であるにもかかわらず、何ゆえに日本文化本質論として読まれるのか。その内実を見極めるためには、このテクストのディスクールのあり方を注視すべきだろう。

(ii) 細部の帰納法 すなわち「陰翳礼讃」のディスクールは、〝文化とは○○である〟式の演繹的な論法ではなく、個別の事象を例として挙げ、それを積み重ねて一つの中心を目指す帰納的な語り口によっている。それは個々ばらばらの事象を次々と連鎖的に節合して行く。その節合の触媒となるのは、理論・理念ではなく、感覚・感触などに基づく発想である。例えば扇風機について、「あの音響と云ひ形態と云ひ、未だに日本座敷とは調和しにくい」というが、なぜその音響や形態は日本座敷と不調和であると言えるのか。ここに論理的説明は希薄であり、それはあたかも、不調和だから不調和なのだとでもいう調子である。いわば同語反復であり、結論は最初から決まっている。従って、それは極言すれば、単なる個人の趣味の問題ではないかという反論をさえ呼び起してしまう。実際、後に触れる荒正人などは、要するに谷崎の趣味と自分の趣味とは違う、という論法で批判を加えている。ただし、ここでもむしろ注目すべきなのは、明らかに単なる趣味の問題でしかない感想を文化論へと格上げしてしまうように見えるレトリックのあり方にほかならない。

また、個々ばらばらな事象を連鎖させる語り口は、なかんづく日常的な身の回りの日用品・調度類など、細部への眼差しにおいて際立っている。芸術・工芸に属する、古画、能、歌舞伎、建築、あるいは女性美などに先立って、まず電灯、ガラス戸、ストーヴ、浴室、厠、そして筆記用具などの日用品が俎上に載せられ、そして結論でも観光地における電灯や放送などいかにも卑近な話題が繰り返される。「陰翳礼讃」は抽象観念の高所から文化を論ずるのではない。そのスタイルは一貫して、美を細部に宿らせるのである。

(iii) 美と実用との境界

このエッセーは、事象における美と実用との両者に亙る話題を取り上げている。芸術・芸能などと呼ばれるいわゆる高級な趣味だけでなく、むしろ日常の身の回りの事象への言及が尊重される。従ってここで文化なるものの範疇は、美・芸術から生活・実用の領域までを広く覆うものとされていると言わなければならない。「少くとも、実用方面の発明が独創的の方向を辿つてゐたとしたならば、衣食住の様式は勿論のこと、引いてはわれらの政治や、宗教や、芸術や、実業等の形態にもそれが広汎な影響を及ぼさない筈はなく、東洋は東洋で別箇の乾坤を打開したであらうことは、容易に推測し得られるのである」と述べられている。「文化」の語に比して、むしろ「文明」の語がより屢々用いられていることもそのことを傍証するものだろう。文中には、「科学文明」「文明の利器」「優秀な文明」などの言葉が見られる。

しかし、美と実用、あるいは文化と文明との間は、ある場合には連続し、別の場合には切断される。毛筆にならった筆記用具（現在の筆ペンに似たものか）を待望するのは美と実用との連続だろうが、水洗式を排した厠の珍重に至っては、明らかに実用性は没却されている。だが、自在な語りのレトリックによって、それらは常に包括的に把握されているように読まれてしまう。このような、曖昧だが柔軟かつ強靱な節合のディスクールによって、「陰翳礼讃」というテクストは事象と事象とを繋いで行くのである。

3 様式論・文化論の方法

さて、右の要約〔1〕に示したように、「陰翳礼讃」は日本風家屋に西洋風の道具を設置しようとすると、両者がいかにも調和しないという、建築や調度における美と実用の問題から開幕している。これは前述の〔ii〕のように、不調和であることの判断の基準が不明であるから、場合によっては個人的趣味による断定と受け取られてしまう。例えば荒正人は、「わたしは、便所に関するかぎり、日本式は絶対にごめんである」として、「これも個人の好みだから、改めて反論しようなどとは思わぬ」と述べていた。[*3] 反論ではないと言うものの、相手の意見が「個人の好み」に過ぎないと断言していることにおいて、これはある意味では十分、反論になっている。しかし、ことは厠だけではなく、このテクストの主張のすべては、「個人の好み」を帰納的に一つの体系として拡大したものと言えなくもない。その体系化の手法は、いかに微細な事柄であっても、〈日本風〉と〈西洋風〉の二つの様式間の不調和なるものを、すべて二元論的対比として規定することにある。

言うまでもなく、完全に調和的な世界などというものはないのだから、個人的に感じられる不調和は社会のいたるところに発見できるだろう。というよりも、〈日本風〉、〈西洋風〉など〈○○風〉とカテゴリー化される時に、当該事象内の不調和は、既に何らかの仕方で捨象されているはずである。これが〈純○○風〉となるとなおさらである。捨象される以前には、不調和は日本の事象にも西洋の事象にも本来存在していなければならない。この内部的不調和を、外部的な不調和に基盤を与える二元論的対立の構図において解消することによって、彼我各々の、いわゆる文化の本質が作成されるのである。ここでいわば、不調和論から二元論への飛躍がなされていることになる。文化はこのようにして制作される。文化とはそこにあるものではない。文化論によって、文化は新たに制作されるのである。

まず〔1〕のセクションを中心に、西洋に起源のある器具は西洋の風俗・習慣とよく調和するが、日本のものとは調和しないという論理が提出される。この二元論的不調和論から、次に〈日本文化〉と〈西洋文化〉との文化本質論が取り出される。〈○○風〉が不調和を排除した、ある人為的抽象による様式として認められることの延長線上に、〈○○文化〉もまた同様に措定される。だが実際、〈日本文化〉は〈日本風〉のものだけで成立しているのではなく、〈西洋文化〉は〈西洋風〉に限定されない。荒は的確にこの点を突いて、「ヨーロッパ人は、宗教を初め、各種の文化をセミティックの諸民族から採り入れている」、「日本は、仏教のようにインド起源のものまで、中国ないし朝鮮を通している」と述べている。[*4]「日本」は内部的に多様であり、その外枠は判然とせず、またその多様性は外部との交通の結果である。文化なるものはその交通の中から立ち上がるホログラフィに過ぎないと考えるならば、荒の論は正論と言うべきだろう。

しかし、「陰翳礼讃」に対しては、このような正論が正論として通用しない印象を受けるのも事実である。その理由は、つとめてその二元論的対比によるレトリックの強度に負っている。比較・対比という作業自体が、対象を差異と同一の位相の下に括り込んでしまうのである。対比が本質論に直結する。これは一種の構造主義なのであり、二項のうち一方の存在根拠が常に他方の根拠に依存するように見なされる。前述(ii)のように、個別の事象を羅列するディスクールが、帰納的に特定の全体論的な文化本質論として集約されるメカニズムがここにある。比較され差異と同一の位相下に置かれる限り、対比される各項は各々において完結した全体として想定されるからである。

ただし、注意しなければならないのは、「陰翳礼讃」は様式論・文化論の水準として、こんにちの観点から見て不十分あるいは偏頗であることは明らかであるにもかかわらず、イデオロギー的に民族主義・国粋主義を主張したものとまでは言えないということである。早く日夏耿之介は、「谷崎は感情を思想に連結して説く準備を有たないし、全体としての東洋美と、日本支那インド各個々との弁別関係、並びにその西洋との場合の対立観も十分まだ練れてゐないから『陰翳礼讃』はその点では太だ不備な随筆で」云々と評しつつも、「春琴抄」などを「民族的性格に立脚し東洋情景を展舒してはゞからぬ一種の裏町文学」として評価した。*5 神谷忠孝は、この日夏の読み方を「文明批評的」と見なし、「裏町文学」すなわち庶民的近世市民文学の系譜に谷崎を置くことによって、日夏の評価の中に、「当時の、次第に国粋主義化してゆく伝統回帰の風潮への危機意識」を看取する。*6 日夏の指摘するような、文化論における差異と同一の御都合主義は次節でもまた検証するが、そのような御都合主義においてこそ、「陰翳礼讃」というテクストには、自と他とを峻別する通俗的な民族主義や国粋主義の発想法が示唆されているのかも知れない。けれども再言するならば、それは「陰翳礼讃」の主調音ではない。第一義的には、それは、構造主義的に様式と文化を括り込んでゆく帰納的抽象化の方法を明らかにしたテクストと呼ぶにとどめるべきだろう。

4 闇と光のイメージ

次いで〔2〕〔3〕〔4〕のセクションに至り、「陰翳礼讃」はいよいよタイトルに現れた陰翳の諸相を、漆器、料理、芸術、芸能、そして女性に即して語ってゆく。このプロセスが、伊藤整の約言した（3）「日本の伝統美への気楽な案内書」の性格を与えることになる。〔1〕のセクションでひとたび確立されたディスクールの構造主義は、ここでその二元論に具象的なイメージを与えられることで、より一層の強度を帯びる。言うまでもなく、《日本＝闇・陰翳》、《西洋＝光・明るさ》、という対立的なイメージが、一種の物語的効果を以て印象づけられるのである。

　闇の世界と光の世界との相克が、天照大神の神話から村上春樹に至るまで、多くの幻想物語の定型的パターンであることには多言を要しない。従ってこのエッセーが、それ自体の末尾に告知されているように、また伊藤が（2）「作家の創作態度の吐露」として看取したとおり、谷崎の文芸方法論としても読まれることに不思議はない。ただしそれは「陰翳礼讃」に説かれた陰翳の要素が谷崎の小説に顕著に現れるからというよりも、むしろ、エッセーの構築手法そのものが、本来、物語構築をも包括するような構造の論理によっているからである。すなわち、谷崎の小説とこのエッセーとは、同じテクスト様式を実現しているのである。極言すれば、「陰翳礼讃」というテクストにおける陰翳の礼讃の方が、一面において、このテクストのディスクールの帰結であるとさえ言えるだろう。

　右に見たように、様式論・文化論の二元原理は、不調和な要素をあらかじめ排除することによって成り立っていた。前提として〝〈日本風〉・〈日本文化〉は闇・陰翳によって代表される〟という包括的なイメージがひとたび与えられたならば、以後はあらゆる事象がこのイメージによって掬い取られて行く。無論、このような論法の宿命として、ここから捨象される要素は枚挙に暇がない。例えば、日本人と中国人は都合に応じて同じ「東洋人」に分類されたり、逆に「東洋人」中の別のカテゴリーに分類されたりする。すなわち、西洋の金属器について「われ〳〵はあゝ云ふ風に光るものを嫌ふ」と言う時の「われ〳〵」には、共通に陶磁器を利用する中国人も含まれるのだろうが、漆器を愛好する「われ〳〵の料理が常に陰翳を基調とし、闇と云ふものと切つても切れない関係にあることを知る」の「われ〳〵」には、主に漆器を愛用しない中国人は含まれていない。日本と東洋、〈日本文化〉と〈東洋文化〉との区別や関係は常に曖昧なまま、自在に西洋および〈西洋文化〉との対立において節合され、その限りにおいて存在感を付与されるのである。言うまでもなく、ここで主たるターゲットは西洋である。日夏の指摘した東洋観の脆弱さはこの結果にほかならない。

また、闇・陰翳を尊重する傾向の根拠として挙げられるのは、人の「皮膚の色の違ひ」であった。女性の肌の白さについて、西洋人は純白であるに違いないが、「日本人のはどんなに白くとも、白い中に微かな翳がある」と見なされている。この後、混血の割合に触れてアメリカの南北戦争時代における黒人差別についての叙述があるが、黒人の肌の色そのものに関する論及はない。その代わり、「いかにわれ〳〵黄色人種が陰翳と云ふものと深い関係にあるかゞ知れる」、すなわち肌の色が陰翳尊重の程度と相関関係にあるというようなことが述べられている。しかし、そうであるならば、当然、闇を最も愛好するのは黒人だということになってしまうはずであるが、それについての言及はここには登場しない。黒人はここで、差別が肌の色に由来することの説明のために言及されたに過ぎず、現実に存在している黒人はこのエッセーの埒外にあるということになる。なぜならばこの二元原理の下では、〈日本文化〉が〈西洋文化〉との対比において規定されることが必要十分条件なのであるから、中国人・黒人その他の人々の存在は、本質的に意味を持ちえない構造になっているのである。ちなみに、右の「われ〳〵黄色人種」には、本来は中国人など他のアジア人も含まれるはずであるが、ここでは明らかに日本人によって代表されており、端的に言って日本人のことのみを指すだろう。

現実には、東洋と西洋との境界は、何を基準によって区別するかによって変わってくる。地理的にも、西アジアから小アジアまでのどこか、あるいはオセアニアをどうとらえるかによっても、境界は滲んでくる。

また、肌や髪、あるいは瞳など人体の色は、西洋、東洋、または日本内部においてさえ、地域と人によって様々であり、決して厳密に規定できるものではない。黒船来航以来、日本人が西洋の典型のように認めてきたアメリカは、また典型的な移民国家でもあった。これは文化論一般の隘路にも通ずることだが、すべてを二元的対立の枠組みに導入しようとする「陰翳礼讃」のディスクールにおいては、例えばインドは？　ユダヤは？　イスラムは？　アメリカ先住民は？　などの具体的要請は一切、あらかじめ排除されている。ことは「陰翳礼讃」に限らない。多くの文化論・比較文化論は、いずれも幾ばくかの程度、このような全体論の危険を分かち持っている。それが文化として認知される時、文化は必ずや何らかの共同性を帯びたものとしてとらえられる。たとえば〝あなた個人の文化〟とか、〝私個人の文化〟、あるいは〝私個人の、ある部分の文化〟という言い方は絶対に不可能とまでは言えないが、あまり一般的ではないだろう。通例、文化は集団性と持続性を要求されるからである。「陰翳礼讃」の主張が、単に個人的な趣味の表明のようでありながら、一定の文化論として受け取られるのは、その趣味の担い手である個人が、常に「われ〳〵」という共同体の一成員としての自己規定を行うからである。日本人と中国人、東洋人との関係が御都合主義的に変化するのも、ある局面においては、このような共同性の仮構のためである。

酒井直樹は、言語的・文化的な地政学に関するポレミックな研究において、「日本人であることの最も基本的な定義は、日本人でない中国人や西洋人ではない、という二重否定形をとる」（傍点原文）ととらえ、これを「対─形象化」の論理と名づけた[*7]。酒井によれば、「他の『社会』や『文明』を均質で一枚岩的な他者として表象することに見合って、反照的に、対─形象化の図式を通じて、自国民、自民族、自人種を、均質で分割不可能な統一体として構想することが可能になる[*8]」。これは「陰翳礼讃」の場合には典型的にあてははまる。これを適用して言い換えれば、二元論的対比のディスクールによって彼我の文化は対立するものとして二つながら一挙に制作され、同時に個々内部の不純な要素は捨象され、〈〇〇文化〉は、純粋な共同性・統一性を備えた様式・文化として作成されるのである。強弁すれば、このような仕方で制作される以外に、実体としての〈〇〇文化〉などは存在しない。私たちが作り、表現し、行っているのは、第一義的には一つの作品、一つの思想、一つの生活に過ぎず、文化などというものではない。文化とは、それらを材料として、概念的な枠組みによって制作されるところの、それ自体が虚構の産物にほかならない[*9]。

さらに、言うまでもなく、純粋かつ単一な文化なるものは常に仮構である。内部的には、闇だけで成り立つ文化も、光だけで成り立つ文化も存在しない。明るさと暗さの位階はグラデーションを成し、相互に対比されることによって機能する。陰翳は単なる闇ではなく、光と闇との対照によって意味を持つ。日本家屋や寺院の内部はなるほど暗いかも知れないが、天守閣も五重塔もきらびやかな装飾を施している。女性の化粧や鉄漿は確かに陰翳を強調するとも言えるが、和服の晴れ着はいかにも華やかである。逆に、ヨーロッパの教会堂も内部は外よりも暗いだろう。ここで晴と褻、あるいは聖と賤にまつわるトポス論を展開する必要もない。絶対的な闇、絶対的な光などはいわば物理学的な仮定に過ぎず、現実には闇と光は相互的にのみ機能するのであり、陰翳こそは、そのような相対性の表現である。従って、〝陰翳のみの文化〟は単に仮構に過ぎない。この仮構は共同性の仮構と並行するのである。

ちなみに、ドナルド・キーンは多田道太郎との対談において、谷崎はテクストの表現と実生活とを峻別していて、実際には自家の厠などを「陰翳礼讃」の主張のように設えたことはなく、むしろそのように作られることを心配すらしていたことを紹介するとともに、現実において、日本の芸能・文化が「闇」で、西洋のそれが「光」であるということはないと明言している。[*10] キーンによれば、伝統的な日本家屋は「適当な照明がなくて暗かった」だけ、つまり技術的な問題のために暗かったのであり、「みんなそれに慣れていた」だけであること、また、能・歌舞伎などの日本古典演劇は舞台・客席ともに明るく、それに対して西洋の悲劇・オペラなどは舞台を暗くすると述べている。キーンの評価もまた相対性・相互性の中にあるとしても、これらの発言は、生活においても芸術においても、文化・様式とは、すべからく虚構にほかならないということを非常に強力に傍証するものである。

5 見せないことで見せること

「私は、われ〳〵が既に失ひつゝある陰翳の世界を、せめて文学の領域へでも呼び返してみたい」という一節が、「陰翳礼讃」の結尾〔5〕のセクションの終わり近くに置かれている。このエッセーの実践的な目的が語られた箇所である。これまで、谷崎の作品と「陰翳礼讃」の趣旨との間に、深い関係を認める立場と認めない立場とが並立してきた。山本健吉[*11]・福田恆存[*12]らは認めず、林正子[*13]・前田久徳[*14]らは認める。福田は、『源氏物語』など日本古典における陰翳の美学よりも、むしろ谷崎は近世の享楽文学に近いと見なし、「谷崎文学の本領ともいうべきものは陰翳の深さをもってかならずしもその条件とはしていない。むしろ陰翳に乏しい文学だとさえ言えなくもないのだ[*15]」と評した。逆に前田は、「日本的美の本質を語るこの評論は、一般に理解されている文化論的側面以上に、潤一郎の小説論として読まれるべきものである[*16]」と述べ、「少将滋幹の母」(『毎日新聞』昭24・11・16〜25・2・9)などに即してそれを論じた。また前田は、「吉野葛」(『中央公論』

昭6・1、2）や「蘆刈」（『改造』昭7・11、12）の語りにも注目し、「読者は作品の中核的世界と直接対峙するのではなくて、その中間に媒介者としての〈私〉や〈筆者〉の介在を持つことになり、この両者を隔てる距離によって作家は小説に於ける〈闇〉を成立させようとするのである」と述べている。[*17]

私の考えでは、一般に、どのような複数のテクストも何らかの仕方で相互に関連づけることができるが、その関連づけの妥当性は関連づける方法論によって相対的である。小説の表象とエッセーの思想との間に次元の大きな隔たりを認めるならば、エッセーは小説を決して説明しないことになる。逆に、エッセーを小説の創作原理の解明を行う種類の言説と見なすならば、エッセーは小説に対して、その理解のための重要な示唆を含むものとして関連づけられる。従って、この種の分析は、常に、エッセー、小説、さらには相互の関連づけの三項に対する解釈者の解釈態度によって揺らぎを孕む。ここでは「陰翳礼讃」と小説テクストとの関連づけではなく、前述のように、このエッセーのディスクールそのものが、小説における物語構築と同様の、様式論的な構造化の論理に従っていることに注目してみたい。

様式論・文化論の原理は、約言すれば、闇および〈闇の文化〉と光および〈光の文化〉との対立の抽出と、闇・陰翳（の文化）の尊重の態度であった。その本質は、見えないことと見えることとの対比、あるいは隠すことと顕すこととの対比として把握できる。表象すること（to represent）は、見えないものをあたかも（re-）見えるように（-present）することである。表象ジャンルとしての物語においても、見えなかったものをいかにして見えるようにするかは常に重要な技巧であった。早くアリストテレス『詩学』[*18]は、〈逆行的転変〉（ペリペテイアー＝どんでん返し）や〈発見的認知〉（アナグノーリシス＝未知の事象の突発的認識）などの技巧を、筋〈ミュートス〉における〈見せ方〉の定型として認知していた。谷崎の様式原理は、この〈見せ方〉のスタイルであり、それは見えることとの対比の中で、見えないことを物語の魅力として呈示する手法として集約できるだろう。

これに関しては、伊藤整が、戯曲「顔世」（『改造』昭8・8〜10）について、「顔世の顔を最後まで観客に見せないのは、理想的な美は間接に語るのがよいという手法によるものと思われるが、また『春琴抄』において、理想的な美の記憶を保つために佐助が自ら目をつぶす筋と較べて考えることもできよう」と述べたのが示唆的である。[*19] 高師直が塩冶高貞を追いつめて、美貌と喧伝された高貞の妻・顔世を自分のものにしようとした結果、結末第五幕で顔世は自決する。ト書きには、「此の時始（ママ）めて彼女の姿が舞台に現はれるのであるが、既に冷めたき屍骸になり、横向きに、上手を向いて附した顔は黒髪に蔽はれてゐる」とある。つまり、顔世の顔は結局、黒髪に覆われて見えないわけである。〈逆行的転変〉も〈発見的認知〉も、いずれにせよ見せる〈見せ方〉（顕示的呈示）なのだが、「顔世」の場合は、畢竟、見せない〈見せ方〉（隠蔽的呈示）でしかない。ただし、見せない〈見せ方〉は、全く何も見せないこととは決定的に異なり、核心部を見せないことによって表象の構成を観客の想像力に委ね、むしろそのような仕方で、この上もなく効果的に見せているのである。しかも、この見せない〈見せ方〉が、ミュートスの上では、顔世の自決を判明せしめ、師直の野望が途絶したことの宣告となることによって、一種の〈発見的認知〉を形作っている。これこそが実に、見えないことと見えること、隠すことと顕すこととのコントラストが、表象の呈示となる瞬間である。

もちろん、「理想的な美」などというものは存在しない。従って、「理想的な美は間接に語るのがよい」とか、「理想的な美の記憶を保つために」などという伊藤の発言は実体論的な転倒に過ぎない。完全な美が存在しないことは、完全に調和的な社会が存在しないことと同様である。すなわち、比較文化論的二元原理が、不調和の排除と共同性の仮構によって、日本と西洋とを完璧に対置しえたのと同じく、物語的な隠蔽的呈示の手法は、隠すことと顕すこととのコントラストを構築することによって、「理想的な美」の幻影を生成せしめたのである。「陰翳礼讃」における陰翳の幻想は、小説における美の幻想と並行する。すなわち、どちらも幻想に過ぎない。しかし、繰り返すならば、所詮、表象とは見えないものをあたかも見えるようにすること以外ではない。それは幻想構築のジャンルである。そのような表象の力において、このエッセーは物語の構造と同じカテゴリーに属しているのである。

見えないことと見えることとのこのような二元原理が、最も顕著に物語構築に携わった小説としては、「盲目物語」(『中央公論』昭6・9)、「春琴抄」(同、昭8・6)、「聞書抄」(『東京日日新聞』『大阪毎日新聞』昭10・1・5〜6・15) のいわゆる盲目物三部作を挙げるのが適切だろう。「春琴抄」の佐助は、「眼が潰れると眼あきの時には見えなかったいろ〳〵のものが見えてくるお師匠様のお顔なぞもその美しさが沁々と見えてきたのは目しひになつてからである」と語る。また「聞書抄」の順慶は、旧主の夫人に対する煩悶を断ち切るべく失明するが、その結果として「見まいと心がけたものが、前よりもよく見える」と述べ、「誰に対しても気がねがない。いつでも、自由に、その映像を飽きるほど視つめてゐられる」ことになる。これらにおいては、見えないこととは最もよく見ることにほかならない。「盲目物語」でも、盲目であることは人一倍敏感に周囲の出来事を理解する手立てとして描かれていた。視覚の衰滅が聴覚、触覚、嗅覚など他の感覚の増進を帰結するという事態は、「春琴抄」でも、より一層顕著に示されている。見えないことの中に最高の美を見出すというこれらに共通の要素は、「顔世」の場合と水準は異なるものの同型である。つまり、「顔世」では観客への効果という演劇的手法であるものが、三部作では物語内容の審級へと繰り入れられているわけである。

現実の春琴ではなく「観念の春琴」を作り出す盲目は、ほかならぬ理想化の原理である。ここにおいて、もはや陰翳・闇・盲目は、見えることと見えないこととの対立をはるかに止揚し、理解の可能と不可能の淵をはるかに乗り越えて、内部的に一体化した純粋なコミュニケーションの理想を形象する。もちろん私たち読者は、にもかかわらずそれらの小説や戯曲やエッセーのテクストにおいて、決して一体化しない多様なノイズや不純物を見出すだろうし、また文化論・様式論における不十分や曖昧さを指摘することができるだろう。すべからく、テクストは触媒に過ぎない。「陰翳礼讃」を読む行為は、まだまだ多くの陰翳を生まなければやまない。

XII 太宰・ヴィヨン・神

太宰治「ヴィヨンの妻」

はじめに

太宰晩年の一九四七年に発表された「ヴィヨンの妻」(『展望』昭22・3)、『斜陽』(『新潮』昭22・7〜10)、「おさん」(『改造』昭22・10)の三作品は、物語内容や語りの構造において相互に関係が深く、これらを一種の三部作としてとらえることができる。既に、それらに共通するいわゆる女性独白体の問題と、第二次性のテクストとしての性質、すなわち引用・翻案の問題を、特に「おさん」に焦点を絞って論じたことがある。[*1] そのうち「ヴィヨンの妻」に関しては言い残したことが多く、さらに分析を加えて論じる必要がある。ここではこの小説を取り上げ、主要な先行研究を参照しつつ、テクストの物語構造とその論理を中心として考えてみたい。

1 ポスト語り論——発話と主体

「ヴィヨンの妻」は、「私」という一人称主語の女性が語り手として物語を語るテクストである。その意味では回想告白形式と呼ぶことができるが、それだけでは片付かない問題が残る。この小説の語り論的な構造について、綿密に分析したのは田中実である。[*2] 田中は、最初の方に挿入される椿屋の主人が語る長い物語について、これは語り手の「私」の物語というよりも、「椿屋の主人自身が現場で直接自らの力によって長々と語り続けている」ととらえ、そのことから「一人称の〈語り手〉が全編を語るという形式で登場しながら、回想する主体が自立せず、逆に〈語り手〉の主体の表出領域はある限定されたものとなっている」と分析した。そのほかにも、「彼女は自分が語る〈物語〉が『ヴィヨンの妻』と題された小説であることを知るはずがない」ことなどを加味して、「この小説はプロットに対してはメタプロット、物語の〈語り手〉に対してはそれを超えた〈語り手〉を超えるものがあり、〈語り手〉は何者かに語らされているという重層の構造として構築されている」と見なすのである。なおその結果として田中は、「大谷が断罪されながら、なお許される世界」を結末から読み取るのだが、これについては後で触れることにしよう。[*3]

プロット／メタプロット、語り手／語り手を超える何者か、という田中の用語はいささか独特であるが、この概念はケーテ・ハンブルガーの虚構論[*4]やジュリア・クリステヴァの初期の記号分析[*5]において、それぞれ発話主体（sujet d'énonce）／発話行為主体（sujet d'énonciation）と呼ばれたものに相当するものと思われる。発話主体としての語り手は、必ずしも発話行為主体とその性質を共有するとは限らない。また、私見において、かつて漱石の『こゝろ』（大3・9、岩波書店）に即し、「ドキュメント形式の場合、発話主体は、決して発話行為の主体ではありえない」とか、「ドキュメント形式は、たとえ完結していても、それが属する上位の物語に寄与する物語を提供する」と述べたこととも合致する。[*6]『こゝろ』の上・中の手記と、下の遺書は各々が一人称のドキュメント形式であるが、各々の語り手の主張を以て単純に『こゝろ』というテクストの主張と見なすことはできない。従って、一人称小説を、語り手「私」の世界に還元することはできないとする田中の説は妥当である。これは長いこと作者太宰という人間と結びつけられてきた「ヴィヨンの妻」研究において、テクストと語りのメカニズムに力点を置いて綿密に分析し直した重要な貢献にほかならない。

しかし、発話の主体に関する田中の解釈には多少の違和感があり、またそれを追うと、先の私見における主体やドキュメント形式の理論にも修正または展開が必要となる。これはいわば、ポスト語り論からの再検討である。まず、田中は語り手を超えるものと言うのだが、それが語り手を超えていることはいかにして理解できるのか。なるほど、この小説が「ヴィヨンの妻」と題されていることを、作中人物としての語り手は関知しない。言い換えれば、「私」の語りのスコープは題名にまでは及ばず、クリステヴァが指摘したように、そこに発話行為主体の痕跡が露呈すると言えるだろう。[*7] しかし、だからといって、発話行為主体は、発話主体である「私」を完全に支配し、統括しているのだろうか。それは、発話行為主体の理解によって、この小説の完全解釈が可能だと言うことに等しい。だが、テクスト解釈において発話主体の理解と発話行為主体の理解、あるいは語り手「私」についての解釈とテクスト全体の解釈とは相互的であると言うほかにない。

　また、椿屋の主人の長話に関して、語り手「私」は発話主体としての任に堪えないという指摘があるが、それではそれ以外の「私」の語りはどうだろうか。一例を挙げれば、この小説は、いわゆる女性独白体の文体によって構築されている。既に論じたように、女性独白体なる文体は先験的には存在しない。[*8] 太宰が「燈籠」（『若草』昭12・10）以後の小説で用いた女性独白体は、ドキュメント形式の一つである告白手記体と、いわゆる女ことば、すなわち「ヴィヨンの妻」で言えば「お戸棚」「お医者」などの丁寧語や、です・ます体などを用いた、宇佐美まゆみの言うポライトネス（礼儀正しさ）の文体が融合したものとして理解できる。[*9] 中村桃子によれば、現実社会における女性は必ずしも女ことばで喋ってはいない。[*10] 現実の話者は多様な言語資源を利用しているのだが、ジェンダーは二つしかなく、男と男ことば、女と女ことばが各々結びつけられたジェンダー・アイデンティティのみが認められる。ここに田中の理論を適用すれば、語り手「私」の女性独白体はジェンダー規範に沿うように構築された語りであり、それを構築しているのは発話主体としての

「私」ではなく、発話行為主体であるということになる。しかしこれでは、語り手ひいては人物としての「私」は、単なる傀儡に過ぎないことになってしまう。だが、テクストを構築する言葉は、その多くが語り手と人物の言葉でしかない。それらを傀儡として処遇することは、果たして妥当なのだろうか。

さらに別の例として、この小説の時間は、冒頭からの「その夜」、第二章途中からの翌朝（すなわち「クリスマスの、前夜祭」）、第三章途中からの「その翌る日」（つまりクリスマス）以降、第三章のその後の「その夜」（すなわち「お正月の末」）、そして結末の「その翌る日」という順序で展開する。このような順序は、物語内容つまり出来事の順序と、物語言説つまり語り方の順序との両方の意味を持っている。すなわち、例えば冒頭で「泥酔の夫の、深夜の帰宅」から始まる一節は、出来事としては、ここから始めなければならない必然性はない。だが、この時に大谷が椿屋から五千円を奪ったことは、結末の「人非人」にまつわる対話に呼応して、高い物語的な効果を上げる。同じような物語言説上の設定は、このテクストのあらゆる部分について言える。以前にも指摘したように、「神がゐるなら、出て来て下さい！　私は、お正月の末に、お店のお客にけがされました」以下の場面は、その直前に、神に関する夫婦の間の問答が置かれている。[*11] これは、クリスマスの日を含むそれ以降の「十日、二十日」の間に交わされた問答である。この問答と、「お客にけがされ」たこととの間に、出来事としての因果関係はない。だが、語り手は「神がゐるなら、出て来て下さい！」と語ることによって、直前のシークエンスとの間に、文脈としての強力な連続性を付与している（後に詳述）。さらに一部には、いわゆる自由直接文体の話法も用いられている。[*12] このような巧みなレトリックもまた、虚心に考えれば、小説家でもなく教育も受けていない「私」の手に余る事業である。では、彼女にこのように語らせているのは、すべて田中が示唆するような発話行為主体なのだろうか。

ドキュメント形式の達人であった太宰の小説、あるいは、ドキュメント形式が広く一般的なスタイルであった近代小説では、多くのテクストにおいて同じようなことが見られる。手記や手紙の形式である『舞姫』(『国民之友』明23・1)や『こゝろ』の語り手は、帝大出のエリートだからあのような文章を書いても不思議はないかも知れないが、帝大出がすべて小説家と同等の文才があるわけではない。『斜陽』のかず子や「おさん」の「私」となれば、特にそのような高度の教養を身に着けたわけでもないだろう。「ヴィヨンの妻」も同様である。なぜこのようなことが起こるのかと言えば、それはドキュメント形式が現実のドキュメントではなく、虚構だからであるというほかにない。たとえば黒海沿岸を舞台とした有島武郎の「かん〳〵虫」(『白樺』明43・10)の語り手と登場人物は、皆ロシア人やウクライナ人のはずだが、会話文も含め言うまでもなくすべて日本語で書かれている。誰かが原作を翻訳したということでもない。このように虚構のテクスト言語は、日常の言語と何もかも同じというわけではない。この伝でいけば、語り手が素人でも高度なレトリックを操り、巧みな女性独白体として自らの発話を構成することは、フィクションであれば可能となる。それが自然な印象となるか否かは文体的な程度の問題であり、またその程度はテクストによっても受容者によっても異なる。虚構論は語り論を上書きするのである。また発話行為主体やメタプロットは、たとえばイーザーが「内包された読者」と呼んだものに相当するだろう。[*13] イーザーの場合、それはテクストのパースペクティヴとされる語り手・筋・人物・虚構の読者を総合する場として規定されていた。そのように見るならば、発話行為主体やメタプロットは、読者の解釈行為の相関者に過ぎず、それは語り手を超えてある何ものかではない。

確かに語り手の「私」はフランソワ・ヴィヨンの事績や、自らが属しているこの小説のタイトルが「ヴィヨンの妻」であることは知らないだろう。だが、発話行為主体とは、読者の関与を待って初めて生成されるような、あるテクスト的な場に過ぎない。読者が題名に掲げられたヴィヨンのコードをもって「私」を解釈することに不都合はない。なるほど、椿屋の主人の話の挿入や、構成・文体における巧みな物語言説も、語り手「私」を人間として見た場合には、彼女の能力の範囲外と言うべきかも知れない。しかし、そのように構成されてある語りを彼女自身のものとして受容するからこそ、彼女の語り手や人物としてのキャラクターを問題にすることができ、そしてそのキャラクターもまた、読者の解釈の帰結によるものにほかならない。すなわち、虚構である限り、語り手の能力の範囲外にある対象を、および・あるいはその能力以上の高度な語り方で、語り手が物語ることは、先述のような程度の問題をはらむものの常に可能なのである。もし、発話行為主体が実体として存在し、そこにテクストの全要素を還元できるのであれば、語り手・筋・人物・虚構の読者などは、すべて発話行為主体の傀儡でしかなく、それさえ見抜けば一挙に解決ということになる。しかし、それは経験則に照らしても正しくない。たとえば語り手や人物と、発話行為主体とが対立・係争する場合があり、まさしくこのテクストがそれにあたる（後述）。そして発話行為主体、もしくはメタプロットが解釈の帰結に過ぎないとすれば、それは解釈行為の後に提案されるほかになく、解釈の前提とすることはできないのである。

2　〈信頼できない語り手〉とジェンダー

しかしそのことは、逆にテクストの水準に対して語り手や人物を実体化することを意味しない。もう一つの有力な「ヴィヨンの妻」論である榊原理智の論考を参照しよう。[*14] 榊原は、「ヴィヨン＝大谷、妻＝主人公（語り手）」と規定し、語り手の「私」を「主人公」として扱う。「私」が自分を「妻」、大谷を「夫」と呼ぶことに触れ、榊原は「この主人公の言説の異常さは、内縁ならば負う必要のない『妻』としての経済的・性的・倫理的責任をすすんで負うことによって、普段は隠蔽されているはずの法的な『妻』の領域を顕在化させた上で、法的には『妻』とは名付けられないはずの自分を、言葉の領域で『妻』と呼び続けるところにある」と述べる。これによって語り手は、逆に法的・経済的・性的なシステムを対象化し、そのシステムの内側にいる大谷に対して、「私的な言説」によって応対する。「人非人でもいいぢやないの。私たちは、生きてゐさへすればいいのよ」という幕切れの言葉について、この「『さえ』は、ある一点からすべての領域をひとしなみに扱う言葉である。これによって平坦にされた世界は、私的な言説だけが横並びとなる、どこにも依拠するべき超越的存在の無い、まさに主人公の生きていこうとしている世界なのである」と榊原は解釈する。

この榊原の論は、作者太宰との関連において、男性である大谷を中心に理解されてきた「ヴィヨンの妻」研究において、女性である語り手「私」をはっきりと読解の視野に置き直し、「妻」に関わる諸システムと言説性との結びつきを正面からとらえて緻密に分析した点において、太宰論におけるジェンダー批評として画期的なものである。ただし、その論述はテクスト言語の両義性に比して、いわば明晰に過ぎ、そこにいささかの異論もなしとはしない。まずそれは、田中説とは全く逆に、語り手の「私」を生身の人間のように実体化し、論法としても主人公として別格に取り扱っている。その結果として、語り手「私」の言説が最終的にこのテクストの言説性の水準をなすものと見なされ、それをたとえば現実でも小説でも頻繁に現れるアイロニーやパラドックスの観点から見直すことは少ない。しかし、私の考えでは、ウェイン・C・ブースの〈信頼できない語り手〉の概念は、太宰のテクストでは一般的であり、「ヴィヨンの妻」もその例外ではない。[*15] すなわち、かなりの確度で嘘つきと思われる大谷はもちろんのこと、語り手「私」の語っている内容も、必ずしも常に文字通り真実であるとは思われないのである。

まず大谷について見ると、小説の結末で展開される「人非人」にまつわる対話は確かに重要だろう。大谷は、あの五千円を奪ったのは「さつちやんと坊やに、あのお金で久し振りのいいお正月をさせたかつたからです。人非人でないから、あんな事も仕出かすのです」と言う。「人非人」の意味はひとまず措こう。榊原はこれを「妻子に金を持ってくるという経済システムにおける『夫』の機能を言説化したもの」として批判的に解釈する。しかし、それ以前に、そもそも大谷の言うことが真実かどうか甚だ疑わしい。榊原の見方も、この科白が「『夫』の機能」の建前を仮構した演技に近いということかも知れない。彼はこれまでに少なくとも、秋ちゃん、椿屋のおかみ、京橋のマダムの三人の女性と深い仲になっており、また一月も家を空けることがあった。「いきなり、私の寝てゐる蒲団にもぐり込んで来て、私のからだを固く抱きしめて」、「こはいんだよ、僕は。こはい！　たすけてくれ！」などという一見痛切な行為も、別に「私」だけを相手にして行っていたわけではないだろう。ここに妻と子に向けられた、固有の夫・父らしい愛情（それが「経済システム」によるものであれ）を感じ取るのは素朴に過ぎる。確かに、冒頭の帰宅の場面では「いつになく優しい返事」をし、坊やの熱を気遣っていて、その点は妻子を思う気持ちの現れとも見られるが、逆に直前に犯した窃盗行為を弥縫する行為かも知れない。百歩譲ってそれが真実の気持ちだとしても、盗んだ金で妻子を養おうとする段階において、ある種の価値観（公序良俗）に従えば、それを「人非人」と呼ばれても仕方はないと言わなければならない。要するに大谷が嘘をついているとすれば、「人非人でないから、あんな事も仕出かすのです」とは、端的に言って、「人非人であるから、あんな事も仕出かすのです」、すなわち自分は人非人であるという意味となる。

一方、「人非人でもいいぢやないの」という語り手「私」の言葉について、榊原は「主人公の言説は『いい』『悪い』の二極化を軽々と超え、『人非人』という言葉だけを投げ出すことに成功している」とする。「二極化」を超えるとは、肯定も否定もしないということだろうか。だが字義的に読めば、ここでは「悪い」ではなく「いい」と言って容認・肯定しているのであり、「二極化」を超えているとは言えない。「人非人でもいい」を敷衍すれば、不倫・嘘つき・盗人でもいい、ということにほかならない。最初に椿屋を訪れた時、彼女は「自分でも思ひがけなかつた嘘をすらすらと言ひました」とあり、嘘つきとしての彼女の潜在能力が示唆されていた。この一節は物語話者としての彼女の資質を示すとともに、それによって発話主体に即してこのテクストの存立根拠を開陳する。この小説を回想手記形式と見なすならば、この結末以後の地点から、物語は事後的に語られていることになる。語り手の「私」が結末で「人非人でもいい」、すなわち不倫・嘘つき・盗人でもいいと認めているとすれば、その地点から事後的に語るこの語り手は、かなりの確度で〈信頼できない語り手〉(嘘つき)としての素質を備えている。「私たちは、生きてゐさへすればいいのよ」とは、その日の朝に「お店のお客にけがされた」ことを最終的な契機とし、それ以前に「我が身にうしろ暗いところが一つも無くて生きて行く事は、不可能だと思ひました」という心境に達した「私」が、不倫・嘘つきで盗人を生業としてもいいから、とにかく生きていこうとする姿勢を示す。そして、「私たちは」という主部は、自分と大谷とをこのようなデカダンスの同じコミュニティに属するものとして認定したことを意味している。

前述のように榊原は、語り手「私」が内縁の妻であることを重視し、その彼女が一貫して「妻」「夫」という言葉を用いることによって、逆に経済・性・法のシステムにおける結婚や内縁の制度を解体し、最終的には「私的な言説だけが横並びとなる、どこにも依拠するべき超越的存在の無い、まさに主人公の生きていこうとしている世界」を見て取っていた。これは極めて魅力的な導出であり、結論に限れば概ね賛成でもあるが、その導出の過程は、やはりやや理想化されてはいないだろうか。たとえば五千円の借金を「私」が「後始末」しようとするのは「まさに『妻』にのみ課せられた責任」だからというのだが、実際にそれを返済したのが京橋のマダムであることから分かるように、現実的には妻である必要はなく、特に大谷はそれに全く頓着していない。これは言い換えれば、語り手「私」が大谷に対して、京橋のマダム以上のステイタスを占めているとは必ずしも言えないことをも示唆している。また榊原は「私」が「お店のお客にけがされ」たことによって妻として安住できなくなり、かつ椿屋の「さつちやん」でもいられなくなったとするが、実際にはその後も彼女は大谷から離れず、引き続き椿屋に勤めて住み込もうとさえする。これらのことからすれば、むしろ、当初から曖昧であった内縁／正妻の制度的な区別が、「私」の生活実践の過程でいっそう希薄化したと言うべきではないだろうか。

ちなみに、榊原はこの事件を「強姦」と呼び、他の多くの論者も、「レイプ」や「陵辱」という言葉を用いている。[*16] 言葉遣いの細部にこだわる気はないが、事件の経緯については確認する必要がある。語り手の「私」は、発話主体としてはこの事件の一方当事者に過ぎず、またテクストの水準としては、小説としての物語効果の局面を考慮しなければならない。以前に論じたところだが、彼女は「主人もをりませんし、こんな式台でよろしかつたら、どうぞ」と言って男を家に上げている。[*17] 猪熊郁子は、ここに「不用意さ」を見出し、大谷との間で「『うしろ暗さ』を共有することにおいて欠かせぬものであった」と解釈した。[*18] また、「さうして、その翌る日のあけがた、私は、あつけなくその男の手にいれられました」というだけの言葉遣いからは、少なくとも表面上は、拒絶や抵抗の感覚が薄いとともに、事の重大性をことさらに素通りするニュアンスが感じられる。もっとも、その直後に「その日も私は、うはべは、やはり同じ様に」とあるから、「うはべ」ではない本音では何事もないわけではないことが分かる。だがその本音は、解釈によって推測する以外にない。

顧みれば、順序としては水酒を売りに来た「上品さうな奥さん」の挿話が先にあり、その直後にこの事件は語られている。これを結末以後の時点から事後的に語られた物語言説として見る場合、まず、「我が身にうしろ暗いところが一つも無くて生きて行く事は、不可能だと思ひました」という認識は、「お客にけがされ」た自らの行為を前以て正当化する、というのが言い過ぎであるとすれば、物語的な一貫性において統括しようとする叙述とも見られる。また、認識の経緯を考えれば、「けがされ」た結果を、遡って水酒問題に適用して成立した認識とも言える。この見方を押し進めれば、猪熊の言う「不用意さ」の段階にとどまらず、この「けがされ」た事件は、語り手「私」が暗黙に用意した出来事ではなかったかとさえ推測できる。既に田中や猪熊も指摘していることであるが、[*19] 大谷が椿屋のおかみを「かすめた」ことを「私」は一瞬のうちに察知した。それが人生経験のゆえであれ、勘が良いせいであれ、そのような彼女であれば、「主人もをりませんし」と言った段階で、その後に何が起こりうるかの可能性は予想したはずである。最終的な決定は相手である「お店のお客」に委ねるものの、少なくとも可能性としては、これは「私」自らが選択したチャンネルであったと言えないこともない。そしていずれにしても、これを前節の議論と接続するならば、この叙述の主体の水準を、発話主体・発話行為主体のいずれかに限定することはできない。語り手や人物がテクスト的な装置であるのはもちろんのこと、テクストそのものも装置であることに変わりはないのである。

3　〈隠れたる神〉とヴィヨン

ところで、題名に現れたヴィヨンとの関係については、田中も榊原も限定的にしか問題にしていない。これらの問題系が、ヴィヨンと繋がる要素はあるのだろうか。「ヴィヨンの妻」とフランソワ・ヴィヨンとの関わりについては研究が進んでおり、全般的な経緯は山内祥史による全集解説によって理解できる。[*20] それによれば、「乞食学生」（『若草』昭15・7〜12）のエピグラフに「大貧に、大正義、望むべからず――フランソワ・ヴィヨン」とあり、津島美知子の回想から、金木にいる頃、つまり終戦前後にヴィヨンの『大遺言書』を読んでいたことが分かるという。フランソワ・ヴィヨン（François Villon, 一四三一？〜一四六三？）は、フランス十五世紀に活動した詩人である。佐々木敏光のまとめによると、「一連のヴィヨン詩の登場人物。同時に作者とも想定される伝説的詩人。フランス文学史におけるフランス中世最大の詩人。中世末期パリの生れ、近代詩の先駆的存在でもある。パリ大学に学んで高い学識を持ちながら、殺人、窃盗などを犯して、逃走、放浪、投獄の生涯を送った。最後は殺傷事件にまきこまれ絞首刑の宣告をうけたがあやうく免れ、一四六三年パリから十年間追放の刑をうけ、以後消息不明。多彩な形式の詩集『形見分け』『遺言書』、その他随時書き留めた『雑詩』などがある。作品のいたるところに韜晦・皮肉・嘲笑・哄笑が炸裂、と共に無頼に満ちた青春への苦い自嘲や悔恨、死を前にしての厳粛な諦念や祈願が深い思いを伝える。ただし、古記録にある殺人、窃盗などを犯したヴィヨンが、一連のヴィヨン詩の作者かどうかは本当のところはわかっていない」とされる。[*21]

また山内は先駆的な論文において、「『ヴィヨンの妻』の大谷の基底には、フランソワ・ヴィヨンのイマージュが確実にたゆとうていることに気づくはずだ」と述べ、大谷が詩人であること、「雑誌に『フランソワ・ヴィヨン』といふ題の長い論文を発表してゐる」こと、盗み、女性関係、それから神に関わる挿話、終戦後という時代性、「また、大谷の年『三十』は、『遺言書』に記されたヴィヨンの齢を、想起させる」とし、貧窮、刃傷行為、放浪、饗宴などが関連性として挙げられるとする。[*22] 佐々木は、東大仏文科に入った太宰のフランス文学との関わり、「乞食学生」における佐藤輝夫訳『大遺言書』（昭15・3、弘文堂書房）からの引用や紹介の指摘、「如是我聞」（『新潮』昭22・3〜7）における「ヴィヨンの妻」批判への反論、また芥川を介したヴィヨンと太宰との繋がりなどを論じ、その上で「ヴィヨンの妻」におけるヴィヨンの投影を、神、母性を求める、笑い、女語り、生きてゐさへすれば、などの項目ごとに、詩を引用して論証する。[*23] これらの指摘はいずれも重要であり、学ぶべき事柄には事欠かないが、しかしただ一点、「ヴィヨンの妻」は、妻である語り手「私」による物語であることに、目配りが行き届いていない。

一方、猪熊郁子は、神をおそれる大谷の態度にヴィヨン詩の投影を認めるが、それは所詮、何をしても最終的には「悔い改めによって赦される神」であり、神とは言っても恩寵を与える神、キリスト教信仰の神ではなく、大谷は「怯懦な側面をぬぐいきれない」「卑小さ」を負っているとする。[*24] しかし、語り手の「私」がそのような「大谷の迷妄を打ち破る」。すなわち、「その大谷の在り様は、妻の、自身の罪をひきうけつつ、なお『生きてゐさへすれば』という問い返しと救済によって、生の本然の姿に重ねられたかのようである」

と論じている。これは、専ら大谷とヴィヨンとを結びつけて論じられてきた問題を、妻の問題としてとらえ直す貴重な研究と言うことができる。ただし、語り手の私が、「罪」やそれに類する観念を抱いたことを窺わせるような叙述は、少なくとも顕在的には、このテクストには見られない。妻の「罪」という観念は、クリスチャン・コードを大きく導入したことの帰結ではないだろうか。

　テクストに戻ると、「皆のためにも、死んだはうがいいんです」「それでゐて、なかなか死ねない。へんな、こはい神様みたいなものが、僕の死ぬのを引きとめるのです」と大谷が言い、「おそろしいのはね、この世の中の、どこかに神がゐる、といふ事なんです。ゐるんでせうね？」「え？」「ゐるんでせうね？」「私には、わかりませんわ。」「さう。」という問答の後に、例の水酒事件の挿話をはさんで、「神がゐるなら、出て来て下さい！」という一文が置かれている。このようなパッセージの進行に照らして「神がゐるなら、出て来て下さい！」という文を解釈するなら、これは命令・要望にとどまらない反語であって、「神がゐるなら、出て来て下さい！　出て来られないでしょう？　なぜなら、神はいないのだから」という意味を含む。再三述べて来たように、発話行為主体を全能の起源として認めず、発話主体である語り手にも語りの権限を付与して読む場合、この小説は回想手記形式であり、物語内容は、すべての出来事の終わった地点から事後的あるいは遡行的に語られている。そして、この神問答から水酒事件へ、さらに「けがされ」た事件へと繋いでゆくコンテクスト形成は、自然的（そのようなものがあるか否か分からないが）なものではなく構築された物語言説である。とすれば、神はいないという認識は、この物語の語り手においては、語り始めた当初から終始一貫して存在していたと見ることができる。

　ただし、ここにこそテクストのパースペクティヴを総合する水準が必要となる。「神がゐるなら、出て来て下さい！」とする要求に反して神が現れず、あたかも神の責任であるかのように「けがされ」た事件を語る発話主体にとっては、神はいないという認識は正しい。だが、呼び掛けに応えて神が現れないことは、必ずしも神の非存在の証明にはならない。それどころか、たとえばユダヤ＝キリスト教の神観念に照らしてみれば、むしろ神が現れないこと、いわゆる〈隠れたる神〉（deus absconditus）であることによってこそ、神の存在は確証されるとすら言われるのである。神は常に隠れており、隠れている限りにおいて恩寵（grace）を与える。これが「イザヤ書」に発し、ルターからシモーヌ・ヴェーユに至る〈隠れたる神〉の論理である。[*25]「イスラエルの神、救主（すくいぬし）よ、／まことに、あなたは／ご自分を隠しておられる神である」（「イザヤ書」45-15）。これは、フロイトの「否定」（一九二五）にも似て、深遠とも姑息とも言うべき教義である。[*26] 神が現れないのは、神が存在する証拠である。ちょうど、患者の否定が、リビドーの存在を証明するのと同じように。この論理は、ひとたび神を口にしたならば最後、その者を囲い込むパラドックスの論理にほかならない（宗教言説にパラドックスは珍しくない）。そして、〈隠れたる神〉の問題は、ライプニッツの神義論（théodicée、この世における悪の存在が、全能の神の思し召しと矛盾しないことを証明する理論。弁神論）や、カント、ルター、ウェーバーらによるその批判や解体とも関わってくる。[*27] 語り手「私」の体験がヨブの試練に準えられるならば、「ヨブ記」に発する神義論の課題は、「ヴィヨンの妻」とも交錯するのかも知れない。しかし、これ以上、ここでこの問題に深入りするのは、あまりにも荷が重すぎる。

　ただしそう考えるならば、「この世の中の、どこかに神がゐる」という大谷の発言は、〈隠れたる神〉への信仰とまでは行かないにしても、それに近い観念を滲ませたものと見える。「へんな、こはい神様みたいなものが、僕の死ぬのを引きとめるのです」という言葉は、〈隠れたる神〉に対する畏怖の示唆とも受け取れる。

それに対して「私」は、神の存在は痛烈に否定しつつも、この大谷の生への志向（ただし、何かが「死ぬのを引きとめる」から死ねないとする消極的な志向）を引き取り、その生への志向を肯定し、彼とともに（「私たちは」それを実践しようとする（「生きてゐさへすればいいのよ」）。神問答、「けがされ」た事件、そして結末へと繋いで行く語り手「私」の叙述は、物語の論理において非常に緊密で、かつ戦略的である。ただし、このような解釈は、語り手の「私」と人物・大谷を〈隠れたる神〉の観点から総合しない限り生まれない。しかもこの観点は、発話主体を超えた超越的解釈（メタプロット）ではない。発話主体（大谷・「私」）は相互に、またそれらと発話行為主体（テクスト）とは各々の緊張関係にあり、解釈はいずれにも収斂しない。結局、ドキュメント形式（女性独白体）は確かにそれが属する上位の物語に寄与するが、その寄与は一方的な従属ではないことになる。ここでその仕組みは、太宰的テクストに通有のパラドックスを呈している。

すなわち「私」は、いわば、大谷以上に大谷的な生き方、つまり、「死んだはうがいい」ような状態であっても、「生きてゐさへすればいい」という生存の論理を確証する根拠を、少なくとも理論としてはつかむに至った。それは、物語内容としては、神が現れず「けがされ」たこととの帰結であり、物語言説としては、そのような叙述展開を構築する前提となった認識である。それは、一連の経緯から人生知を学んだ語り手「私」の意志であるが、仮に、彼女にこの経験（あるいは試練＝ヨブ的な）を与え、彼女にそのように意志させたものを想定するならば、それこそが彼女の否定した神ではないのか。だが、〈隠れたる神〉は隠れているので、その真否は分からない。発話主体としての大谷は神の存在の方向に、同じく「私」は非存在の方向に傾斜するが、テクストの水準では、それは肯定も否定もされない。それは全くのパラドックス論理として調整され、読者をそこに巻き込む。このような局面において、「他者」（田中）というような人間的地平における神ではなく、〈隠れたる神〉としての神が機能した（恩寵を与えた）としたら、それは大谷だけではなく、むしろ「私」に対してであると言わなければならない。この神によって新たに救われたのは、大谷ではなく「私」なのである。もちろん、もしも本当に神に救われたのなら、の話だが。

そしてここに、ヴィヨンとの繋がりが介在する。殺人、窃盗、逃走、放浪、投獄の生涯を送ったヴィヨンは、少なくとも詩の文章を読む限りにおいては、自らの悪行を告白しつつ、それでもなお自分を赦し、回心して生きよと諭す恩寵の神への帰依を明らかにしている。「俺はまさしく罪人だ、それははつきり解つてゐる。／けれども　神は　俺の死を　望み給はず、／回心をして　正直に善に生きよと望まれる。／罪に噛まれる極道の奴とは全く違ふのだ。／よしんば　俺が罪の中で　死んだとしても、／神は活く　とあるから、神の大慈悲は、／わが良心が　充分に悔悛してさへゐるならば、／聖寵（grace）により　容赦を俺に与へて下さるのだ」（『ヴィヨン遺言詩集』十四、鈴木信太郎訳[*28]）。ヴィヨンのテクストの大半を占めるのは、『形見分け』と『遺言詩集』という大小二つの遺言の形を採る詩集である。死を覚悟し、生のぎりぎりの限界の場所において歌われるヴィヨンの詩は、この畢生のデカダンによる篤い信仰を語ってやまない。そして極度なデカダンによる信仰と、そのようなデカダンにも与えられる恩寵（「聖寵」）というヴィヨン詩に見られる逆転的な構図は、「ヴィヨンの妻」においては、〈隠れたる神〉のパラドックスとして、その全体を覆っている。このテクストは、物語構造とパラドックスの論理によって、このようなヴィヨン的デカダンスの構図を、能う限りの水準にまで高めたと言えるのではないだろうか。

そうであるとすれば、これまでに論じたことのある『斜陽』「おさん」との対比についても、修正が必要となるだろう。[*29]「おさん」の夫は別の女と心中し、妻はその最期に対して厳しい言葉を投げつける。『斜陽』

に現れた「私たち」や「革命」の同士というようなコミュニティは否定され、「地獄の思ひの恋などは、ご当人の苦しさも格別でせうが、だいいち、はためいわくです」と突き放される。以前はここから、「おさん」は、「ヴィヨンの妻」や「斜陽」の微温性を批判する要素を帯び、それらの思想を別の形で徹底したものであるととらえた。「おさん」は近松の『心中天の網島』（享保5・一七二〇）の二次創作であり、心中する遊女小春と紙屋治兵衛ではなく妻のおさんの側から語り直した傑作である。「おさん」と「ヴィヨンの妻」の夫像は似ているが、結末は全く異なり、前者は心中し、後者は生き延びる。極言すれば、義理と定型に縛られた近松の心中悲劇と、ヴィヨン的なデカダンの信仰に支えられた生命論との間の相違が現れた形となっている。だが、デカダンスの生命論としては、「ヴィヨンの妻」と「おさん」は、畢竟、同様の地点で合流するようにも感じられる。「おさん」のみならず「ヴィヨンの妻」にも、妻から夫に対する厳しい批評性が含まれている。どちらにおいても、妻が夫に対してデカダンスを貫徹する要求を突きつけていて、その点で二つの小説には優劣を付けがたいと言わなければなるまい。「ヴィヨンの妻」の「人非人でもいいぢやないの」は、むしろ大谷に対して「人非人」たることの自覚と徹底を求めている。田中の見方に反して、大谷は「断罪」も「裁き」も「許し」も与えられてはいない。彼女が彼に与えたものは、それらとは異なるものである。

よく知られるように、フランソワ・ヴィヨンに妻はいなかった。だが、「ヴィヨンの妻」の語り手「私」は、このような物語のプロセスにおいて、真に大谷の妻となったのである。これは榊原の言う経済的・性的・法的な妻とは異なる次元における、大谷の思想的・生命的な、そして語弊を恐れずに言えば、芸術的な妻である。この後も彼女は大谷とともに放縦の限りを尽くし、ありとあらゆる、いかなる手段を使ってでも彼女の生を生き抜いて行くことだろう。「ヴィヨンの妻」という題名は、ありもしないものをことさらに明示することによって、表象に最大限の強度を与えるところの、究極のパラドックスなのである。

XIII パラドクシカル・デカダンス

太宰治「父」「桜桃」

はじめに

太宰治をデカダンスの作家と見なすことは、彼に対する評価の好悪にかかわらず、多くの読者によって共有されている事柄だろう。だが、太宰的なデカダンスとは何であり、それがどのような機能を有しているか、明確に述べることは難しい。そのためには、破滅型・下降型というようなイメージ先行の決めつけではなく、テクストの様式論に基づいた規定が必要と思われる。ここでは特に、一九四五年の敗戦を契機として花開いた、戦後の太宰に固有のデカダンスを問題としてみよう。

1 太宰的デカダンスの内実

衰退・凋落を意味するフランス語 décadence は中世ラテン語の decadentia に由来し、語幹をなすラテン語 cadere は、落ちる・失墜するの意味である。[*1] 世界史的に見ればデカダンスは帝政ローマ末期の爛熟・頽廃（décadence latine）に代表され、近代におけるデカダンスといえば、フランス世紀末思潮の一側面を指すことが多い。一八八六年にアナトール・バジュが、《*Décadent*》というタイトルの雑誌を発刊したこともある。澁澤龍彦によれば、「一定の文学理念を表現する」象徴主義に対して、「デカダンスはむしろその心情的、ムード的な側面をあらわし」、「世紀末の倦怠、頽廃趣味、ダンディズム、耽美主義、悪魔主義をふくんだ衰滅する主体の自己肯定、これがデカダンスの内容であった」[*2]。頽廃やダンディスムは太宰についてもつとに言われることであるが、それに加えて太宰的なデカダンスには顕著に独特の特徴が見られる。

「陰火」（『文藝雑誌』昭11・4）は「誕生」「紙の鶴」「水車」「尼」という四つの物語から成る短編連作の小説である。最後の「尼」の物語では、「その日いちにち寝てばかりゐた」「僕」のところに、突然尼が訪れ、その後には如来が象に乗って現れる。尼と如来のいずれもが、期待されるような神々しさとは無縁で、むしろ全く逆に頽廃の状態を呈している。特に如来は痩せこけて襤褸をまとい、死んで臭う象に乗って来る。また、「如来の現はれかたにしては、少しぶざまだと思はなかつたでせうか」と「僕」に尋ね、最後は「ひとつあなたに、いかにも如来らしい退去のすがたをおめにかけませう」と言いながら、くしゃみを一つして「しまった！」と呟き、あっけなく消えてしまう。本来高貴な存在者であるはずの如来は、なぜかこのように堕落・頽廃しているのだが、それでも如来であることに変わりはない。これは、いわば一種の貴種流離の姿である。折口信夫[*3]の命名に由来する貴種流離譚は、在原業平に擬せられる『伊勢物語』の東下り、また都落ちして須磨流謫の身となった光源氏に代表されるように、通常は罪・科を受けた貴人が中心から空間的に追放される形を取る。一方この如来は、文化的性質として堕落・頽廃する形で文化的中心から隔たり、だがいまだなお高貴な種である性質は保持している。太宰的なデカダンスの基本形は、このような貴種流離の極端な変形にほかならない。

太宰の第一作品集『晩年』（昭和11・6、砂子屋書房）の巻頭に収められた「葉」（『鷭』昭9・4）のエピグラフに、有名な「撰ばれてあることの／恍惚と不安と／二つわれにあり」というヴェルレーヌ『叡智』Ⅴの8（堀口大学訳）の詩句の引用が置かれている。[*4]「撰ばれてあること」は、貴種としての宣言であり、それは「恍惚」と「不安」の両義性を帯びている。ボードレール、ユイスマンスと並び、ヴェルレーヌはフランス・デカダンスの代表的な詩人である。常に、太宰的なテクストの主調音は、如来的な価値の高みにありながら、その価値と、死んで腐った象のようにその価値を自己破壊する頽廃性とが同居する両義性の中にある。先の文章で澁澤が「デカダン派を当時の主流であった自然主義と高踏派の流れから切り離し、その進むべき方向を明示した」点において〈デカダンスの聖書〉と評するユイスマンス『さかしま』(*A Rebour*' 1884)のデ・ゼッサント侯爵が、昼夜逆転の生活において、珍奇な書物と美麗な酒の享楽に明け暮れたように。また、彼が世間的価値を逆転し、なおかつそこにおいてこそ精神の至高性を謳歌したように。

この価値破壊と逆転の究極の舞台となるのは、死である。「葉」はのっけから、「死なうと思つてゐた」と告白し、その死を先延ばしすることを宣言する断章から始まる。さらに「生れて、すみません」という「二十世紀旗手」(『改造』昭12・1)のエピグラフは、生きていることとその謝罪(否定)と、さらにその両義性をことさらに表現することの、二重三重のパラドックスに彩られている。それは、生まれたことを謝罪するだけでなく、生を持続することを確認し、差し当たりは死ぬことを先延ばしにした上で、それに代えて、そのような様相そのものを言葉として描き出すことの宣言となる。すなわちこのエピグラフは、「葉」の第一断章と同じ機能を持つのである。

こうして太宰的なテクストは、題材としてエロスとタナトス(生の欲望と死の欲望)との同時存在、あるいは貴種とその意味論的な流謫、すなわち如来の頽廃、聖なる象の腐敗のような現象を好んで取り上げることになる。言い換えれば、中心的価値を帯びつつ、それを周縁的な価値と同居させること、あるいは、何らかの崇高な規範への信仰や信頼と、ことさらにそれを逸脱し攪拌する不信や裏切りとを同居させることとなる。このようなパラドックスこそが、太宰的デカダンスの原型である。そしてまた、太宰的なテクストは、そのような物語内容と平行して、ジャンルとしての小説様式としても規範とそこからの逸脱を常に配合され、テクスト形態もしくは物語の論理構造としてもパラドックスを呈していた。花田清輝がそれを「小説の白鳥の歌」と呼んだのは慧眼と言うべきである。[*5]「道化の華」(『日本浪曼派』昭10・5)の大庭葉蔵は、心中自殺の結果、自分だけが生き残った。この物語内容が、ジイドの『贋金つかい』(一九二六)風の、書かれる人物「僕」と書く人物「僕」との二重構造の語りによって実現される。「創生記」(『新潮』昭11・10)の語り手は、芥川賞候補にもなりうるとする自負と同時に、その自負そのものに悖るような自画像を描き出した。この物語は、本文全部が、それ自体に対する自注やコメントが自己増殖するかのような自己言及によって構築されている。

「HUMAN LOST」(『新潮』昭12・4)は、文字通り精神病院の中への貴種流離であり、業平の東下りの代わりに芭蕉の東国巡りの書『奥の細道』(一七〇二)の結び近くの句「ものかいて扇ひき咲くなごり哉」、および結句の断片「ふたみに別れ」(「蛤のふたみに別れ行秋ぞ」より)を、開幕すぐのところに置く。この小説は日記体のパロディとしての、テクストのサンプリングを構成する。「虚構の春」(『文学界』昭11・7)は、フィクション内部における真偽のレヴェルが不確定性の中に投入されるような、無限の物語を生む書簡体、それも来簡集形式の小説である。それによって浮かび上がる名宛人「太宰治」の像は、書くことに苦しむと同時に、絶大な人気を誇り、中には狂信的なマニアもいる流行作家であり、流行作家であることによって毀誉褒貶の絶えない問題児であった。

その他にも、類例は枚挙に暇がない。「東京八景」(『文学界』昭16・1)に見られる通り、共産党活動の挫折、酒癖、パビナール中毒による入院、度重なる女出入り、特に小山初代との婚約中の時期に起こした田辺あつみとの心中事件、さらに小山との離婚など、太宰自身の生活において、伊藤整[*6]が名付けた破滅型・下降型の行動が見られるのは確かである。だが、太宰のテクストの方は、単にそのようにとらえるのは決して正しくない。単純な破滅・下降ではなく、本来高貴な存在者が破滅・下降し、にもかかわらず頽廃と同義であるような高貴さを保つからこそ意味があるのだ。太宰のテクストは、テオドール・W・アドルノが現代芸術の特徴として挙げた、本質的に損なわれたテクストであり、モンタージュやアレゴリーとして、意味を凝集するかに見せて散乱させる類のものである。[*7]

そして、この本来的高貴性（とそこからの失墜）は、如来ばかりでなく、太宰をたとえば福音書のイエス・キリストや源実朝に近づけ、あるいはヴェルレーヌやプーシキンやチェーホフ、さらには太田静子の斜陽に近づけた要因だった。また同じことは、「地球図」（『新潮』昭10・12）や「女の決闘」（『月刊文章』昭15・1〜6）から『お伽草紙』（昭20・10、筑摩書房）、そして「おさん」（『改造』昭22・10）に至るまでの膨大な第二次テクストの山としての、翻案家（Nachdichter）太宰のテクストが作られた要因の一つでもある。価値の高いテクストとその腐蝕化（to decay）こそが、太宰的な第二次テクストの原理であった。

言い換えれば、太宰のテクストは確かにダンディスムの結晶であるが、それはいわば、御落胤のダンディスムにほかならない。それは、最も崇高な伝統的芸術の範疇と、そのような範疇がもはや有効ではなくなった現代との、通常では互換性のないはずの両方の価値観を一挙に実現するものであった。「芸術の美は所詮、市民への奉仕の美である」とする「葉」第十断章の芸術観も、その観点から考えなければなるまい。

2　敗戦——デカダンスの強度化

しかし、突き放して言えば、このようなデカダンスは、要するにやんちゃ坊主が勝手にぐれて暴れているのと大差はない。「東京八景」には、「相続く故郷の不幸が、寝そべつてゐる私の上半身を、少しづつ起してくれた。私は、故郷の家の大きさに、はにかんでゐたのだ。金持の子といふハンデキヤツプに、やけくそを起してゐたのだ。不当に恵まれてゐるといふ、いやな恐怖感が、幼時から、私を卑屈にし、厭世的にしてゐた」という反省の言葉が現れる。ボードレールを基礎とするアルベール・カミュのダンディ論によれば、[*8]ダンディは王の権威・権力に反抗する（そして王を殺して自らが王になることはない）ということだが、戦前期までの太宰が反抗の対象としたのは、家・学校・国家権力などの、いわば類型的な反抗相手であった。だが、「地主一代」（『座標』昭5・1、3、5）や「学生群」（同、昭5・7〜9、11）に代表される習作群を除けば、それが直接、小説の中で敵として描かれるわけではない。

たとえば「道化の華」の書き手＝語り手の「僕」は物語行為の動機として「復讐」を挙げ、それが主人公大庭ら作中人物の若者たちと共通することを示唆するのだが、それでは何のために、誰に対して「復讐」しなければならないのかは全く明確ではない。「創生記」や「HUMAN LOST」その他に広く認められる既成作家たちや、あるいは後に「十五年間」（『文化展望』昭21・4）や「如是我聞」（『新潮』昭23・3〜7）で開陳される「サロン」や「老大家」に対する反発の念は、確かに濃淡の差はあれ初期から一貫して認められるものだろう。だが、作家が既成文壇に対して対抗心を燃やすのは別に珍しいことではなく、むしろ作家という職業に対する矜恃の念を太宰が保持し続けていたのは明らかである。また太宰の評伝を繙けば、実人生において太宰が結局は津島家と決定的に断絶したわけではないことも分かる。少なくとも「道化の華」に代表される小説テクストを読む限り、「復讐」は、反抗すべき何らかの対象に対する「復讐」というよりは、いわば純粋な「復讐」のための「復讐」であり、テクストの戦略としてのデカダンスの表現にほかならないのである。

ところが、敗戦を機に、太宰的なデカダンスは大きく様相を変えることになる。「苦悩の年鑑」(『新文芸』昭21・6)の冒頭は、「時代は少しも変らないと思ふ。一種の、あほらしい感じである。こんなのを、馬の背中に狐が乗つてるみたいと言ふのではなからうか」と始まる。次の引用は、その末尾からである。

指導者は全部、無学であつた。常識のレベルにさへ達してゐなかつた。

×

しかし彼等は脅迫した。天皇の名を騙(かた)つて脅迫した。私は天皇を好きである。大好きである。しかし、一夜ひそかにその天皇を、おうらみ申した事さへあつた。

×

日本は無条件降伏をした。私はただ、恥づかしかつた。ものも言へないくらゐに恥づかしかつた。

×

天皇の悪口を言ふものが激増して来た。しかし、さうなつて見ると私は、これまでどんなに深く天皇を愛して来たのかを知つた。私は、保守派を友人たちに宣言した。

十歳の民主派、二十歳の共産派、三十歳の純粋派、四十歳の保守派。さうして、やはり歴史は繰り返すのであらうか。私は、歴史は繰り返してはならぬものだと思つてゐる。

×　×

まつたく新しい思潮の擡頭を待望する。それを言ひ出すには、何よりもまず、「勇気」を要する。私のいま夢想する境涯は、フランスのモラリストたちの感覚を基調とし、その倫理の儀表を天皇に置き、我等の生活は自給自足のアナキズム風の桃源である。

最初に出てくる「指導者」は、軍部および軍国政府の指導者を指し、「ジリ貧」「天王山」「敵の意表の外に出づ」などのおかしな言葉を堂々と遣う将軍たちのことである。このような天皇主義なるものについては、戦後第一作である「パンドラの匣」（『河北新報』昭20・10・22～21・1・7）において既に述べられている。すなわち、「真の自由思想家なら、いまこそ何を置いても叫ばなければならぬ事がある」、「天皇陛下万歳！この叫びだ。昨日までは古かつた。しかし、今日に於いては最も新しい自由思想だ」。しかし、太宰が理論としての天皇崇拝論や皇国思想を信奉していたとする根拠はない。これらの天皇主義は、それこそ象徴的に戦後の太宰的なデカダンスを表象する拠り所に過ぎないと言うべきである。「私のいま夢想する境涯は、フランスのモラリストたちの感覚を基調とし、その倫理の儀表を天皇に置き、我等の生活は自給自足のアナキズム風の桃源である」云々は、言葉では何とでも言えることであって、太宰の小説テクストとはほぼ全く関係がない。この件のポイントは、戦中の国家主義者が戦後の民主主義者に豹変して天皇制廃止を求めるような変節を、太宰は認めることができなかったということに尽きる。それにしても、太宰にしたところで、そのような時流だからこそこの逆行的な発言が効果的に響くという判断はあったはずである。時代の尻馬に乗っかって好き放題に発言する「狐」めいた姿においては、太宰もそう大きくは変わらない。要するに、どこまで行っても論説としては相当に割り引かなければならない。これらのテクストに言及し、論議を呼んだ加藤典洋の『敗戦後論』（一九九七・八、講談社）は、実質の乏しい言葉をあまりにも真に受け過ぎた嫌いがある。だが、このことによって、太宰的なデカダンスは、明示的に反抗する相手（時流）をようやく発見したのである。

　太宰のデカダンスは、ダンディスムである限りにおいて何ものかに対抗する対抗文化、言葉の原義におけるカウンターカルチュアであり、対抗相手は世間的な主流をなしていなければならない。なぜならば、貴種が貴種であり、貴種として受難を被る状況となるためには、それを帰結する敵（または仮想敵）は強大である必要があるからである。そこで、民主主義や反天皇制を含む戦後のいわば公序良俗が、そのような対抗相手として措定されることになる。従って、太宰の場合、終戦は終戦ではなく**敗**戦でなければならなかった。なぜなら、それまで規範とされた主流文化が敗戦によって失墜し、新たな主流文化にも価値が認められないからこそ、**あらゆる**主流派は意味のないものとされるからである。このことからひとまず、次のようにまとめることができる。太宰的なデカダンスは、**敗戦によって完成されたのである**。

3　デカダンスとジェンダー

敗戦によってこそ、太宰のデカダンスは真にユニークなものとなった。さて、しかし今度はその戦後的な太宰のデカダンスの実態を問題にしなくてはならない。「ヴィヨンの妻」（『展望』昭22・3）、『斜陽』（『新潮』昭22・7〜10）、「おさん」のような戦後の代表作群は、ことごとく男と女の関係においてデカダンスの本質を追求する物語を備えていた。（ちなみに、大庭葉蔵という男を主人公とする「人間失格」（『展望』昭23・6〜8）は、「道化の華」や「HUMAN LOST」の系譜を継ぐ小説である。）単に男女関係を描くのみならず、太宰の小説においては男女の文化的な位相差、ジェンダーが細かく描き分けられる。「ヴィヨンの妻」『斜陽』「おさん」は大まかに言って、男の側の中途半端なデカダンスに対して、あるいは女がそれに同調してさらに深くし（「ヴィヨンの妻」）、あるいは女がより徹底したデカダンスを独自に実践し（『斜陽』）、あるいは女が男のデカダンスの不徹底を糾弾する（「おさん」）。ただし、単純に女が英雄視されるかというとそのようなことはない。戦前期の「女人訓戒」あたりから顕著に認められる一種のミソジニーあるいはアブジェクシヨンは、戦後になっても収まるどころか一層強力なものとなり、「男女同権」（『改造』昭21・12）、「眉山」（『小説新潮』昭23・3）、「女類」（『八雲』昭23・4）その他においてその傾向は明瞭に認められる。

「女人訓戒」（『作品倶楽部』昭15・1）に描かれた一種のミソジニーとアブジェクシヨンとは、女は本来、貪欲で節操のないものであるから、たしなみを忘れると獣と同一化してしまうという人獣融合の変身現象において、女を〈不気味なもの〉、〈おぞましきもの〉として規定するものであった。しかし他方では、そのような女の生成変化をこそ太宰は珍重し、ある意味、畏怖しつつテクスト化したのである。この傾向は戦後に至っていっそう顕著となる。「男女同権」で、「実に、私は今まで女性といふもののために、ひどいめにばかり逢つて来たのでございます」という老人の回顧談を綴り、「眉山」では凄まじい便所の使用で有名だった若松屋の女店員が腎臓結核だったことが知られるという話を展開し、また「女類」では人間は猿と異なるだけでなく男と女も類が異なるという説が披露される。そして、「ヴィヨンの妻」、『斜陽』、「おさん」や「饗応夫人」（『光』昭23・1）などの小説、「冬の花火」（『展望』昭21・6）・「春の枯葉」（『人間』昭21・9）の二つの戯曲などを合わせて、ミソジニーやアブジェクシヨンの対象となるほどの女が、またデカダンスの点においても男を凌ぐ徹底度を誇るに至るような物語が陸続と作られるのである。

一方、男の側はどうか。「薄明」（『薄明』、昭21・11、新紀元社）など戦災で東京、そして甲府を追われるように金木に疎開する北方行において、男（父）は女（妻）と子どもを連れて這々の体で落ち延びる。それらは緊急時を描く作品群であるが、やはり微かにではあっても貴種流離譚のニュアンスがある。また興味深いことに、「父」（『人間』昭22・4）や「桜桃」（『世界』昭23・5）など、戦後を描いたテクストに現れる男女（夫婦）関係に繋がる要素もこれらには認められる。「薄明」では、甲府から津軽に移動した方がよいとする男（父）の意見に対して、妻や義妹は「沈黙」を返す。「『なに、心配する事はないよ。みんなで、おれの生れ故郷へ行くさ。何とかなるよ。』妻も妹も沈黙した。私のどんな意見も、この二人には、前からあまり信用されてゐないのである。二人は、めいめい他の事を考へてゐるらしく、何とも答へない」。男は家庭内において、既にその地位を失墜しているのである。

このような妻や家族に信頼されていない男の延長線上に、風邪を引いた妻が配給に並ぶ間に子どもの面倒を見ることもせず、さして気にも入らない女の部屋に行く「父」や、妻子を放っておいて飲み屋に行く「桜桃」の男が現れる。すなわち、女は〈おぞましきもの〉だが、その〈おぞましさ〉と地続きの性質として高い生活力を持っている。他方、男は生活力がないので信頼されていない。ただし、生活力があり信頼されることが公序良俗であるとすると、その逆転は、生活力や信頼という文化の中心からの自己追放として、あの貴種流離の条件となる。従ってこれらの男性人物は、初期条件として既にデカダンなのである。その意味では、「生活能力」がないというような理由から自殺する『斜陽』の直治や、「自分には、人間の生活といふものが、見当つかないのです」という「人間失格」の大庭も、典型的にこの範疇に入る人物であると言うことができる。

このように考えると、太宰のテクストにおけるジェンダーとデカダンスとの絡みに関する基本線が見えてくる。公序良俗に反するデカダンは基本的に男（夫）であり、男は流離した貴種として家庭にあってデカダンスを実践している。「ヴィヨンの妻」の夫・大谷が、何ゆえに男爵の次男で世間的には高名な詩人であるのか、また何ゆえにヴィヨンなど高尚そうなおフランスの文学を研究しているのか、そして何ゆえに外に女を何人も作り椿屋から五千円の大金を盗んで逃げるのか、納得のいく説明はテクストには一切書かれていない。「ああ、いかん。こはいんだ。こはいんだよ、僕は。こはい！　たすけてくれ！」と言って彼は蒲団に潜り込み妻の体を抱くのだが、何がそんなに怖いのかいっこうに分からない。それは太宰的なテクスト様式の公理にほかならず、それこそが太宰的世界に最初の基盤を与えているのである。

一方、女は放っておくと何をするか（何になるか）分からない得体の知れない部分を抱えているが、子どもを産み、主婦として家庭を営んでいる限りは、当初、公序良俗の側にいる。だが、女のそのような〈おぞましさ〉は、ひとたびデカダンスの力によって解発(リリース)されると、男をも凌ぐ徹底力によってデカダンスを実践する。椿屋の店員となった「ヴィヨンの妻」の妻は店の客に「けがされ」て結末を迎えるのだが、その直前に、水酒を売りに来た奥さんの挿話が置かれている。その後で、「あんな上品さうな奥さんさへ、こんな事をたくらまなければならなくなつてゐる世の中で、我が身にうしろ暗いところが一つも無くて生きて行く事は、不可能だと思ひました」と述べられる。ここに「世の中」と出てくるのはいささか唐突だが、要するに敗戦後の世相においては、世間的道徳を保証するはずの世間の方が不道徳であり、その道徳に従って生きることは、決して必ずしも道徳的とは言えないという論理である。ちなみに、この奥さんが「世の中」を代表するか否かは一概には決められないのであって、ここには太宰一流の事例から観念への飛躍の論法が認められる。典型的には、「人間失格」の「自分には、人間の生活といふものが、見当つかないのです」の類の一般化が挙げられる。太宰のテクストはイメージ先行のように見えて実際にはこうした誤謬推理によるロジックが横溢しており、うっかりすると読者はこれに巻き込まれやすい。むろん、それこそがテクストの戦略にほかならない。

そしてその結果、「人非人でもいいぢやないの。私たちは、生きてゐさへすればいいのよ」という幕切れの言葉が出てくる。アドルノは「社会全体が狂っているときに正しい生活というものはあり得ないのである」と、『ミニマ・モラリア』で述べていた。[*9] この観点からすれば、盗みは妻子のためにしたことであり、「人非人でないから、あんな事も仕出かすのです」と弁解じみたことを言う大谷は軟弱なデカダンに過ぎない。この「世の中」においては、「人非人」であることこそ人間の証なのであり、大谷よりも妻の方がデカダンスの強度においては勝っている。ミソジニーとアブジェクシヨンは、こうして反転する。女（妻）は、公序良俗の側から男（夫）の側に降りて行き、最終的には男（夫）を凌駕するほどのデカダンスを体現するのである。この事情は、「ヴィヨンの妻」のほか『斜陽』や「おさん」などにも必要な変形を加えて適用することができる。『斜陽』の「恋と革命」などの受けのよい文句は、太宰における戦後的なデカダンスを代表するキャッチフレーズにほかならない。結局、このように独特の、男と女のデカダンスにおける関係の構成こそ、太宰的な物語の論理学の中核をなすのである。

4

「子どもより親が大事」

さて、ここまで見てくれれば、そのような男が「父」や「桜桃」のように居直った行動に出る理由や、「父」の、「義のために、わが子を犠牲にする」という言葉、あるいは「桜桃」の「子どもより親が大事」という言葉の意味や理念が明らかになるだろう。

「父」は冒頭に、旧約聖書「創世記」にあるアブラハムがヱホバのためにわが子イサクを燔祭の生贄にしようとした話と、映画の佐倉宗吾郎一代記における子別れの場とを、まとめて「義のために、わが子を犠牲にする」物語として取り上げる。その後で、自分もまた妻や子を犠牲にして、「父はどこかで、義のために遊んでゐる」として、風邪を引いた妻が子どもとともに配給に並んでいるのを横目に、好きでもない女のアパートで「まともでない感じの女」たちと酒を飲んで遊ぶ成り行きが語られる。この場合、太宰的デカダンスに不可欠な堕落・頽廃の触媒となるのは、遊びの相手の前田さんたちである。「要するに、私の最も好かない種属の容色であつた。先夜の酔眼には、も少しましなひとに見えたのだが、いま、しらふでまともに見て、さすがにうんざりしたのである」。それならばやめればよいようなものだが、容色だけでなく、「プレイ」を期待する「私」に対して前田さんは当て外れなことばかりを言う。しかし、死んで臭う象に乗った如来があくまでも如来であるように、家庭内に配流の身となった在中将としての「私」もまた、あくまでも「義」に忠実な信徒にほかならない。

炉辺の幸福。どうして私には、それが出来ないのだらう。とても、ゐたたまらない気がするのである。炉辺が、こはくてならぬのである。[…]

義。

義とは?

その解明は出来ないけれども、しかし、アブラハムは、ひとりごを殺さんとし、宗吾郎は子わかれの場を演じ、私は意地になつて地獄にはまり込まなければならぬ。その義とは、義とは、ああやりきれない男性の、哀しい弱点に似てゐる。

なぜ「私」は「炉辺の幸福」を受け入れ得ず、「義」に帰依しようとするのか。その理由は彼がデカダンだからであり、「義」とはデカダンの「義」だからというほかにない。家庭が現代的な公序良俗の砦であるとすれば、その中にある限りにおいて(つまり家庭から飛び出さない限りにおいて)、男はそれに反抗しつつそこにとどまるほかにない。妻子を大事に養うことが現代社会の基本的な要請であるとすれば、現代社会が間違っている限りにおいてその行為も間違っているということになるのである。ただし、この語り手兼作中人物の「私」は、その「解明」を与えられず、ただアクション（行為＝筋）だけを与えられるに過ぎない。しかし、この構造は「ヴィヨンの妻」などの場合とほぼ相似形をなしている。「私」に「ヴィヨンの妻」の妻のような明察があったならば、彼には自分が何をしているかが見え、その「義」の内実も「解明」できたはずである。だが、大谷が妻を超えることができないように、「父」の「私」もまた「ヴィヨンの妻」の妻に置き換わることはできない。あくまでも、戦後の太宰的なテクストにおいて、「私」や大谷、つまり男（夫）はヒーローとなることはできず、しがないデカダンであることを最初から宿命づけられている。デカダンスの英雄は常に女である。その理論的な内実は、前述したミソジニー＝アブジェクションの反転にある。

他方「桜桃」の中には、「私は家庭に在つては、いつも冗談を言つてゐる」云々という一節がある。「私は、悲しい時に、かへつて軽い楽しい物語の創造に努力する。自分では、もつとも、おいしい奉仕のつもりでゐるのだが、人はそれに気づかず、太宰といふ作家も、このごろは軽薄である、面白さだけで読者を釣る、すこぶる安易、と私をさげすむ。／人間が、人間に奉仕するといふのは、悪い事であらうか。もつたいぶつて、なかなか笑はぬといふのは、善い事であらうか」というこの「奉仕」の精神については、既に「葉」第十断章において学んだところである。つまり、「奉仕」は意味論的な貴種流離の行為であり、「奉仕」することはデカダンスの徴表となる。そして、「子どもより親が大事」もまた、公序良俗を反転するデカダンスの表現となることは言うまでもない。だが、「桜桃」においてもやはり、このデカダンスは女（妻・母）には勝つことができない。

「私はね、」

と母は少しまじめな顔になり、

「この、お乳とお乳のあひだに、……涙の谷、……」

涙の谷。

父は黙して、食事をつづけた。［…］

「涙の谷」

さう言はれて、夫は、ひがんだ。しかし、言ひ争ひは好まない。沈黙した。お前はおれに、いくぶんあてつける気持で、さう言つたのだらうが、しかし、泣いてゐるのはお前だけでない。おれだつて、お前に負けず、子供の事は考へてゐる。自分の家庭は大事だと思つてゐる。子供が夜中に、へんな咳一つしても、きつと眼がさめて、たまらない気持になる。もう少し、ましな家に引越して、お前や子供たちをよろこばせてあげたくてならぬが、しかし、おれには、どうしてもそこまで手が廻らないのだ。これでもう、精一ぱいなのだ。おれだつて、凶暴な魔物ではない。妻子を見殺しにして平然、といふような「度胸」を持つてはゐないのだ。配給や登録の事だつて、知らないのではない、知るひまが無いのだ。……父は、さう心の中で呟き、しかし、それを言ひ出す自信も無く、また、言ひ出して母から何か切りかへされたら、ぐうの音も出ないやうな気もして、

「誰か、ひとを雇いなさい」

と、ひとりごとみたいに、わづかに主張してみた次第なのだ。

［…］

「けふは、夫婦喧嘩でね、陰にこもつてやりきれねえんだ。飲まう。今夜は泊るぜ。だんぜん泊る。」

子供より親が大事、と思ひたい。子供よりも、その親のはうが弱いのだ。

桜桃が出た。

私の家では、子供たちに、ぜいたくなものを食べさせない。子供たちは、桜桃など、見た事も無いかもしれない。食べさせたら、よろこぶだらう。父が持つて帰つたら、よろこぶだらう。蔓を糸でつないで、首にかけると、桜桃は、珊瑚の首飾のやうに見えるだらう。

しかし、父は、大皿に盛られた桜桃を、極めてまづさうに食べては種を吐き、食べては種を吐き、食べては種を吐き、さうして心の中で虚勢みたいに呟く言葉は、子供よりも親が大事。（傍点原文）

デカダンスの触媒、すなわち如来の腐った象にあたるものは、このテクストにおいては桜桃である。桜桃は、本来は「ぜいたく」品であり、美しくまた美味なものなのだが、ここでこの「父」によって食べられることにより、「極めてまづさう」なものへと頽廃し、種となって吐き出されて、もはや「珊瑚の首飾」のように繋ぐことはできない。美しく美味なものが、不可逆的なまでにけがされることが、デカダンス（腐蝕化）の要諦であり、そしてまた、だからこそそれは最も崇高な対象となり、行為となるのである。そしてこの「父」は、またしても不徹底なデカダンである。その点で「ヴィヨンの妻」の大谷に近く、大谷よりもさらに不徹底だろう。「おれだつて、お前に負けず、子供の事は考へてゐる」という一節は、「人非人でないから、あんな事も仕出かすのです」という大谷の言葉と対応する。完璧なデカダンは、芸術家としては堕落・頽廃した姿である「奉仕」の態度を示し、あるいはその堕落・頽廃そのものとなり、間違っても家庭における良き父の立場などは顧みることはない。生活は、〈おぞましき〉生活力のある女である妻に任せておけばよく、夫は「奉仕」の成果としての芸術を帰結するような遊び・飲酒に精を出せばよい。「奉仕」を完璧なものとするためには、完璧に遊ばなければならない（傍点引用者、以下同）。ところが、「子供より親が大事、と思ひたい」という躊躇を含む表現、「心の中で虚勢みたいに呟く言葉」は、完璧なデカダンスの遂行を未確定のままに置いてしまう。あれほどちゃらんぽらんな「ヴィヨンの妻」の大谷が、結局は妻子の許に戻ってくるように。

「けふは、夫婦喧嘩でね」と言っている。だが、「この、お乳とお乳のあひだに、……涙の谷、……」と妻が言った瞬間に、勝負は既についている。旧約聖書『詩篇』第84篇第6節からの引用である「涙の谷」については多々論考があるが、引用元は「かれらは涙の谷をすぐれども其処をおほくの泉あるところとなす」となっていて、ヱホバへの信仰の間に通過すべき苦難を「涙の谷」というメタファーで示したものであり、信仰の力が結果的にはそれを「おほくの泉あるところ」というオアシスへと変えてしまう。[10] 引用先から引用元への連想とコンテクストの糸は、お乳—汗—涙—泉の系列をなしており、妻の言葉は見事に、聖典にリンクするハイパーテクストの構築に成功したと言える。現在、三人の子育てをし、特に発育不良の四歳の長男が心配であるような苦労の生活も、「涙の谷」の参照によって、高貴な場所に向かうシオンへの道を与えられることとなり、有意義な仕事となる。さらに、同じく『詩篇』第121篇からの引用であるエピグラフ「われ、山にむかひて、目を挙ぐ」もまた、「わがたすけは天地（あめつち）をつくりたまへるヱホバよりきたる」と続く後の文を喚起することにより、ヱホバの恩寵とそれへの帰依を暗示して、結局はこの系列を補強することに寄与しているると思われる。

ちなみに大國眞希は、妻の姿に授乳する聖母マリアの聖母子像を、また桜桃の首飾りにロザリオのイメージを看取し、「現世的には家族の口に届けられることのない〈桜桃〉の実は、聖書というメタテクストによってその味、形、色彩を取り戻す。それは当然、彼の自殺衝動を抱えこむ自己同一の不安の解消などを意味したりはしない。そうではなく、彼にとって〈桜桃〉とは、彼になし得る家族への唯一の祈りであり、またいつ死に呑みこまれるかもしれない息子への護符、あるいは捧げものなのだ」と結んでいる。[*11] この解釈の前半は、先の「涙の谷」の意味と合流する。しかし、「食べさせたら、よろこぶだらう」、「珊瑚の首飾のやうに見えるだらう」という推測と、それらの推測されたイメージを「虚勢みたいに」否定して腐蝕化を図る行為との間には落差がある。確かに、言語によっていったん表象されたイメージは否定されても消えることがなく、ありうべき高貴な中心の印象をテクストに残像せしめる。だがそれとともに、その落差は、その中心から自ら追放されてある、流離する貴種としての現在を呈示しなければやまない。大國ほか、『斜陽』などを含めてこの時期の太宰作品に聖母子像のイメージを見て取る論があるが、それは表象された仮構の中心であり、そこからの距離や到達不可能性、あるいは自己追放とともに導入されていることを見落としてはなるまい。

そしてこのような太宰的デカダンスのパラドクシカルな構造は、それをロマンティック・アイロニーの反転と見なすことによってさらに一般化できる。松島正一はロマンティック・アイロニーについて、「常に自分が作り上げつつある幻影を破壊してゆくような類の物語をさす」と定義している。[*12] 至高の目標にあこがれ、それに向かって接近すればするほどその目標が遠ざかるロマンティストにも似て、デカダンは自らを敢えて至高の中心から追放してしまう。しかし、だからこそそれはロマン主義の要素を確かに強く孕みながらも、それをパラドックスに組み込むことによってその機能を大きく変質させ、現代にも通用する様式へと飛躍させることができたのだ。大國のように、象徴的なロザリオとして桜桃の「珊瑚の首飾」を評価する水準の論述は、まことに美しいのだが、それは畢竟、太宰のテクスト様式を純粋にキリスト教ロマンティシズムのうちに回収することを意味する。だが、それは「まづさうに食べては種を吐」く行為によって台無しにされることを待って初めて、太宰的な表意作用を完成するのだと言わなければならない。恐らくこのような太宰のスタイルは、デカダンスが本来含有しているパラドックスの要素を最大限に突出させたことにより実現されたものと言えるだろう。その結果として太宰のテクスト様式は、ロマン主義的な理想を抜きがたく保持しつつ、にもかかわらず現代におけるその不可能性を否応なく共示し、そのことによって真に現代的なテクストとなり得たのである。

そのような現代、それこそが、あらゆる理想の潰えた時代としての敗戦後の社会であった。そして、人間にとっての理想が常に見果てぬ夢であることを免れない要素を孕んでいるとすれば、太宰的なデカダンスが、はるか後世にまで読者を魅了してやまない理由の一斑は、そこにこそあるのだろう。

XIV 今こそ、アナーキズム！

アーノルド・ローベル「おてがみ」

葉山嘉樹「セメント樽の中の手紙」

はじめに

手紙は、文芸ジャンルにおいて特権的な言語形式である。これまでにも、有島武郎が書いた、日本では珍しい本格的な往復書簡体小説『宣言』（大6・12、新潮社）について、書簡体小説のジャンル性から考えたことがある。[*1] また、太宰治の短編「猿面冠者」（『鷭』2、昭9・7）について、作中作の人物が作中作を書いた作中の作者に手紙を出すという再帰性・自己言及性に注目し、メタフィクションとしての手紙という視点から論じたこともある。[*2] 太宰は手紙などのドキュメント（記録文書）形式を得意とした作家であり、およそ他に類例のない来簡集形式の「虚構の春」（『文学界』昭11・7）のほか、『宣言』と同じく往復書簡体の『風の便り』（昭17・4、利根書房）なども書いている。手紙が、なぜ文芸において特権的な形態かというと、何よりもそれが、文芸テクストを構成する言語活動そのものについての注視を促す形式だからである。

概略を述べるならば、手紙の性質は、第一に書かれた言葉の実質として、言語としての意味作用によってコミュニケーションを行おうとする。これが一般には、手紙の基本である。しかしこれだけならば、どのような言語活動でも同じことである。むしろ、手紙の手紙たるゆえんは、次の第二の性質にあると言わなければならない。それは、手紙が言語を離れた物体・物質として、実際に人から人へと受け渡しされるということである。恋愛小説（恋愛破綻小説）である『宣言』の人物たち、特にAは、相手からの手紙の封筒・インクの種類や筆跡から相手の心理を推察する。メタフィクションである「猿面冠者」の場合は、単に虚構の言語であれば可能であるところの、人物から人物へのメッセージ伝達が、手紙という実体の場合には、物理的に不可能となることの矛盾を巧みに利用したのである。このように、手紙は常に、虚構と現実との境界線にあって、両者を繋いだり切断したり、両者の矛盾を鮮明にしたりする特徴を帯びた言語形式なのである。

1　かえるくんの〈純粋手紙〉

アーノルド・ローベル著、三木卓訳の『ふたりは　ともだち』（一九七二・一一、文化出版局）は、所収の「おてがみ」が小学校低学年の教科書に採用されていることもあってか、三十年間で百三十刷を数えた人気の童話集である。[*3] ローベルの作品には不思議な味わいがある。かえるくんとがまくんの掛け合いが、落語の熊さんと八つぁん、または漫才のボケとつっこみにも似て、言語活動そのものを対話の中で異化してゆく。『ふたりは　ともだち』所収の「おはなし」や、『ふたりは　いっしょ』所収の「よていひょう」などにも顕著であるが、中でも特筆すべきなのがこの「おてがみ」である。「おてがみ」は、まだ一度も手紙をもらったことがないというがまくんが悲しんでいるのを見て、かえるくんが手紙を書いてかたつむりくんに配達を頼み、その内容をがまくんに話し、二人で四日の間、手紙の来るのを待つ話である。核心部分は、次のように展開されている。

「てがみに　なんて　かいたの？」
かえるくんが　いいました。「ぼくは　こう　かいたんだ。『しんあいなる　がまがえるくん。ぼくは　きみが　ぼくの　しんゆうで　ある　ことを　うれしく　おもっています。きみの　しんゆう、かえる』」

「ああ、」がまくんが　いいました。
「とても　いい　てがみだ。」
それから　ふたりは　げんかんに　でて　てがみの　くるのを　まって　いました。
ふたりとも　とても　しあわせな　きもちで　そこに　すわって　いました。

だいたい想像に難くないことであるが、国語の授業では、二人の友情の素晴らしさを確認させるという方向になっているようである。宮川健郎によれば[*4]、複数の教材研究や授業記録において、①「かえるくんの手紙が『素晴らしい』のは、〈親友〉や〈親愛なる〉ということばを含む、その文面によるということが確認されているのだ」ということである。それに対して宮川は、文化人類学の象徴的交換の理論を引き合いに出し、これを「コミュニケーションの物語」として、②「がまくんが〈いいお手紙だ。〉というのは、手紙の文面に感心したというよりは、かえるくんが手紙をくれたという、そのことに感動したと考えるべきだろう」と主張する。何しろがまくんは、生まれて初めて手紙をもらったのである。

宮川のまとめた二つの見方は、いずれもも可能な解釈と思われる。まず①の読み方は、かえるくんの言葉を、自分が書いた手紙の文章を引用する仕方で伝えたものとしてとらえる。その目的は直接的には〈文章内容の引用・伝達〉であるが、間接的には〈友情の確認〉ともなる。つまり、かえるくんの言葉、手紙の内容、がまくんの反応が皆同じメッセージに収斂するものと見なされ、そのメッセージとは、〈友情とその確認〉ということになるわけである。言葉は〈友情〉を乗せる乗り物に過ぎない。これは、何ものかを伝えるための手段として言葉をとらえる思想、すなわち言語道具観に則っている[*5]。このような十九世紀の遺物であるような言語感覚が、文学教育を彩っていたわけである。国語の授業で教えられるのはその程度のことだったのだろう。もっとも、国語を離れた文芸研究においてもそれは蔓延していたのである。その実態に対して憤りを覚えるべきなのかも知れないが、国語にしても何にしても、学校の授業というものに対して過大な期待をすることはできない。すべからく、文学を志す者は、学校とは別の場所で、あるいは学校が終わってから、自分自身で言語感覚を磨いているはずである。国語で良い成績を取ったからといって、それで大作家や大批評家になれるわけではない。それは恐らく、誰でも知っていることである。

実は、この解釈には、色々とおかしなところがある。第一に、かえるくんががまくんに、自分の書いた手紙の文章を朗読して（引用して）伝えた、というところである。〈友情〉を確認するのなら、直接言えばよいのではないだろうか。わざわざ手紙を書いて、さらにそれを引用するのは回りくどすぎる。第二に、せっかく手紙を書いたのに、届く前にその内容を知らせてしまったことである。それでは手紙を書く意味はないだろう。第三に、そもそも、「しんゆう」であることを確認する手紙などというものは、いったい、手紙の体をなしているだろうか。この『ふたりは　ともだち』を読めば、二人が既に友だちであることは誰にも分かる。そんな自明の手紙をもらって、果たしてうれしいだろうか。第四に、そして、ほんとうにこの手紙は、〈友情とその確認〉を伝達しようとした手紙なのだろうか。

この件について、次のように解釈できないだろうか。「しんあいなる　がまがえるくん。ぼくは　きみが　ぼくのしんゆうで　ある　ことを　うれしく　おもって　います。きみの　しんゆう、かえる」の箇所は、原文では “Dear Toad, I am glad that you are my best friend. Your best friend, Frog.” となっている。[*6] 学校で英語の時間に、英文の手紙は一般に、“Dear” 誰々で始まり、“Sincerely yours” で結ぶ、と教わった。私はこれは、字義的には「親愛なる誰々様」と、「心よりあなたのもの」という意味だが、通例に従って日本語に訳すなら、「拝啓」と「敬具」、つまり頭語と結語でしかない。ところで、かえるくんの文章もそれとほとんど同じなのである。"Dear Toad"は「拝啓」で、"Your best friend"は「敬具」である。"I am glad that you are my best friend"は、頭語と結語どちらにつけてもよい添え言葉として読める。すなわち、かえるくんの手紙の文章は、基本的に「拝啓」と「敬具」しかない手紙文であるということになる。言い換えれば、これは通常では形式でしかない"Dear"(拝啓)および"Your best friend"(敬具)を、言葉の文字通りの意味に置き直して、つまり形式的な挨拶言葉自体を改めてメッセージとしてしまった手紙なのである。それをがまくんが、いかにも文字通りに受け取り、「いい　てがみだ」と評価したところにユーモアまたはウィットがある。これは見ようによっては、全く内容のない手紙とも、逆に意味の充溢した手紙とも言える。いずれにしても、これは"A Letter"(ある一通の手紙)ではなく、"The Letter"、すなわち、紛れもなく手紙というものにほかならない、手紙の中の手紙、いわば純粋小説という言い回しにも似た意味での、純粋手紙なのだと言わなければならない。

日本語の「拝啓」も「敬具」も「つつしんで申しあげる」という謙譲の意味が原義らしく、対等の友情を意味する英語の"Your best friend"とは異なる。だが、文字通りにとらえるならば、それらだけでも相手に対する敬意の表現として、意味が充満していると言えないことはない。しかし、やはり「拝啓」と「敬具」しかない手紙は、空虚な手紙、空手紙(からてがみ)であるということになれば、宮川の主張②がクロースアップされる。象徴的交換(échange symbolique)は、人から人への何物かの交換を呪物・フェティッシュのやり取りと見なす概念であり、この観点からすれば、手紙もまた一つのフェティッシュとなる。[*7] ここにこそ、メッセージはあらかじめ伝わっていても、なおかつ、物質としての手紙が配達されなければならない理由がある。ここでもう一つ興味深いのは、手紙の文章をかえるくんから聞いたがまくんが、「とても　いい　てがみだ」と言うところである。ここは、原文では、“that makes a very good letter” となっている。[*8] “that is a” ではない。直訳すると、「それはとてもいい手紙を作っている＝とてもいい手紙となっている」となる。これを先ほどの空（から）手紙説と対応させると、内容はないけれども頭語・結語はきちんと備えた、いかにも格式のあるきちんとした手紙となっている、という解釈もできるだろう。なお、誤解のないようにつけ加えるならば、訳文を批判しているのではない。三木卓の訳は、原文の味わいをさらに日本語においても増幅させるような、素晴らしい訳である。

ここで強調しておきたいのは、がまくんの反応において、手紙というものは一つの物質的全体をなし、その手紙を構成する材料として言葉がとらえられているということである。この場合、言葉は実体である。それは意味の運搬道具ではなく、独立・自立した存在者であり、その意味作用は、現実の事物や現象がそうであるように、幾通りにも、無限の可能性を帯びてくる。そして、①と②の二つの意味は、実は記号学が最初に明確化した記号の構造に過ぎない。①は、概念・意味内容、つまりシニフィエであり、②は、記号表現・表意体、つまりシニフィアンである。意味内容が完璧なら、その時、記号表現は透明化して消滅し、必要がなくなるはずであるが、実際には手紙は配達されることを待たれる。意味内容と記号表現は遊離し、シニフィアンが戯れを始める。このような分裂は、手紙や覚え書きの交換という作業自体によって表現される。すなわち、たとえば外交文書や婚姻届は、裏切られるリスクを常にはらんでいると言わなければならない。フェティッシュの交換が未開社会で重要な役割を果たすのは、それが特権的なシニフィアンとして、無限の意味作用を帯びてくるからである。

要するに、この童話の物語においては、手紙は既に書かれていて、内容も分かっていて、届くことが決まっていて、そして二人は当初から親友であることは明らかである。従って、彼らが手紙が届くまでの四日間、いかにも至福な時を過ごしたことには疑いをいれない。完全調和な世界である。しかし、この平和は、内側に得体の知れない分裂をはらんでいる。そのほころびは、「友情、友情」と方向づけをしなければ、そのうちに大きなかぎ裂きになってしまうかも知れない。教材研究の先生方は、そのように考えたのだろうか。ローベルの童話は、おおげさな事件は描かずに、しかし、ちょっとした言葉の振る舞いへのひっかかりを上手に取り出して、さりげなく語る。それはちょうど、それこそ巧みな落語家や漫才師などの言葉の使い手と似ていると言えるだろう。

2 ロマンティック「セメント樽の中の手紙」

さて、そのかぎ裂きが人間の身体を切り刻み、手紙の身体性を最大限に引き出す瞬間をとらえたテクストとして、葉山嘉樹の有名な「セメント樽の中の手紙」(『文芸戦線』昭元・一)がある。

この作品も国語教材として使われるが、教材論については他日を期すことにしよう。セメント開けをやっていた労働者松戸与三が、セメントの中から箱を見つける。中には、恋人がクラッシャーの中に落ちてセメントとなってしまった女工の手紙が入っていた。このセメントがどこに使われたかを知らせてくれ、という。松戸は「へべれけに酔つ払ひてえなあ」と言うが、細君の腹の中には七人目の子供がいた……という物語である。手紙形式に寄せる深い関心から、この作品についても以前にエッセーを発表したことがある。[*9] ローベルの「おてがみ」では、かたつむりくんに渡した手紙がメッセージよりも遅れて到着するという、手紙の時間的隔たり・遅延性が有効利用されていた。「セメント樽の手紙」の方では、出した手紙が届くかどうか分からない、という空間的距離・拡散性が重要である。そのエッセーにもすでに書いたことだが、この女工の行為は、たとえば荒井由実の「瞳を閉じて」（一九七四）の歌詞において、硝子ビンに手紙を入れて海に流す行為と本質的に同じであり、ほとんど絶対的な距離と、それが届くまでの極めて大きなリスクを孕み、そして届いた瞬間にその距離とリスクが一挙に解消するという、非常にロマンティックな要素がある。

セメント樽に入っていた手紙には、次の記述がある。

　あの人は優しい、いい人でしたわ。そして確りした男らしい人でしたわ。未だ若うございました。二十六になつた許りでした。あの人はどんなに私を可愛がつて呉れたか知れませんでした。それだのに、私はあの人に経帷布を着せる代りに、セメント袋を着せてゐるのですわ！　あの人は棺に入らないで回転窯の中へ入つてしまひましたわ。［…］

　あなたが、若し労働者だつたら、私にお返事を下さいね。その代り、私の恋人の着てゐた仕事着の裂（きれ）を、あなたに上げます。この手紙を包んであるのがさうなのですよ。この裂には石の粉と、あの人の汗とが泌み込んでゐるのですよ。あの人が、この裂の仕事着で、どんなに固く私を抱いて呉れたことでせう。

この手紙は、もうこれ以上ないほどにフェティッシュである。破砕機に転落して粉砕された彼の肉体、その肉体が身に着けていた衣服の破片が、この手紙を包んでいるのである。そもそも、封書の形態は容易に肉体を連想させるものである。封筒は人間の外面にあたり、便箋に書かれた内面を隠している。特に肉筆の手紙は、肉体の痕跡として、手紙の肉体性を高める。恋人からワープロで整然と書かれたラブレターをもらいたいという人はあまりいないだろう。もちろん、それは幻想に過ぎない。筆跡は必ず模倣できる、というのは、映画『太陽がいっぱい』(一九六〇)の貴重な教えである。逆に言うならば、ワープロのフォントも、また液晶に表示された電子メールの文面も、自分の恋人のものならば、容易にフェティッシュになりうる。象徴的交換は、象徴的な肉体性を本質とするのであり、物それ自体が問題なのではないからである。さて、かつて恋人を抱いた彼の仕事着が、今は言葉の身体としての手紙を抱いている。しかし、彼らには子供をもうけるべき時間はなかった。つまり、松戸の家庭は、残された言葉以外に何の結実も得られなかった恋人たちの、ありうべき願望の身体的実現としてあるのではないだろうか。とすれば、いわば松戸の七番目の子どもは、女工とその恋人の子どもでもあるはずである。それこそが、フェティッシュとしての、シニフィアンとしてのこの手紙の、ぎりぎり最大限に可能な呪術の帰結である。そして手紙のこのフェティッシュ性は、かえるくんのお手紙のフェティッシュ性と、基本的に同じものと言える。

ところで、「セメント樽の中の手紙」を論じた田中実が、この結末に施した解釈は実に生真面目なものである。「かくて与三は、『輪廻』に閉じられ、自己解体化していく。与三は、〈わたしのなかの他者〉を自覚できず、自滅していくのである」[*10]。つまり、与三は酒に酔って暴力をふるわれては困る、という細君の生命からの訴えを取り入れず、自暴自棄に陥るのみである。そのような与三には、当然ながら、女工との連帯はできない、ということである。この解釈は妥当なものであり、それに対して嘴を差し挟む余地はほとんどない。たとえばこの解釈は、葉山ら『文芸戦線』派を批判して、小林多喜二ら『戦旗』派の前衛党主義が登場してきた経緯とも合致する。いわく、ここには個人的な破壊の衝動があるだけで、集団的で現実的な改革の方向が見えてこない、と。ただし、妥当であるにしても、それは、他者や連帯に関わる思想という名のシニフィエしか見ていず、シニフィアンの塊であるテクストを見ていない憾みがあるようにも思われる。

しかし、ここでは田中の解釈を批判しようとするのではない。どのような解釈も、相対的に妥当な論証を経ていればそれに応じた妥当性を有するのであり、それ以上に、田中のいかにも生真面目な解釈を否定する気にはなれないからである。ただし、田中の論の基盤とされているところの、「ナンデモアリの〈エセ読みのアナーキー〉と、〈本文〉の実在性を完全に否定する〈読みのアナーキー〉とを峻別すること」[11]という主張には、別の道筋を示したい。たとえば、「セメント樽の中の手紙」はユーミンと同じだ、松戸の子どもは女工の子どもでもあるのだ、などという読み方は、「ナンデモアリ」の〈エセ読みのアナーキー〉に分類されてしまう危惧が濃厚である。しかし、当然ながら、〈エセ〉と思って主張しているわけではない。すなわち、フェティッシュ、つまりシニフィアンとしてのテクストは、無限の解釈項に対して開かれている。[12]そうであるとすれば、〈エセ〉と本物との区別などはできないし、またすべきではない。〈エセ〉と本物の区別は、その区別によって文学を教育や啓蒙のために用いようとする人々、たとえば学校の先生や、指導的研究者などにとってのみ必要なものでしかない。文学作品などは、好きなように勝手に読めばそれでよいのである。しかる後に初めて、必要ならば、単に恣意的なだけで他人には全く認められない読解と、それなりの論証を経て説得力のある読解とを、文芸理解の幅広い相対的な分布範囲において見極めることもできるだろう。あらゆる解釈は、当然ながら結果において判断される以外にないのである。

3 文芸解釈と知的アナーキズム

先にも挙げた宮川は、田中らの編集した文学教育の叢書に対して、児童文学史上の位置づけからの視点が欠けているとして、次のように批判している。[*13]

特に小学校の場合、国語教科書の文学教材は、ほぼすべて、もともとは児童文学作品として書かれたものである。だとすれば、教材化された作品が児童文学史のなかでどのような位置にあるのかと考えることによって、作品を相対化し、評価する視点も必要なのではないか。「近代文学研究者」と「国語教育研究者」が対置する、このシリーズのなかで、この視点は、ほとんど欠落している。

この宮川の主張は、児童文学の専門家としてもっともなものと言うほかにない。しかし、これもまた窮屈な態度ではないか。児童文学史にせよ近代文学史にせよ、文学史などというものは本来、非常に相対的なものであり、論者によって大きく揺れ動くかりそめの代物に過ぎない。それを固定的な視点としてとらえ、その視点を援用するということは、特定の論者の思想、すなわち声の大きな指導的研究者の思想に従属することにしかならない。たとえば、くだんの「セメント樽の中の手紙」を近代文学史上の位置づけから評価せよ、などというのは、それが旧来の文学史を指すならば、それが既にほぼ出尽くして干上がった分野であることから、何も新しい解釈を出すな、という理不尽な命令としか聞こえない。

文芸解釈における正しさの理論を規定しようとする人は、まるで何かに怯えているかのように見える。文芸作品の正しい読み方が決まらなければ、あたかも社会の構造が崩壊してしまうかとでも言うように。しかし、そのように怯える必要があるだろうか。まず、解釈が他人と共有される段階において、十分な論証を経ていない、いい加減な読み方は当然ながら批判を受ける。さらにその中から有力となるのは、読者の数からすれば実にわずかの解釈でしかない（有力となる＝影響力を有するというようなことが果たして良いのか否かは別として）。とはいえ、「十分な論証」は大きな幅を持つのであり、相当程度に論証されている読解にはいずれも受け入れられるだけの理由がある。他方、社会や言語の制度はそれほど生やさしいものではない。たかだか文芸作品の解釈が完全にアナーキー（無秩序）となったとしても、いわゆる正しい言葉遣いや文字遣い、公文書や手紙の書き方、論理的な文章や命題、数学や科学のプロトコル、コンピュータのプログラミング言語などの言語体系は、時として大きな流動性と可変性を孕みながらも存続する（時に消えることさえあるが[*14]）。

もちろん、言語の習得が人間社会の根幹をなす現象であることは動かない。国語の授業担当者は、その他の教科よりも、自分の仕事が社会の基礎を提供することを忘れてはならないだろう。その意味では、文芸解釈のような局面において、誰の目から見てもおかしな理解が蔓延するような事態になれば、それがどこかで社会全体の言語状況とリンクすることはありえなくはない（何が「おかしな理解」かは措くとして）。とは言っても、文学のアナーキーが、そう簡単に現実社会のアナーキーに直結するということはあるまい。それは何よりも、文学がストレートに現実とイコールでは結ぶことのできない対象だからである。そしてもし万が一にも、文芸解釈の帰結によって社会が崩壊するようなことがあるならば、そのような社会は、いずれにせよ崩壊すべくして崩壊したと見るべきだろう。

従って、文芸解釈の無秩序を憂慮する必要はなく、むしろ自由に次の一手を考案すればよいだけである。文芸解釈の流動性と可変性は、言語一般の流動性と可変性の一角をなし、それを代表するものである。真に憂れえるべきことは、まったく逆の事柄ではないか。ここ数十年に亙って日本近代文学の分野において、その時期ごとに特定のイデオロギーによって解釈を主導してきたのは、いわゆる声の大きな指導的研究者である。それら指導的研究者たちは、啓蒙家集団として強固な論陣を張り、その細胞は幾つもの学会の運営委員会や編集委員会に浸透し、陰に陽に解釈の淘汰を行ってきた。その中には、ユニークな作品解釈を発表するのは研究者の特権に過ぎない、特権を捨て文芸解釈も捨てて、文化現象の文献的実証をせよ、と主張するグループもあった。しかし、そもそもそのような主張を言えること自体、彼ら自身のいわゆる特権の行使であることに対しては、ほとんど何の顧慮もないように見える。

私は、「科学が仮定されていいるならば、理性は普遍的であり得ず、非理性は排除され得ない。科学の発展のこの独特な性格がアナーキズム的認識論を強く支持するのである」[*15]とファイヤアーベントが言うように、あらゆるものに開かれた、あらゆる可能性を許容する知的アナーキズムこそ、そしてアナーキズムだけが、真に未知の何物かを呼び寄せ、新たな文化を切り開く契機となりうると考える。ファイヤアーベントは次のように唱える。

諸々の神話があり、諸々の神学の教義があり、諸々の形而上学があり、世界観を構成する諸々の他の方法がある。科学と、こうした「非=科学的」世界観との間の実り豊かなやり取りは、科学自体よりも、もっと切実にアナーキズムを必要とするだろうことは明らかである。それゆえアナーキズムは科学の内的な進歩と全体としてのわれわれの文化の発展の双方にとって、単に可能であるのみならず、必要でもあるのである。

今、文学、児童文学、国語教育の指導的研究者に求められているのは、社会がある程度の包容力を持った今だからこそできる、解釈の真の自由化である。あるいは逆に、適切に論証された自由な解釈をどれほど許容できるかが、社会の包容力の試金石となると言うべきかも知れない。私たちは、子どもたちの言語に対して、もっと耳を傾けなければなるまい。私たちに与えられている使命は、教室でつぶやかれた、作文やレポートにしたためられた、子どもや学生たちのとんでもない解釈を最大限に取り上げ、そこに、私たちが常識としてきた通念を揺り動かす声なき声を聞き取ることである。[*16] できればそれを公開し、声の大きな啓蒙家たちにぶつけてやろう。私は、二十一世紀は居丈高な啓蒙の時代の終わりであると考えている。どんなに描くとも、自分自身の頭で考えること。かえるくんとがまくんの物語も、そのような姿勢で満たされていたのではなかっただろうか。

注

序説　物語の論理学

1　ロラン・バルト「物語の構造分析序説」（一九六六、花輪光訳、『物語の構造分析』、一九七九・一一、みすず書房）、1～2ページ。Roland Barthes,《Introduction à l'analyse structurale de récit》, *Communications*, novembre 1966, *Barthes Œuvres complètes Tome II 1966-1975*, Éditions du Seuil, 1994, p. 74.

2　テクスト様式論の詳細については、中村三春『修辞的モダニズム　テクスト様式論の試み』（二〇〇六・五、ひつじ書房）参照。

3　中村三春『〈変異する〉日本現代小説』（二〇一三・三、ひつじ書房）。

4　中上健次『風景の向こうへ』（一九八三・八、冬樹社）

5　柄谷行人・中上健次『小林秀雄をこえて』（一九七九・九、河出書房新社）。

6　野家啓一『物語の哲学――柳田國男と歴史の発見』（一九九六・七、岩波書店）、63ページ。

7　同書、67ページ。

8　中村三春『フィクションの機構』（一九九四・五、ひつじ書房）、67ページ。

9　近代小説の人物の特徴を、一般に「問題的個人」（l'individu problématique）として規定したのはリュシアン・ゴルドマン『小説社会学』（一九六四、川俣晃自訳、一九六九、合同出版）である。Lucien Goldmann, *Pour une sociologie du roman*, Bibliothèque des idées, Gallimard, 1964.

10　この問題については、本書「他者へ、無根拠からの出発――武者小路実篤『生長』」のほか、中村三春「他者としての愛――『惜みなく愛は奪ふ』」（『新編言葉の意志　有島武郎と芸術史的転回』、二〇一一・二、ひつじ書房）参照。

11　『白樺』発足当時の作家たちのコミュニティについては、本多秋五「解題」（『初期白樺派文学集』、明治文学全集76、一九七三・一二、筑摩書房）参照。

12　野家前掲書、75ページ。

13 ハイパーテクストと文学との関係については、中村三春「コンピュータ時代のテクスト」（『宮沢賢治イーハトヴ学事典』、二〇一〇・一二、弘文堂）参照。

14 村上の物語における〈変異〉については、中村三春「Monsterと『獣』のあいだ——英訳を参照した村上春樹短編小説論——」（『季刊iichiko』120、二〇一三・一〇）参照。

15 中村前掲『フィクションの機構』、21・134ページ。

16 アルフレッド・タルスキ「真理の意味論的観点と意味論の基礎」（一九四四、飯田隆訳、坂本百大編『現代哲学基本論文集Ⅱ』、一九八七・七、勁草書房）。規約Tは次のような同値式である（同書、59ページ）。

（T）*X*が真であるのは、*p*ときまたそのときに限る。

原著では次のように記述されている（Alfred Tarski, "The Semantic Conception of Truth and the Foundations of Semantics", Leonard Linsky (ed.), *Semantics and the Philosophy of Language*, The University of Illinois Press at Urbana, 1952, p.16. これは右記翻訳の原典である）。

（T）*X is true if, and only if, p.*

17 ネルソン・グッドマン『世界制作の方法』（一九七八、菅野盾樹・中村雅之訳、一九八七・一〇、みすず書房）、204ページ。Nelson Goodman, *Ways of Worldmaking*, Hackett Publishing Company, 1988 (1978), p. 120.

18 西田谷洋『認知物語論とは何か?』（二〇〇六・七、ひつじ書房）、92ページ。

19 同書、94ページ。

20 "sentence"の訳については、タルスキ前掲論文の原典により、原文を確認した。

21 野矢茂樹「命題／言明／文」（『岩波哲学・思想事典』、一九九八・三、岩波書店）参照。

22 西田谷前掲書、92ページ。

23 中村三春「係争中の主体——論述のためのミニマ・モラリア——」(『係争中の主体　漱石・太宰・賢治』、二〇〇六・二、翰林書房)参照。

24 野矢茂樹『語りえぬものを語る』(二〇一一・七、講談社)、131・193ページなど。

I　物語の誘惑と差異化——樋口一葉「にごりえ」

1 渡辺実校注『枕草子』(新日本古典文学大系25、一九九一・一、岩波書店)、181ページ。

2 菊田茂男「清少納言の物語観」(『文芸研究』75、一九七三・一二)。

3 Ross Chambers, *Story and Situation; Narrative Seduction and the Power of Fiction*, Minnesota U.P., 1984, pp. 22-26.

4 ロラン・バルト「物語の構造分析序説」(一九六六、花輪光訳、『物語の構造分析』、一九七九・一一、みすず書房)。

5 蓮實重彦「物語としての法——セリーヌ、中上健次、後藤明生——」(『小説論＝批評論』、一九八二・一、青土社)、および中上健次『風景の向こうへ』(一九八三・八、冬樹社)。なお中村三春「蓮實重彦キーワード集」(『國文學解釈と教材の研究』一九九二・七)、および「中上健次」(『〈変異する〉日本現代小説』、二〇一三・三、ひつじ書房)参照。

6 前田愛「『にごりえ』の世界」(前田愛著作集3『樋口一葉の世界』、一九八九・九、筑摩書房)、205ページ。

7 中上健次「物語の系譜　谷崎潤一郎」(中上前掲書)。

8 「にごりえ」の引用は『樋口一葉全集』2(一九七四・九、筑摩書房)による。

9 亀井秀雄「非行としての情死」(『感性の変革』、一九八三・六、講談社)。

10 同書、154ページ。

11 同書、174ページ。

12 ボリス・トマシェフスキー「テーマ論」(小平武訳、水野忠夫編『ロシア・フォルマリズム文学論集』2、一九八二・一一、せりか書房)。

13 アリストテレス『詩学』(今道友信訳、『アリストテレス全集』17、一九七二・八、岩波書店)。

14 前田前掲書、同ページ。

15 藤井貞和・小森陽一・戸松泉・山田有策「共同討議　樋口一葉の作品を読む」(『國文學解釈と教材の研究』一九八四・一〇)。

16 本書「賢治を物語から救済すること――宮沢賢治『小岩井農場』『風〔の〕又三郎』」、および「闇と光の虚構学――谷崎潤一郎『陰翳礼讃』」参照。

17 離人症については、関係論的な精神病理学に基づいた木村敏『自覚の精神病理』(一九七八・一、紀伊國屋書店)を参照。

18 関礼子「記号論の視点〈実例〉樋口一葉『にごりえ』」(『國文學解釈と教材の研究』一九八九・七)。

19 「マナ」の概念は、マルセル・モース『社会学と人類学Ⅰ』(有地亨・伊藤昌司・山口俊夫訳、弘文堂、一九七三・四)による。なお、本書「幻想とコミュニタス――小川未明『赤い蠟燭と人魚』」参照。

20 小森前掲討議。

21 前田愛「町の声」(『都市空間のなかの文学』、一九八二・一二、筑摩書房)、312～313ページ。

Ⅱ 偽造された家族――泉鏡花「鶯花徑」

1 ヴォルフガング・イーザー『行為としての読書――美的作用の理論』(一九七六、轡田収訳、一九八二・三、岩波現代選書)。

2 「鶯花徑」の書誌概略

(ⅰ) 初出雑誌…『太陽』(明31・9、10)。

(ⅱ) 初収単行本…『鏡花叢書』(明44・3、博文館)、『粧蝶集』(明44・3、春陽堂)。

(ⅲ) 使用テクスト…『鏡花全集』4(一九四一・一二、岩波書店)所収本文。

3 種田和加子「『鶯花径』論――鏡花世界における否定の作用――」(『泉鏡花論――到来する「魔」』、二〇一二・三、有斐閣)、87ページ。

4 マーヴィン・ミンスキー『心の社会』(一九八六、安西祐一郎訳、一九九〇・七、産業図書)、375ページ。

5 一次記憶(primary memory)・短期記憶(short-term memory)と、二次記憶(secondary memory)・長期記憶(long-term memory)との区別については、D・E・ルーメルハート『人間の情報処理――新しい認知心理学へのいざない』(一九七七、御嶺謙訳、一九七九・五、サイエンス社、203ページ）参照。

6 池上嘉彦「〈スル〉的な言語と〈ナル〉的な言語」（『詩学と文化記号論』、一九八三・八、筑摩書房。引用は一九九二・一一、講談社学術文庫より）、294～295ページ。

7 割り込みの諸段階（傍線部は割り込み語句＝英語の関係節・動名詞句に相当）

a．こほれる、むすびし水を、とくらん。……〈モノ〉水準（〈スル〉的）

b．むすびし水の、こほれるを、とくらん。……〈コト〉水準（〈ナル〉的）

c．むすびし水の、こほれる、それ「その水」をとくらん。……〈ソレ〉水準（場的）

d．こほれるもの「こほれるの」を、とくらん。……〈提喩〉水準（謎的）

e．春立つけふの風。《むすびし水の、こほれる、その水を、》とくらん。（《　》内が割り込み）

8 中村三春『修辞的モダニズム　テクスト様式論の試み』（二〇〇六・五、ひつじ書房）。

9 越野格「『鶯花径』私解」（『国語国文研究』81、一九八八・一二）。

10 中山昭彦「代行・模倣・二重化――泉鏡花『鶯花徑』論――」（『日本近代文学』43、一九九〇・一〇）。

11 ミンスキー前掲書、395ページ。

12 ハンス・ロベルト・ヤウス『挑発としての文学史』（一九七九、轡田収訳、一九七六・六、岩波書店）。

13 エミール・バンヴェニスト「代名詞の性質」（高塚洋太郎訳、岸本通夫監訳『一般言語学の諸問題』、一九六六、一九八三・四、みすず書房）、237ページ。

14 ロマーン・ヤーコブソン「転換子と動詞範疇とロシア語動詞」（川本茂雄監修『一般言語学』、一九六三、一九七三・三、みすず書房）。

15 種田前掲書、99ページ。

16 山口昌男「象徴的宇宙と周縁的現実」（『文化と両義性』、一九七五・五、岩波書店）。

17 野口武彦『泉鏡花』（鑑賞日本現代文学3、一九八二・二、角川書店）。

18 松村友視「鏡花文学の基本構造」（『文学』一九八七・三）。

19 脇明子『幻想の論理』（一九七四・四、講談社現代新書）、57～58ページ。

20 種田前掲書、102ページ。

21 越野格「『鶯花径』再論」（『鏡花研究』7、一九八九・三）。

22 フェリックス・ガタリ「メアリー・バーンズと反精神医学的オイディプス」（『分子革命――欲望社会のミクロ分析』、一九七七、杉村昌昭訳、一九八八・三、法政大学出版局）、197ページ。

23 スタンリー・フィッシュ『このクラスにテクストはありますか』（一九八〇、小林昌夫訳、一九九二・九、みすず書房）。なお、中村三春「反エディプスの回路――『海辺の光景』における〈大きな物語〉の解体」（『〈変異する〉日本現代小説』、二〇一三・二、ひつじ書房）参照。

24 J・L・オースティン『言語と行為』（一九六〇、坂本百大訳、一九七八、大修館書店）。

25 三好行雄「泉鏡花における〈虚構〉の意味」（『国語と国文学』一九五一・三）。

26 Gregory Currie, *The Nature of Fiction*, Cambridge U.P., 1990.

27 *Ibid.*, p. 7.

Ⅲ 夢のファンタジー構造――夏目漱石『夢十夜』「第六夜」

1 物語の機能については、本書「物語の誘惑と差異化――樋口一葉『にごりえ』」参照。

2 『夢十夜』の引用は、『漱石全集』12（一九九四・一二、岩波書店）による。

3 室井尚「漱石『夢十夜』論――テクスト分析の試み――」（『文学理論のポリティーク』、一九八五・六、勁草書房）、168ページ。

4 坂本浩「『夢十夜』の理念と構想――人間存在の探求――」（『夏目漱石――作品の深層世界』、一九七九・四、明治書院）、191ページ。また運慶をミケランジェロに準えた笹淵友一『夏目漱石――『夢十夜』論ほか』、一九八六・二、明治書院）は、芸術観的な読み方をより推し進めたものである。

5 夢の叙法について、詳しくは中村三春「〈争異〉するディスクール――『銀河鉄道の夜』――」（『修辞的モダニズム テクスト様式論の試み』、二〇〇六・五、ひつじ書房）参照。

Ⅳ 〈書くこと〉の不条理――田村俊子「女作者」

1　瀬戸内寂聴『田村俊子』(一九六一、『瀬戸内寂聴伝記小説集成』1、一九八九・八、文芸春秋)、211ページ。

2　長谷川啓「解題」(『田村俊子作品集』1、一九八七・一二、オリジン出版センター)、445ページ。田村のテクストの引用は、同作品集全3巻による。

3　尾形明子「田村俊子『女作者』の女」(『作品の中の女たち――明治・大正文学を読む』、一九八四・一〇、ドメス出版)。

4　ジョン・バージャー『イメージ――Ways of Seeing――視覚とメディア』(伊藤俊治訳、一九八六・一二、PARCO出版)。

5　山﨑眞紀子「反応を誘発する試み――『女作者』『炮烙の刑』――」(『田村俊子の世界――作品と言説空間の変容』、二〇〇五・一、彩流社)、177ページ。同書は田村のテクスト様式を総体として、初めて本格的に究明した研究書である。

6　光石亜由美「田村俊子『女作者』論――描く女と描かれる女――」(『山口国文』21、一九九八・三)。同「〈女作者〉が性を描くとき――田村俊子の場合――」(『名古屋近代文学研究』14、一九九六・一二)も参照。

7　長谷川啓「解題」(『田村俊子作品集』2、一九八八・九、オリジン出版センター)、438ページ。

8　本章の初出以降に発表された論文としては、次のものを参照した(前掲論文を除く)。鈴木正和「田村俊子『女作者』論――〈女〉の闘争過程を読む――」(『日本文学研究』33、一九九四・一)、高田晴美「田村俊子の一葉論と〈女作者〉に関する一考察」(『阪神近代文学研究』10、二〇〇九・六)、権英大「田村俊子の『女作者』論――『お粧り』を中心に――」(『東アジア日本語教育・日本文化研究』14、二〇一一・三)。

Ⅴ 他者へ、無根拠からの出発――武者小路実篤「生長」

1　本多秋五「武者小路実篤の『自己』形成期」(『武者小路実篤全集』1、一九八七・一二、小学館)、722ページ。なお、本章における武者小路の文章からの引用は、断らない限りすべて同書による。

2　中村三春「他者としての愛――『惜みなく愛は奪ふ』」(『新編言葉の意志　有島武郎と芸術史的転回』、二〇一一・二、ひつじ書房)参照。

3　前掲『武者小路実篤全集』1においては、『新編　生長』としてこの前後のエッセーが編纂されている。
4　この間の経緯についての先駆的な研究として、菊田茂男「志賀直哉とメーテルリンク――調和的精神の形成についての序説――」(『文芸研究』49、一九六五・二)、および同「上田敏とメーテルリンク」(同79、一九七五・五)がある。
5　本多秋五『「白樺」派の文学』(一九六〇・九、新潮文庫)。
6　大津山国夫『武者小路実篤論』(一九七四・二、東京大学出版会)。
7　「宗教心の芽」と「雑感(一九一四年)」の引用は、『武者小路実篤全集』3、一九八八・四、小学館)による。
8　谷沢永一「初期武者小路実篤の思考態度」(『明治期の文芸評論』、一九七一・五、八木書店)、135ページ。
9　寺澤浩樹「小説『お目出たき人』の虚構性――素材の作品化の問題をめぐって――」(『武者小路実篤の研究――美と宗教の様式』、二〇一〇・六、翰林書房)、81ページ。

Ⅵ　花柳小説と人間機械――永井荷風『腕くらべ』

1　竹盛天雄「後記」(『荷風全集』12、一九九二・一一、岩波書店)。『腕くらべ』の引用は同書による。
2　同書、438ページ。
3　福田恆存「永井荷風」(『作家の態度』、一九四七、一九八一・九、中公文庫)、314ページ。
4　笹淵友一「『腕くらべ』」(『永井荷風「堕落」の美学者』、昭51・4、明治書院)。
5　エドワード・G・サイデンステッカー「永井荷風」(『現代日本作家論』、一九六四・六、新潮社)、19ページ。
6　江藤淳「永井荷風論」(『中央公論』昭34・9、江藤淳著作集2『作家論集』、一九六七・一〇)、22ページ。
7　福田前掲書。
8　坂上博一「『腕くらべ』私論」(『永井荷風ノート』、一九七八・六、桜楓社)、222・223ページ。
9　同、236～237ページ。
10　中村光夫「荷風の青春」(『《評論》永井荷風』、一九七九・二、筑摩書房)、49～50ページなど。
11　加藤周一「物と人間と社会」(『世界』一九六〇・六～一二、一九六一・一、加藤周一著作集6『近代日本の文学的伝

12 統』、一九七八・一二)、236ページ。
アルベール・カミュ『反抗的人間』(一九五一、佐藤朔・白井浩司訳、『カミュ全集』6、新潮社、一九七三・二)、17ページ。

Ⅶ 幻想童話とコミュニタス——小川未明「赤い蠟燭と人魚」

1 鳥越信「解説」(『新選日本児童文学Ⅰ 大正編』、小峰書店、一九五九・三)、367ページ。
2 古田足日「さよなら未明——日本近代童話の本質——」(『現代児童文学論』、くろしお出版、一九五九・九)、15・30ページ。
3 いぬいとみこ「小川未明」(『子どもと文学』、中央公論社、一九六〇・四)、33ページ。
4 畠山兆子「小川未明」(『日本児童文学史上の7作家 2 小川未明 浜田広介』、大日本図書、一九八六・一〇)。
5 宮川健郎「〈子ども〉の再発見」(『講座昭和文学史』3、有精堂、一九八八・六)、後『現代児童文学の語るもの』(一九九六・九、NHKブックス)。
6 いぬい前掲書、32ページ。
7 鳥越信『児童文学』(鑑賞日本現代文学35、角川書店、一九八二・七)、63ページ。
8 滑川道夫「児童文学の定義」(日本児童文学学会編『日本児童文学概論』、東京書籍、一九七六・四)、27ページ。
9 猪熊葉子「日本児童文学の特色」(前掲『日本児童文学概論』)、35ページ。
10 柄谷行人「児童の発見」(『日本近代文学の起源』、講談社、一九八〇・八、引用は『定本 日本近代文学の起源』、二〇〇八・一〇、岩波現代文庫)、168ページ。
11 本田和子「読者論」(日本児童文学学会編『児童文学研究必携』、東京書籍、一九七六・四)、130ページ。
12 西田良子「読者論よ おこれ!」(『現代日本児童文学論』、桜楓社、一九八〇・一〇)、18ページ。
13 坪田譲治「小川未明論」(『児童文学入門——童話と人生』、朝日新聞社、一九五四・一)、54ページ。
14 関英雄「小川未明論」(『児童文学論』、新評論社、一九五五・八)、166ページ。
15 菅忠道「童心文学の開花」(『日本の児童文学』、大月書店、一九五六・四)、110ページ。

16 上笙一郎『未明童話の本質——赤い蠟燭と人魚の研究』(勁草書房、一九六六・八)、142〜143ページ。
17 続橋達雄『未明童話の研究』(明治書院、一九七七・一)、149ページ。
18 高橋美代子「赤い蠟燭と人魚」(『小川未明童話論』、新評論、一九七五・一〇)、189ページ。
19 古田足日「近代童話の崩壊」(前掲『現代児童文学論』)、57ページ。
20 上前掲書、143ページ。
21 西本鶏介「伝統は克服されたか——未明・広介・譲治の再評価——」(『日本児童文学』一九七四・一)。
22 高橋前掲書。
23 大藤幹夫「小川未明批判の方向の再検討——『子どもと文学』を中心に——」(『日本児童文学史論』、くろしお出版、一九八一・九)、75ページ。
24 小川未明のテクストの引用は、続橋達雄編、日本児童文学大系5『小川未明集』(一九七七・一一、ほるぷ出版)による。
25 滑川道夫「未明童話における南と北の思想——未明生誕百年記念講演——」(『日本児童文学の軌跡』、理論社、一九八八・九)、231ページ。
26 同書、245ページ。
27 ユーリー・M・ロトマン「芸術テキストの構造」(一九七〇、『文学理論と構造主義』、磯谷孝訳、勁草書房、一九七八・二)、223〜244ページ。
28 同書、247ページ。原文は傍点付き。
29 ユーリー・M・ロトマン「文化のタイポロジー的記述のメタ言語について」(『文学と文化記号論』、磯谷孝訳、岩波書店、一九七九・一)、291ページ。
30 前田愛「『高野聖』——旅人のものがたり——」(前田愛著作集6『テクストのユートピア』、筑摩書房、一九九〇・四)。
31 山口昌男「象徴的宇宙と周縁的現実」(『文化と両義性』、岩波書店、一九七五・五)、229〜238ページ。
32 種田和加子「『鷲花径』論——鏡花世界における否定の作用——」(『泉鏡花論——到来する「魔」』、二〇一二・三、有斐閣)。
33 マルセル・モース『社会学と人類学I』(有地亨・伊藤昌司・山口俊夫訳、弘文堂、一九七三・四)。

Ⅷ　ゆらぎ・差異・生命――佐藤春夫『田園の憂鬱』「『風流』論」

1　佐藤春夫のテクストの引用は、臨川書店版『定本佐藤春夫全集』全36巻による。『田園の憂鬱』の底本は、『改作　田園の憂鬱』である。引用にあたって表記を一部改めた。
2　堀切直人『日本夢文学志』（一九九〇・七、沖積舎）。
3　磯田光一「『田園の憂鬱』の周辺――佐藤春夫と宇野浩二」（『鹿鳴館の系譜』、一九九一・一、講談社文芸文庫）、208ページ。
4　磯田同書。
5　高橋世織「『田園の憂鬱』論」（『日本近代文学』29、一九八二・一〇）。
6　高橋同論文。
7　『小説神髄』の母胎」（『近代文学成立期の研究』、一九八四・六、岩波書店）。
8　亀井秀雄『「小説」論』（一九九九・九、岩波書店）。
9　中村三春「横光利一の文化創造論」（『花のフラクタル　20世紀日本前衛小説研究』、二〇一二・一、翰林書房）、および「量子力学の文芸学――中河與一の偶然文学論――」（同書）参照。
10　イリヤ・プリゴジン、イザベル・スタンジェール『混沌からの秩序』（一九八四、伏見康治・伏見讓・松枝秀明訳、一九八七・六、みすず書房）。
11　ヘルマン・ハーケン『自然の造形と社会の秩序』（一九八一、高木隆司訳、一九八五・三、東海大学出版会）。

Ⅸ　かばん語の神――宮澤賢治「サガレンと八月」「タネリはたしかにいちにち噛んでゐたやうだった」

1　天澤退二郎「宮澤賢治と『鏡の国のアリス』」（『《宮澤賢治》論』、一九七六・一一、筑摩書房）。
2　天澤退二郎「アリス的世界・イーハトヴ――nonsense taleとしての賢治童話――」（『《宮澤賢治》鑑』、一九八六・九、筑摩書房）、242ページ。
3　筑摩書房版『新校本宮澤賢治全集』16下、253ページ。なお、宮澤賢治のテクストはすべて同全集全16巻別巻1による。

4　天澤退二郎「宮澤賢治と『鏡の国のアリス』」、前掲書、141〜145ページ。

5　これらの伝記的事実は、筑摩書房版『新校本宮澤賢治全集』16上（一九九九・四）所収「年譜」および下（二〇〇一・一二）所収「伝記資料」による。

6　鈴木健司「『サガレンと八月』から受けとったもの——『タネリはたしかにいちにち噛んでゐたやうだった』論——」、同「とし子からの通信——『オホーツク挽歌』と『サガレンと八月』論——」など。『宮沢賢治　幻想空間の構造』（一九九四・一一、蒼丘書林）所収。

7　中地文「『タネリはたしかにいちにち噛んでゐたやうだった』の成立考（中）」（『東京女子大学日本文学』76、一九九一・九）。

8　鈴木健司前掲書。

9　秋枝美保『宮沢賢治　北方への志向』（一九九六・九、朝文社）。

10　秋枝美保「『アイヌ神謡集』と賢治の童話——鬼神・魔神・修羅の鎮魂——」（『立命館言語文化研究』16-3、二〇〇五・二）は、知里幸恵の『アイヌ神謡集』所収の一編と「土神ときつね」との類似性に触れ、また「一〇六」の詩についても、アイヌとの深い関わりを論じている。坪井秀人「国境と詩のことば——宮沢賢治と知里幸恵——」（同）も、「サガレンと八月」や「タネリはたしかに」などを取り上げて、宮澤の先住民表象について批評を加えている。

11　なお、本章の内容が口頭発表された研究会（宮沢賢治研究会第244回例会、二〇〇九年二月、渋谷区神宮前区民会館）の席上、天澤退二郎氏は、校訂作業中、この記載が「アリス」なのか「アイヌ」なのか不明瞭で、複数の校訂者によっても明確に決着することはできなかった旨の指摘をされた。この指摘は傾聴すべきである。ただし、本章は、唯一信頼できるテクスト資料としての、『新校本宮澤賢治全集』3校異篇の記述を基礎として論述されている。従って今後、現在とは異なる新たな文献学的事実が証明された場合には、当然ながらこの論旨はそれに従って変更されなければならない。本章の論旨は、現状のテクストを基盤として展開しうる主張である。

12　秋枝前掲論文、および坪井前掲論文。

13　主体と客体との逆転的一致の手法については、中村三春『修辞的モダニズム　テクスト様式論の試み』（二〇〇六・五、ひつじ書房）で論じている。

14 谷川雁「なぜ退職教授なのか――『土神と狐』の二項対立から――」(『国文学解釈と鑑賞』一九八四・一一)。
15 森荘已池「賢治が話した『鬼神』のこと」、『宮沢賢治の肖像』、一九七四・一〇、津軽書房)、297ページ。
16 奥山文幸「『サガレンと八月』論――犬神の問題――」(『国文学解釈と鑑賞』二〇〇九・六)。
17 ルイス・キャロル『鏡の国のアリス』(高山宏訳、一九八〇・一〇、東京図書)、120ページ。
18 Lewis Carroll, *Through The Looking-Glass* (講談社インターナショナル、一九九三・一)。
19 押野武志「〈クラムボン〉再考――宮沢賢治『やまなし』論――」(『文学の権能 漱石・賢治・安吾の系譜』、二〇〇九・一一、翰林書房)。
20 宗宮喜代子『アリスの論理――不思議の国の英語を読む』(二〇〇六・一二、日本放送出版協会・生活人新書)などを参照。
21 天澤退二郎「よだかはなぜみにくいか」(『宮沢賢治の彼方へ』、増補改訂版、一九七七・一一、思潮社)、68ページ。
22 国松俊英『宮沢賢治 鳥の世界』(一九九六・五、小学館)、77〜79ページ。

Ⅹ 賢治を物語から救済すること――「小岩井農場」「風〔の〕又三郎」

1 奥山文幸「『風の又三郎』小論」(『国文学解釈と鑑賞』二〇〇六・九)。同論文は本章の初出以後に拝読したものである。
2 『新校本宮澤賢治全集』3校異篇(一九九六・二、筑摩書房)、245ページ。
3 本章で触れた作品のうち、「オツベルと象」「風〔の〕又三郎」「ビヂテリアン大祭」については中村三春『係争中の主体 漱石・太宰・賢治』(二〇〇六・二、翰林書房)、「小岩井農場」「薤露青」については同『修辞的モダニズム テクスト様式論の試み』(二〇〇六・五、ひつじ書房)において論じている(論題省略)。

Ⅺ 闇と光の虚構学――谷崎潤一郎「陰翳礼讃」

1 伊藤整「『谷崎潤一郎全集』解説」(『谷崎潤一郎の文学』、一九七〇・七、中央公論社)、168ページ。
2 「陰翳礼讃」の本文は、『谷崎潤一郎全集』20(一九八二・一二、中央公論社)による。

3 荒正人「総論」(『谷崎潤一郎研究』、一九七二・一一、八木書店)、62ページ。
4 同書、63ページ。
5 日夏耿之介「谷崎文学の民族性」(『中央公論』一九三九・一二)。
6 神谷忠孝「日本美の再評価――『陰翳礼讃』をめぐって――」(『國文學』一九七八・八)。
7 酒井直樹『死産される日本語・日本人――「日本」の歴史-地政的配置』(一九九六・五、新曜社)、171~172ページ。
8 同。
9 世界そのものもまた異なる概念枠によって、それぞれ制作される。ネルソン・グッドマン『世界制作の方法』(一九七八、菅野盾樹・中村雅之訳、一九八七・一〇、みすず書房)参照。
10 ドナルド・キーン・多田道太郎対談「『陰翳礼讃』をめぐって――暮らしと美学――」(『あかりの文化誌』5、一九九九・九)。なお、このキーンの発言に触れた論考に、山森芳郎「『陰翳礼讃』は虚構か」(『文学芸術』32、二〇〇九・二)がある。「随筆は、文豪の人生観や価値観そのものだと信じていただけに、私にとってこの話はショックだった。『陰翳礼讃』は、文豪の名声をほしいままにした数多い小説と同じ、虚構世界なのだろうか」(山森)。「陰翳礼讃」が「虚構世界」であるというのは、まさしくその通りである。
11 山本健吉「谷崎潤一郎と陰翳礼讃」(『文芸』臨時増刊『谷崎潤一郎読本』、一九五六・三)。
12 福田恆存「解説 反近代の思想」(『現代日本思想大系』32、一九六五・二、筑摩書房)。
13 林正子「『陰翳礼讃』論」(『国文学研究ノート』18、一九八五・九)。
14 前田久徳「陰翳の美学――『少将滋幹の母』の構造と方法――」(『國語と國文學』一九八二・六)。
15 福田前掲書、27~28ページ。
16 前田前掲論文。
17 前田久徳「日本回帰の虚像と実像」(『國文學解釈と教材の研究』一九八五・八)。
18 アリストテレス『詩学』(今道友信訳、『アリストテレス全集』17、一九七二・八、岩波書店)参照。
19 伊藤前掲書、110ページ。

XII　太宰・ヴィヨン・神――太宰治「ヴィヨンの妻」

1　中村三春「太宰治の異性装文体――『おさん』のために――」(『花のフラクタル　20世紀日本前衛小説研究』、二〇一二・一、翰林書房)。
2　田中実「《他者》という〈神〉――『ヴィヨンの妻』太宰治――」(『読みのアナーキーを超えて――いのちと文学』、一九九七・八、右文書院)、199～200ページ。
3　なお、「さつちやん」は語り手「私」の本名ではなく、椿屋における通称である。もっとも、「さつちやん」という名前が「私」の本名に、少なくとも部分的には由来しているのではないかという推測はできなくはない。
4　ケーテ・ハンブルガー『文学の論理』(一九六八、植和田光晴訳、一九八六・六、松籟社)。
5　ジュリア・クリステヴァ『テクストとしての小説』(一九七〇、谷口勇訳、一九八五・一〇、国文社)。
6　中村三春「『こゝろ』と物語のメカニズム」(『係争中の主体　漱石・太宰・賢治』、二〇〇六・二、翰林書房)、57ページ。
7　クリステヴァは発話行為主体の刻印の例として、「副題」や「注釈」を挙げている(クリステヴァ前掲書、176～177ページ)。発話の主体がこれらを発することは、通例ありえないわけである。
8　中村前掲「太宰治の異性装文体」。
9　宇佐美まゆみ「ジェンダーとポライトネス――女性は男性よりポライトなのか?――」(日本語ジェンダー学会編・佐々木瑞枝監修『日本語とジェンダー』、二〇〇六・六、ひつじ書房)。
10　中村桃子『「女ことば」はつくられる』(二〇〇七・七、ひつじ書房)、同『〈性〉と日本語』(二〇〇七・一〇、NHKブックス)。
11　中村前掲「太宰治の異性装文体」。
12　次の引用の傍線部が自由直接文体である。なお、自由直接文体は、直接的言説(人物の直接の発話)や、自由間接文体と区別が曖昧な場合もある。自由直接文体については、山口治彦のすぐれた研究『明晰な引用、しなやかな引用――話法の日英対照研究』(シリーズ言語対照10、二〇〇九・一二、くろしお出版)を参照のこと。「その夜、十時すぎ、私は中野の店をおいとまして、坊やを背負ひ、小金井の私たちの家にかへりました。やはり夫は帰つて来てゐませんでしたが、しかし私は、平気でした。あすまた、あのお店へ行けば、夫に逢へるかも知れない。どうして私はいままで、こんないい事に気づかなかつたのかしら。きのうまでの私の苦労も、所詮は私が馬鹿で、こんな名案に思ひつかなかつたからなのだ。私だつて昔は浅草の父の屋台で、客あしらひは決して下手ではなかつたのだから、これからあの中野のお店できつと巧く立ちまはれるに違ひない。現に今夜だつて私は、チップを五百円ちかくもらつたのだもの。」

13 ヴォルフガング・イーザー『行為としての読書――美的作用の理論』（一九七六、轡田収訳、一九八二・三、岩波書店）。

14 榊原理智「太宰治『ヴィヨンの妻』試論――『妻』をめぐる言説――」（『日本近代文学』54、一九九六・五、安藤宏編、日本文学研究論文集成41『太宰治』、一九九八・五、若草書房）、200～213ページ。

15 ウェイン・C・ブース『フィクションの修辞学』（一九六一、米本弘一・服部典之・渡辺克昭訳、一九九一・二、水声社）。なお、「信頼できない語り手」か否かの判断、あるいはその程度もまた、解釈行為との相関関係の中にある。それは自動的に決まるものではない。

16 「ヴィヨンの妻」研究史における「レイプ」「陵辱」等の用例は多数に上るが、あえて論文名を挙げることは差し控える。

17 中村前掲「太宰治の異性装文体」。

18 猪熊郁子「『ヴィヨンの妻』にみる太宰の女性像」（『太宰治』2、一九八六・七、洋々社）。

19 田中前掲書、猪熊前掲論文。

20 山内祥史「解題」（『太宰治全集』8、一九九〇・八、筑摩書房）。

21 佐々木敏光『ヴィヨンとその世界――ヴィヨンという『美しい牡』（芥川龍之介）がいた』（二〇〇八・六、沖積舎）、4ページ。

22 山内祥史「『ヴィヨンの妻』考――大谷について――」（『太宰治　文学と死』、一九八五・七、洋々社）、101ページ。

23 佐々木前掲書。

24 猪熊郁子「『ヴィヨンの妻』論――その倫理の所在をめぐって――」（『日本文学研究』19、一九八三・一一）。

25 ルター「詩篇講義」「ローマ書講義」（笠原尚訳、世界の名著18『ルター』、一九六九・一〇、中央公論社）、ヴェーユ『神を待ちのぞむ』（渡辺秀訳、一九六七・一一、春秋社）。

26 フロイトの「否定」については、中村三春「漱石テクストと『否定』」（『文学』二〇〇〇・三）を参照のこと。

27 神義論という言葉を造り、明確に概念化したのはライプニッツである。『ライプニッツ著作集』6・7（佐々木能章訳、一九九〇・一、六、工作舎）参照。ライプニッツの神義論、カント、ルター、ウェーバーらによるその批判については、江口再起「神義論と義認論――ルターにおける神義論の解体と再建――」（『ルター研究』9、二〇〇四・一〇）を参照。

28　『ヴィヨン遺言詩集』（鈴木信太郎訳、『ヴィヨン全詩集』、一九六五・五、岩波文庫、54～55ページ）。なお、引用箇所の原文は次の通りである。

Je suis pecheur, je le sai bien;
Pourtant ne veut pas Dieu ma mort,
Mais convertisse et vive en bien,
Et tout autre que peché mord.
Combien qu'en peché soie mort,
Dieu vit, et sa misericorde,
Se conscience me remord,
Par sa grace pardon m'accorde.
(François Villon, LE TESTAMENT XIV, *ŒUVRES*, Classiques Garnier, 1962, p. 21)

29　中村前掲「太宰治の異性装文体」。

XIII　パラドクシカル・デカダンス――太宰治「父」「桜桃」

1　デカダンおよびデカダンスの定義は、日本フランス語フランス文学会編『フランス文学辞典』（一九七四・九、白水社）の「デカダン」の項、およびJ.P.de Beaumarchais, Daniel Couty, Alain Rey 編の *Dictionnaire des Littératures de Langue Française*（Bordas, 1984）の décadence の項などを参照した。

2　澁澤龍彦「デカダン派」（平凡社刊『大百科事典』10、一九八五・三、『澁澤龍彦全集』21、一九九五・二、河出書房新社）、425～426ページ。

3　折口信夫「小説戯曲文学における物語要素」（『日本文学の発生　序説』、一九四七・一〇、齋藤書店）。

4 以下、本章で触れる作品のうち次のものは、後に挙げる中村三春の著作において論じている（論題は省略）。「道化の華」「人間失格」（『フィクションの機構』、一九九四・五、ひつじ書房）、「創生記」「HUMAN LOST」「斜陽」（『係争中の主体　漱石・太宰・賢治』、二〇〇六・二、翰林書房）、「葉」「虚構の春」「女人訓戒」「おさん」（『花のフラクタル　20世紀日本前衛小説研究』、二〇一二・一、翰林書房）。
5 花田清輝「二十世紀における芸術家の宿命」（『新小説』一九四七・六）。
6 伊藤整「近代日本人の発想の諸形式」（『思想』一九五三・二〜三）。
7 テオドール・W・アドルノ『美の理論』（一九七〇、大久保健治訳、一九八五・一、河出書房新社）。
8 アルベール・カミュ『反抗的人間』（一九五一、『カミュ全集』6、佐藤朔・白井浩司訳、一九七三・二、新潮社）。
9 テオドール・W・アドルノ『ミニマ・モラリア――傷ついた生活裡の省察』（一九六二、三光長治訳、一九七九・一、法政大学出版局）、36ページ。
10 聖書の引用は『旧新約聖書　文語訳』（日本聖書協会、一九九二）による。
11 大國眞希『虹と水平線――太宰文学における透視図法と色彩』（二〇〇九・一二、おうふう）、213ページ。
12 松島正一『イギリス・ロマン主義事典』（一九九五・七、北星堂書店）、5ページ。

XIV 今こそ、アナーキズム！――アーノルド・ローベル「おてがみ」葉山嘉樹「セメント樽の中の手紙」

1 中村三春「不透明の罪状　『宣言』」（『新編言葉の意志　有島武郎と芸術史的転回』、二〇一一・二、ひつじ書房）。
2 中村三春「言葉を書くのは誰か――『猿面冠者』と再帰的書簡体小説――」（『フィクションの機構』、一九九四・四、ひつじ書房）。
3 二〇〇八年には百六十刷を超えている。原著は次の通りである。Arnold Lobel, *The Letter*, in *Frog and Toad Are Friends*, Harper & Row, Publisher's Inc., 1970. また、その他の〈ふたりは……〉シリーズとして、いずれも三木卓訳、文化出版局刊の『ふたりは　いっしょ』（一九七二・一一）、『ふたりは　いつも』（一九七七・五）、『ふたりは　きょうも』（一九八〇・八）がある。

4　宮川健郎「かえるくんの手がみは、『素晴らしい』か――アーノルド・ローベル『お手紙』を読む――」（『日本文学』一九九五・一）。

5　最近は言語道具観を脱するような国語教育の方法論も提起されているようだが、だからといって必ずしもそれに賛成できるわけでもない。言語道具観の問題だけが、国語教育の軛ではないからである。

6　前掲原著、62ページ。

7　象徴的交換については、ジャン・ボードリヤール『象徴交換と死』（今村仁司・塚原史訳、一九八二・一〇、筑摩書房）を参照。

8　前掲原著、63ページ。

9　中村三春「孕まれる言葉――葉山嘉樹『セメント樽の中の手紙』の身体性――」（『花のフラクタル　20世紀日本前衛小説研究』、二〇一二・一、翰林書房）。

10　田中実「《他者へ》――『セメント樽の中の手紙』葉山嘉樹――」（『読みのアナーキーを超えて』、一九九七・八、右文書院）、59ページ。

11　同書、60ページ。

12　無限の解釈項については、中村三春「虚構論と〈無限の解釈項〉――文芸理論の更新のために――」（『季刊 iichiko』109、二〇一一・一）参照。

13　宮川健郎「×とは何か――田中実・須貝千里編『文学の力×教材の力』全十冊・感想――」（『埼玉大学国語教育論叢』5、二〇〇二・八）。

14　なお、「アナーキー」の意味合いは田中前掲書のニュアンスによる。政治的・社会的なアナーキズムとは、単なる無秩序のことを意味するのではない。ここではその問題には立ち入らないが、後述のファイヤアーベントは、アナーキズムを唯一生産的な知的態度として規定している。

15　パウル・K・ファイヤアーベント『方法への挑戦――科学的創造と知のアナーキズム』（村上陽一郎・渡辺博訳、一九八一・三、新曜社）、241ページ。

16　これについては、中村三春「こどもに声はあるか　『一房の葡萄』」（『新編言葉の意志　有島武郎と芸術史的転回』、二〇一一・二、ひつじ書房）を参照のこと。

初出一覧

序説　新稿

Ⅰ　樋口一葉『にごりえ』——物語の誘惑と差異化——
『國文學解釈と教材の研究』第39巻第7号　一九九四年六月

Ⅱ　偽造された家族——泉鏡花「鶯花徑」論——（口頭発表）
様式史研究会第32回研究発表会（東北大学）　一九九三年一月

Ⅲ　物語のファンタジー構造——第六夜——
『漱石研究』第8号　一九九七年五月

Ⅳ　田村俊子——愛欲の自我——
『國文學解釈と教材の研究』第37巻第13号　一九九二年一一月

Ⅴ　武者小路実篤の随筆・雑感——他者へ、無根拠からの出発——
『国文学解釈と鑑賞』第64巻第2号　一九九九年二月

Ⅵ　花柳小説と人間機械——永井荷風『腕くらべ』のテクスト特性——
『詩・文混成形式の比較文学的研究』（科学研究費報告書・東北大学）　一九八七年三月

Ⅶ　未明童話の様式論——「赤い蝋燭と人魚」を読み直す——
『研究＝日本の児童文学』第3巻（東京書籍）　一九九五年八月

Ⅷ　佐藤春夫——ゆらぎ・差異・生命——
鈴木貞美編『「生命」で読む20世紀日本文芸』（至文堂）　一九九六年二月

Ⅸ　かばん語の神——宮澤賢治のノンセンス様式再考——
『賢治研究』第108集　二〇〇九年一二月

Ⅹ　賢治を物語から救済すること（講演）
宮沢賢治学会イーハトーブセンター第18回定期大会リレー講演　二〇〇七年九月

Ⅺ　陰翳礼讃の構造原理
田中実・須貝千里編『〈新しい作品論〉へ、〈新しい教材論〉へ　評論編』（右文書院）　二〇〇三年二月

XII　太宰・ヴィヨン・神　『季刊 iichiko』第112号　二〇一一年一〇月

XIII　パラドクシカル・デカダンス——太宰治「桜桃」まで——　『季刊 iichiko』第115号　二〇一二年七月

XIV　今こそ、アナーキズム——「お手がみ」と「セメント樽の中の手紙」——
宮川健郎・横川寿美子編『児童文学研究、そして、その先へ』上（久山社）二〇〇七年一一月

あとがき

「私は、物語の洪水の中に住んでゐる」と、太宰治は「秋風記」（『愛と美について』、昭14・5、竹村書房）に書いている。もちろんこの「私」は、すなわち太宰ではない。そのことについて読者はずっと（もしかしたら自ら進んで）太宰の物語によって騙されてきたのだが、それはさておき、太宰作品の「私」でなくとも、私たちが、現在でもなお、膨大な数・量の物語の洪水の中に生きていることに変わりはない。二十世紀後半を賑わしたラジオ・TVの電波メディアが隆盛を極めた後に、インターネット上のハイパーメディアがこれほど幅をきかせるようになるとは、むろん戦後まもなく世を去った太宰のあずかり知らぬことであっただろう。だが、ワールド・ワイド・ウェブ、特にソーシャル・ネットワーキング・サービスにおいて今この瞬間にも飛び交っているもの、それは大小様々な形の物語にほかならない。これほどメディア状況が激変しても、物語は姿を消すどころか、次々に〈変異〉を遂げつつ拡散し続けている。私たちは、今もこれからも、物語の洪水の中に住み続けなければならない。

物語へのアクセス、すなわち入出力が容易になったソーシャル・ネットワーキング・サービスにおいては、ほとんど毎日のようにどこかで社会的なトラブルが起こっている。それは、小は友人・恋人関係から大は社会体制の変革に至るまで多種多様であるが、一貫して人間と人間、あるいは人間集団と人間集団との間の関係に、〈変異〉をもたらす性質のものである。このような〈変異〉の要因は何だろうか。それはすなわち、物語が人と人との間の回路となり、しかもその回路はただ単に一方から他方に、あるいは相互に情報を伝達するようなものではなく、間に種々の解釈や展開、さらには介入を孕み、人間の心理や言動や行動を左右する多大な効果を生むものだからである。そしてそのような物語の効果は、おそらく『源氏物語』の昔から村上春樹の現代に至るまで、本質的に変わるものではない。物語は、私たちにとって、いわば好悪を超えた影響力を持つ。好むと好まざるとにかかわらず機能する物語の諸様相は、しかしながら、瞬時にめまぐるしく交錯するネットワーク言説の渦中においては、それを凝視して対象化することは困難である。右に述べたトラブルも、物語の入出力に関して、深い考えもなく、無自覚に行われたことが原因となっているものが少なくないだろう。

物語の洪水の中を泳ぐことを余儀なくされ、しかもそれがかつてないような状態を呈している現代。それゆえに、この時代を生き抜くことは難しいのだろうか。だが、悲観すべきことばかりではない。私たちの先人は、あるいは同時代の先達は、立ち止まって考えるための材料を豊富に提供してくれている。それこそが、文芸にほかならない。本書で取り上げた小説・童話・評論のほか、戯曲（シナリオ）も、あるいはおそらくは詩さえもが、物語が何であり、それがどのような論理をもって人間と関わりを結ぶかについて語る、最良のテクストであることは疑いもない。序説で述べたように、物語の論理学は一つには、あるいは幾つかにも決まらない。ただし、多様な物語をケース・スタディとして分析・評価することは、来たるべき物語に対応するための準備となるだろう。

もっとも、そうは言っても、それは物語を肯定する（あるいは否定する）ことではない。私は物語の伝統的な支配力を拒否したいがために、物語をできるだけ脱力させること、あるいは、物語を脱構築することを目指したこともある。本書所収の幾つかの論考にも、その傾向は顕著に窺えるだろう。ジャン＝フランソワ・リオタールのいう〈大きな物語の解体〉（『ポスト・モダンの条件』、一九七九）は、常に念頭にあった。しかし、マルクス主義や精神分析のような〈大きな物語〉ではなく、たとえ〈小さな物語〉であったとしても、それが物語である以上は、物語の論理学に従い、何らかの誘惑と差異化によって物語的な効果を発揮するはずである。いずれにせよ物語から逃れることができないのであれば、物語に正面から向き合い、その分析と評価を続けるほかに術はない。本書の根底にある動機は、そのような情勢の認識にほかならない。

本書を閉じるにあたって次の方々に謝辞を捧げたい。私が初めて物語の何たるかを学んだのは、恩師・菊田茂男先生の講義によってである。菊田先生から、『源氏物語』や『枕草子』、『無名草子』などに即して、日本に古くから物語論が行われていたことを詳説されたことが、本書の着想の淵源となっている。それは今から思うと新鮮な驚きであったが、まだまだその驚きの内実を真に自分のものとして表現するには至っていない。物語の論理学の追究において、本書は未だその出発点に立ったばかりである。また、本書の内容はそのほとんどが既発表の論考に基づいていて、その中には通常の研究誌ではなく、編者の方が特に貴重な執筆の機会を与えてくださったものが含まれている。すなわち、国語教育関係では田中実さん、児童文学関係では宮川健郎さん、さらに『季刊 iichiko』の誌面を割いていただいている山本哲士さん。そして誰よりも、私の身勝手な出版の希望を三度までも快く受け入れてくださった翰林書房の今井肇さん・静江さん。皆さんに対して心より感謝の意を表したい。

本書の刊行にあたり、北海道大学大学院文学研究科より平成二十五年度一般図書刊行助成を受けた。

二〇一三年十月二十日

落葉の舞い始めた札幌市北二十三条にて

中村三春

索　引

【著者略歴】
中村三春（なかむら・みはる）
1958年岩手県釜石市生まれ。東北大学大学院博士課程中退。北海道大学大学院文学研究科教授。博士（文学）。
著書『係争中の主体　漱石・太宰・賢治』『花のフラクタル　20世紀日本前衛小説研究』（以上翰林書房）、『フィクションの機構』『修辞的モダニズム　テクスト様式論の試み』『新編言葉の意志　有島武郎と芸術史的転回』『〈変異する〉日本現代小説』（以上ひつじ書房）など。

物語の論理学　近代文芸論集

発行日	2014年2月10日　初版第一刷
著　者	中村三春
発行人	今井　肇
発行所	翰林書房
	〒101-0051 東京都千代田区神田神保町 2-2
	電話　(03)6380-9601
	FAX　(03)6380-9602
	http://www.kanrin.co.jp/
	Eメール● Kanrin@nifty.com
装　釘	須藤康子＋島津デザイン事務所
印刷・製本	メデューム

落丁・乱丁本はお取替えいたします

ISBN978-4-87737-360-3